이계학교

죽어야만 가는 학교

이계학교

◆

김영리 장편소설

아작

차례

1부

시간을 되돌린다면

D-49 내가 도와줄게요

시간을 되돌린다면.

모두가 한번쯤 꿈꾸지만 진짜 될 거라곤 기대하진 않는다. 하지만 자꾸만 생각하게 되는 소망이다. 시현에게도 그런 순간이 있었다.

그날 시현은 소문이 무성한 폐건물 계단을 미친 듯이 뛰어올라가고 있었다.

도심 외곽의 이름 없는 산 중턱에 지어진 그 폐건물은 자못 웅장했다. 1990년대 중반 전국에 펜션이다, 호텔이다, 마구잡이로 지어댈 무렵, 졸부가 돈 좀 벌어보겠다고 세운 거라고들 말이 많은 곳이었다. 하지만 주변 경치도 평범한 데다, 이따금 도토리나 들고 튀는 다람쥐밖에 볼 것 없는 산까지 사람들은 굳이 찾아오지 않았다. 2년을 버티지 못하고 건물 세

입자들은 권리금도 떼인 채 난파선을 탈출하듯 하나둘 다른 곳으로 옮겨버렸고 건물은 점차 흉물이 되었다. 그때가 IMF 즈음이었다.

누가, 언제, 어디서 같은 육하원칙도 없이 소문은 전국에 퍼졌고 그곳은 갑자기 '없는 사람들'의 핫플레이스가 되었다. 정부 산하의 쉼터처럼 빡센 통제도 없고 쪽방처럼 꼭 내야 하는 요금도 없이 진짜 맘대로 사용할 수 있는 버려진 건물이 있다더라. 발 없는 소문은 바람에 실려 널리 널리 퍼졌다. 그 소문에 혹해서 전국에서 노숙자와 가출청소년이 속속 찾아들었다. 철새처럼, 겨울만 되면 추운 계절을 나기 위해 혹은 난장 파티를 하려고 들락거렸다. 그 과정에서 건물에서 돈이 될 만한 것들은 일찌감치 사람들이 고철 시장이나 중고 시장에 내다 팔아서 제 주머니에 챙긴 뒤라, 폐건물은 골조만 남았다고 해도 과언이 아니었다.

그런 낡은 건물의 비상계단을 시현이 뛰어오르고 있었다. 5층과 6층 사이. 다리가 후들거렸다. 계단 난간에 몸을 기댄 후 철인 3종 경기를 뛴 것처럼 격하게 숨을 몰아쉬었다. 셀로판지가 팔락거리듯 심장이 뛰었고 온몸이 바늘에 찔리는 것처럼 너무 아팠다. 여기서 그냥 포기하고 싶었다.

"진짜 한 명만 더 있었어도 내가 이러진 않을 텐데…. 헉헉, 아, 휴대폰!"

섬에 낙오됐다가 구조 헬기를 본 것처럼 휴대전화가 번뜩 떠올랐다. 주머니에서 꺼내 보니, 배터리도 남아 있었고 약하지만 와이파이도 잡혔다. 시현은 112를 눌렀다. 신호음이 울린 후 연결되자마자 저편이 뭐라고 할 새도 없이 바로 입을 뗐다.

"여기요, 헉헉, 사람이요….."

그런데 갑자기, 보이지 않는 손이 확 밀친 것처럼 바람이 일어, 쥐고 있던 휴대전화가 계단 중간 뻥 뚫린 곳으로 떨어졌다.

텅, 텅, 탁, 딱!

시현은 멍하니 아래를 내려다보았다. 멍한 시현의 머리 위로 위협적일 만큼 거대한 산의 이미지가 겹쳐졌다. 세계에서 가장 높은 산인 에베레스트산. 산악인들의 꿈이라고 알려진 에베레스트산은 사실 세상에서 시체가 가장 많기로 유명했다. 오랜 세월, 세계 최고봉을 등정했다는 타이틀을 얻기 위해 집착한 사람들이 무리하게 등정하다 죽어 만년설에 썩지도 않고 묻혀 있는 곳. 위험에 빠진 사람이 있어도 구하러 갈 수 없었고 동료의 시체 역시 회수하러 갈 수 없었다. 다른 사람을 구하려다 도리어 자신이 죽는 일이 있을 만큼 산은 험했으니까. 며칠 전 인터넷에서 본 그 기사가 왜 하필 이런 순간에 떠오르는지 알 수 없었다. '시체 밭으로 악명 높은 에베레스트산'이란 기사 제목이 기분 나쁜 돌림노래처럼 머릿속에 맴돌며 시현을 놔주질 않았다.

"아직 안 죽었어. 아직 살아 있을 거라고."

시현은 되뇌며, 다시 정신을 붙잡았다. 어차피 구조 요청이 성공해 산 아래에서 출동한다고 해도 외진 산속까지 오는 시간이면, 옥상의 상황은 종료될 게 뻔했다.

이제 진짜 나밖에 없다.

시현은 후들거리는 다리를 손바닥으로 꾹 누르며 괴성과 함께 일어났다. 그리고 네발짐승처럼 기다시피 계단을 겨우 올라 기어코 8층 옥상까지 올라갔다. 벌컥 문을 열어젖힌 순간 쨍한 햇빛이 쏟아졌다. 플래시가 날아든 것처럼 눈이 부셨다. 시현은 눈을 감았다가 천천히 떴다.

서서히 주변이 눈에 들어왔다. 눈앞에 남자가 아까 산 위에서 본 모습 그대로 있었다. 남자는 옥상 난간 끝에서 아래를 보고 있었다. 금방이라도 떨어질 것 같았다.

"안 돼요. 아저씨!"

남자가 천천히 돌아보았다. 뭔가에 홀린 것처럼 눈이 공허했다. 자신이 눈을 뜨고 있다는 것도 모르는 것 같았다. 그 모습에 시현은 숨이 멎을 만큼 놀랐다. 죽기 직전의 사람 눈은 모두 저럴까. 평생 따라다닐 악몽의 서막을 엿본 것 같아, 두려움이 엄습했다. 하지만 지금 이곳엔 저 남자와 자신밖에 없다는 사실이, 자신이 아니면 저 남자는 끝이란 사실이 시현을 물러설 수 없도록 만들었다. 그 공허한 눈을 자신에게로 돌리기 위해 시현은 고래고래 소리를 질렀다.

"내가 그리로 갈게요. 거기 가만히, 가만히 있어요!"

남자가 시현 쪽으로 더 몸을 돌렸다. 역시 싸울 땐 목소리가 큰 사람이 이기는 법이라더니 이런 상황을 두고 하는 말

같다고, 시현은 생각했다. 남자와 싸우겠다고 올라온 건 아니었지만 왠지 그런 기분이 들었다. 저 남자와 나는 지금 각자의 인생을 걸고 물러설 수 없는 마지막 싸움을 앞둔 거라고. 멱살 잡고 칼 휘두르는 것만이 싸움이 아니다. 모두 매순간 치열하게 싸우고 있다. 그런 생각이 들자 시현은 아직 멋진 이름을 부여받지 못한 숨은 영웅처럼 비장해졌다. 그런데 조금씩 남자의 몸이 뒤로 밀렸다. 바람에, 남자가 입은 하얀 가운이 뒤쪽으로 팔락거렸고 남자의 다리가 휘청거렸다. 시현은 남자를 향해 전력을 다해 뛰었다. 떨어지기 직전 남자의 손을 잡았다.

"내가 도와줄게요. 꽉 잡아요."

"아… 난… 어… 내가…."

남자는 그제야 상황을 인지한 듯 충격으로 시선이 흩어졌다. 시현의 두 손에 남자의 공포의 무게가 느껴졌다. 시현은 이제껏 제 몸의 무게중심이 어디인지 생각해본 적 없었다. 첩보 영화에서 주인공이 떨어지기 직전 동료를 건물 난간에서 붙잡아줄 때, 시현은 그들이 팔 힘이 꽤 좋은 것 같다고 생각했다. 영화에서 팔을 한껏 클로즈업해서 보여주니까. 그럴 때면 언제나 근육이며 힘줄이 선명하게 도드라졌으니까. 근데 막상 영화 같은 상황에 처하고 보니, 깨달았다. 문제는 팔이 아니었다. 왜 아이돌이 와플팩이니 식스팩이니 하며 고독하게 헬스장에 처박혀 만든 배 근육을 무대에서 못 보여줘서 난리였는지 알 것 같았다. 삼손의 머리카락에서 힘이 나왔듯 모든 힘은 다 배에서 나오는 것이었다.

시현은 제 몸이, 그리고 처지가 새삼 초라하게 느껴졌다. 세탁기에서 엎치락뒤치락 두들겨 맞은 빨래처럼 온몸이 다 쑤시고 아팠다. 하지만 아프다는 핑계로, 버겁다는 이유로 이 손을 놓을 순 없었다. 시현은 발가락 끝까지 힘을 옹골차게 주었다.

"힘내요. 살아야… 으… 같이 쫌 살자고!"

"도와줘… 제발….'

어떻게든 올라가려고 애쓰는 남자의 이마에 마른 지렁이 같은 힘줄이 튀어나왔다. 남자는 시현의 손을 사력을 다해 붙잡았다. 허공을 정처 없이 지휘하던 다른 손도 불가사리처럼 붙어서 시현의 손을 꽉 잡았다. 남자는 살고 싶어 했다. 시현의 손에 남자의 운명이 달려 있었다.

시현은 지금, 이 남자의 유일한 동아줄이었다. 누군가에게 그런 희망이 되어본 적이 처음이었다. 꼭 성공하고 싶었다. 열여덟. 욕 같은 나이가 되도록 실패만 맛본 인생이지만 한 번쯤은 성공할 수 있지 않을까. 시현은 남자를 끌어올리기 위해 자신의 모든 것을 걸었다.

그날 시현은 평소와 다르게 기적을 믿었다. 꼬꼬마처럼 아름다운 동화를 기대했다. 하지만 시현의 인생은 이제껏 그래 왔듯 철저하게 뒷골목 내셔널지오그래픽이었고, 마지막 순간도 다르지 않았다.

사람은 죽기 전에야 깨닫는다. 자신이 얼마나 살고 싶은지.

D-48 나는 죽었다

눈 떠보니 바닥이었다.

가까운 곳에 경찰차가 보였고 사람들이 모여 웅성거리고 있었다. 모든 것이 혼란스러운 와중에도 시현은 몸을 일으켜 본능적으로 그곳으로 갔다. 사람들이 보고 있는 것은 누군가의 시체였다. 시신 아래쪽으로 꼬질꼬질 때가 긴 짝퉁 운동화가 보였다. 한쪽 밑창이 너덜너덜했다. 지금 시현이 신고 있는 신발이었다. 얼굴 쪽으로 서서히 눈을 옮겼다. 입이 조금 벌어져 있었고 눈은 뜬 채였다.

나였다. 나는 죽었다.

죽음을 체감하자 시현에게 살았을 때와는 다른 오한이 밀려왔다. 저기 누워 있는 게 내 몸이라면, 지금 이곳에 서 있는 건 영혼일까. 시현은 자신이 죽는 순간에 대한 기억이 없었다. 하지만 시현은 확신했다. 자신이 죽게 된 건 그 남자 때문이었다. 그 남자를 처음 만난 건 불과 몇 시간 전 이 산에서였다.

시현은 확고한 목적이 있어서 산에 왔다.

산 깊숙이 위치한 폐건물은 시현이 속한 가출팸 사이에서 알음알음으로 유명했다. 찜질방 갈 돈도 없을 때 컵라면과 소주병을 들고 찾아오는 곳이라고 들었다. 시현은 오직 한 가지 목표를 되새기며, 손으로 배를 감싸고 죽을힘을 다해 산에 올랐다.

그런데 문득 옆쪽으로 느낌이 싸했다. 돌아보니 멸치처럼 마르고 키 작은 남자가 시현을 향해 씩 웃고 있었다. 쓴 보약이라도 먹은 얼굴로 묵묵히 걷던 남자는 늘 혼자였던 산책에 동행이 생긴 게 감격스러운 눈치였다. 곧이어 남자가 불쑥 시현에게 오이를 내밀었다. 이 변태 아저씬 뭐지?

"아까부터 헉헉대는 게 너무 힘들어 보여서. 물은 아까 내가 산 초입에서 다 마셔버려서 없는데, 혹시 오이 싫어하니?"

시현은 남자를 스캔했다. 구겨 신은 슬리퍼, 면바지, 쭈글쭈글한 하얀 가운, 떡 진 머리, 덥수룩한 수염. 시현은 순간 의심이 들었다. 설마 이 아저씨도 폐건물에? 여러모로 유용한 폐건물을 가출 청소년만 알고 있을 리 없었다. 그렇다면 혹시….

"노숙자예요? 서울역에서 밀려나서 폐건물 가려는 거예요?"

시현의 물음에, 남자는 눈을 소처럼 끔뻑이다가 곧 자신의 차림새를 확인하더니, 얼굴이 벌게졌다. 그러고는 시선을 흩뿌리며 민망해했다.

"그게, 바빠서 씻은 지 좀 됐는데… 냄새도 나니? 많이 역한가?"

남자는 팔을 올리고 제 겨드랑이에 코를 킁킁대더니, 또 시현에게 말을 걸었다.

"프로젝트 때문에 연구실에만 틀어박혀 있다 보니까 머리가 복잡해서 나왔는데, 역시 산이 좋다. 그렇지?"

프로젝트 어쩌고 하는 걸 보니 노숙자는 아닌 것 같았다. 아니면 아주 체계적으로 미친 노숙자이거나.

"넌 귀신 보러 가니?"

"네?"

"폐건물 어쩌고 했잖아. 거기 귀신 나온다던데?"

가출팸이 밤마다 술 먹고 난장을 쳐놔서 귀신출몰지역이라는 소문이 붙은 것 같았다.

"근데 넌 어디 아프니? 얼굴빛이 완전 시멘트야."

"그게 이건… 신경 꺼요."

시현은 철벽을 치고 허우적허우적 앞서 걸었다. 하지만 남자는 열심히 다리를 놀려서 또다시 시현 옆으로 왔다. 자꾸 시현에게 말을 걸려고 했다.

"저기 산 정상 가기 전 중턱에 판판한 바위가 있어. 거기 가면 가슴도 뻥 뚫리는 게 기분 전환도 되고 좋은데, 같이 갈래?"

결국 그 말이 하고 싶었던 건가? 시현은 멈춰 서서 남자를 보았다. 남자는 소처럼 커다란 눈이 참 맑았다. 삥짓하려고 수작 거는 건 아닌 것 같았다. 그렇다면 왜. 좀 모자란가? 나사가 빠졌나? 아니면 역시 노숙자? 생각이 화살표를 타고 빠르게 쭉쭉 이어졌다. 하지만 그게 뭐든 어차피 남이었고 조금도 관심 없었다. 시현은 제 등에 진 짐만으로도 벅찼으니까. 인생은 독고다이라는 필멸의 진리를 알려주려다, 그마저도 귀찮아서 심플하게 박았다.

"됐거든요?"

"음, 너 혹시 가재 좋아하니? 요즘 애들은 랍스터라고 해야 알려나? 그 랍스터 같은 갑각류는 말이지, 탈피 직후가 제

일 약해. 근데 잡아먹힐 것 같고 너무 약해서 스치기만 해도 상처받을 것 같은 그 순간, 그때 빡 성장하거든.”

사회복지사처럼 이 남자도 ‘좋은 말씀’ 해주고 싶나? 시현은 반감이 불거졌다.

“내가 원래 남 일에 참견 안 하는데….”

“아저씨, 가던 길이나 계속 가세요.”

“아니지?”

밑도 끝도 없는 질문이었지만, 미처 꺼내지 못한 숨은 앞말이 뭔지, 남자도 시현도 알고 있었다. 시현은 아니라는 가벼운 대답이 차마 나오지 않았다.

“내가 생각하는 그런 이유로 네가 지금 거기 가는 거면, 그냥 다시 내려갔으면 좋겠다. 굳이 올라가야겠으면 담력 테스트나 하고 가.”

“네?”

“거기 귀신출몰지역이라니까.”

남자는 시현의 어깨를 두드려준 후 명랑하게 오이를 씹으며 앞서갔다. 남자가 간 후 한동안 시현은 그 자리에 서 있었다. 귀신 볼까 무서워서는 아니었다. 세상에 귀신은 없으니까. 시현은 고개를 떨어뜨려 제 신발을 보았다. 키가 자랄 때 눈치 없이 같이 자란 발 때문에 운동화가 꽉 끼어서 아팠다. 성장 따위 더는 필요 없었다.

시현은 이를 악물고 다시 산을 오르기 시작했다. 그런데 문제는 다른 곳에 있었다. 시현은 심각한 길치였다. 산길을 따라 계속 가면 폐건물이 나올 줄 알았는데, 열심히 걸어서 도착한 곳은 남자가 아까 말한 산 중턱 바위였다. 폐건물로 가려면 중간에 샛길로 꺾었어야 했다.

"아, 젠장. 이 길이 아니라고?"

욕을 랩처럼 중얼거리는데, 시선 끝에 폐건물이 걸렸다. 옥상 난간 위에 오이를 권하던 그 남자가 서 있었다. 담력 테스트가 결코 아니었다. 그래서였다. 시현이 그곳으로 뛰어간 것은.

'그 아저씨 구하겠다고 설레발치다 내가 이렇게 된 거야?'

되는대로 살았지만 마지막은 내가 선택할 수 있을 줄 알았는데, 그 희망조차 이렇게 뒤통수를 맞다니. 시현은 쓴웃음 끝에 눈가가 뜨거워졌다.

그때였다. 굳은 표정으로 경찰이 시현의 시신 쪽으로 걸어 갔다. 시신 옆에 쪼그리고 앉은 경찰은 손바닥을 쓸어서 시현의 눈을 감겼다.

"표 경위! 거, 시체에 손을 대면 어떡합니까? 뻔히 아실 만한 분이."

뒤늦게 도착한 국립수사연구원이 화를 내자 표 경위라고 불린 사람이 말없이 손에 끼고 있던 장갑을 빼서 공처럼 말아 연구원을 향해 던졌다. 연구원은 찝찝한 표정으로 경위가 던 진 장갑을 비닐봉지에 담으며 시현의 시체로 걸어갔다.

시현의 시신으로부터 등을 돌린 표 경위가 담배 한 개비를 빼 물었다. 하지만 불을 붙이지는 않았다. 손이 떨리고 있었다. 지금 시현의 손이 떨리는 것처럼. 표 경위는 직업상 하루에도 몇 번씩 여러 사건 사고 현장을 봤지만, 채 피어보지도 못하고 끝나버린 아이들의 죽음에는 절대로 익숙해지지 못했다.

곧이어 젊은 경찰이 표 경위에게 다가와 라이터를 켜면서 보고했다.

"건물 안쪽 비상계단에서 떨어진 휴대전화를 발견했습니다."

표 경위는 됐다면서 한 손으로 라이터를 물린 뒤 담배를 입에서 뺐다. 그리고 예리한 눈빛으로 경찰에게 물었다.

"신고 휴대폰인가?"

"그렇게 추정됩니다. 그런데 파손이 심해서 전원이 켜지지 않습니다."

"칩 복구해서 알아보면 될 거야."

"네. 근데 딱 봐도 가출 청소년 같은데 어쩌다 이런 외진 곳까지 온 걸까요?"

표 경위는 고개를 돌려 시현의 시신 쪽을 보았다. 다리가 말이 안 되는 모양으로 꺾여 있었다. 표 경위는 착잡한 얼굴로 담배를 다시 담뱃갑에 넣었다.

"지금부터 알아봐야지. 떨어질 때 충격으로 꺾인 다리 모양도 그렇고 두부 출혈도 그렇고 사인은 추락사로 보이지만, 그래도 꼼꼼히 확인해달라고 얘기해둬."

표 경위가 연구원을 턱짓으로 가리키며 말했다.

그 모습을 바라보는 시현은 모든 게 멀리 바닷속에서 벌어지는 것처럼, 현실과 떨어진 다른 세상의 일처럼 느껴졌다. 헛웃음이 나왔다. 하지만 고통은 모두에게 공평했고, 그것은 죽은 자에게도 다르지 않았다. 가슴이 뻐근하게 아파왔다.

그 아픔이 한바탕 시현을 무너뜨린 뒤 찾아온 것은, 의문이었다.

'왜 내가 떨어지던 순간이 기억에 없는 거지?'

D-47 다짜고짜

저 멀리 누가 서 있는 게 보였다.

깊은 밤 산속이라 어렴풋이 윤곽선만 보였지만 왠지 아까 그 남자 같았다. 혹시….

"아저씨? 맞죠? 잠깐 나 좀 봐요. 어? 왜 뒤로 가. 도망가려고? 이봐요, 아저씨!"

하지만 도망이라기엔 좀 이상했다. 시현이 열 발자국 앞까지 가까워졌을 때 갑자기 사라졌기 때문이다. 주변을 돌아보니 이번엔 3시 방향에 서 있었다.

"나랑 장난쳐요? 어!"

시현은 화가 빡 나서 그쪽으로 곧 뛰었지만, 그림자를 번번이 아슬아슬하게 놓쳤다. 거듭된 실패로 멈춰 서서 숨을 헐떡이는데, 뒤에서 싸한 기운이 느껴졌다. 뒤를 돌아보는 순간 또 사라지고 없겠지? 그래서 시현은 눈으로 뭘 찾기도 전에 틈을 주지 않고 그림자가 있다고 생각되는 지점을 향해 발차 기부터 날렸다.

"으엑!"

괴성과 함께 붉은 것들이 공중으로 튀어 올랐다. 설마 핏 덩이? 내 발차기 한 번에? 오히려 시현이 놀라 뒤로 물러나 보니, 그제야 상황이 눈에 들어왔다. 유연성 제로인 시현은 발을 무릎까지 들었을 뿐이었고, 발이 옷에 닿지도 않았는데 지레 겁먹은 어떤 할아버지가 들고 있던 것을 손에서 놓쳐버 린 것이었다. 자세히 보니 아까 뒤쫓던 실루엣이 아니었다. 할아버지는 오동통한 게 너무 순박하게 생긴 외모였다.

꽃무늬 화려한 하와이안 셔츠, 헐렁한 반바지, 정강이까지 치켜올린 양말, 장갑차처럼 튼튼해 보이는 등산화라니. 시현 은 살아생전 이런 괴상한 할아버지와 엮인 적이 없었다.

"누구세요?"

"넌 내가 누군 줄 알고 다짜고짜 발길질이냐!"

할아버지는 진심을 담아 버럭 화를 냈다. 확인도 안 하고 선빵부터 날리려고 한 자기 잘못이라 시현은 뒷머리를 긁적 였다. 자신도 이 상황이 당황스럽다는 표시였지만, 할아버지 의 눈은 다른 곳에 꽂혀 있었다.

"아이고 이런, 내 아까운 육포들."

할아버지는 바닥에 쭈그리고 앉은 채 혹시 흙이 묻었을까 육포를 정성스레 후후 불었다. 그런 뒤 봉지에 육포를 하나하나 담으며 구시렁거렸다.

"내가 진짜 이런 말까진 안 하려고 했는데 내가 왕년에는, 진짜 왕년에는….."

'라떼는 말이야'로 시작하는 옛날 옛적 이야기를 꺼내려 들었다. 시현은 진짜 발로 찬 것도 아니고 찰 뻔한 건데, 죽어서까지 죄송하다고 잘못했다고 머리를 조아리기는 싫었다. 그래서 진지한 사과 대신 자연스럽게 매너손을 내밀었다.

"괜찮으세요?"

그러자 육포 할아버지는 흰머리가 수두룩 빽빽한 할아버지라고 믿을 수 없을 만큼 빠르게 움직였다. 갑자기 허리 뒤춤에서 붓을 꺼내 시현의 손목에 찍으려고 들었다. 할아버지야말로 다짜고짜였다.

"얼른 찍어버리자, 이거. 내가 좀 늦었기로서니 넌 왜 그 자리에 있지 않고 사방팔방 뛰어다니는 게냐. 삼경이라 그런가 아주 팔팔하구나? 그래도 곧 새벽 1시니 너도 이제 잠잠해지겠지."

육포 할아버지는 나침반과 시계가 결합한 물건을 꺼내 보며 중얼거렸다. 시현이 전원 끈 풍선 인형처럼 신나게 흔들어 대던 팔을 축 늘어뜨리길 몹시 기다리는 눈빛이었다. 하지만 몇 분이 지나도 시현은 쌩쌩했고 그 증거로 좌우로 목을 꺾어 보였다.

시현의 팔팔한 모습에 실망한 육포 할아버지가 또다시 구시렁거렸다.

"안내자는 처음이라 잔뜩 기대했는데, 걸려도 하필 되바라진 녀석이 걸려가지고."

되바라진 녀석이 바로 나?

"할아버지, 다 들리거든요?"

"들었으면 좀 가자."

"아니, 할아버지, 저 아세요?"

"알지. 이름 고시현, 나이 18세, 학교 경험 거의 없음. 검정고시는 시도도 안 함."

시현은 아무 말 하지 않았다. 이 기묘한 상황을 이해할 시간이 필요했다. 하지만 육포 할아버지는 시현에게 그럴 시간을 주지 않았다. 또다시 붓을 들이밀었다.

"저를 어떻게 아는진 모르겠지만… 아, 그 붓 좀 치우세요."

"그림자가 오기 전에 빨리 찍고 가야 한다. 어여 이리 와라."

그림자?

"할아버지도 그 그림자 알아요?"

"설마 너, 그림자인 흑귀를 쫓아서 여기까지 왔던 게냐? 이런, 조금만 늦었으면 큰일 날 뻔했구나. 그놈은 널 나쁜 곳으로 데려가려는 놈이다."

"내가 따라가니까 도망가던데."

"그렇게 유인하는 거지. 자신이 힘을 잘 발휘할 수 있는 지점으로 널 데려가려는 거다. 진짜 내가 안 왔으면 어쩔 뻔했느냐."

그럴듯해서 까딱하면 속을 뻔했다. 시현은 팔짱을 끼고 삐딱하게 물었다.

"자꾸 가자는 걸 보면 할아버지도 날 '어디' 데려가려는 것 같은데."

"나는 널 안전한 곳으로 인도하려는….."

구구절절 할아버지의 감언이설이 이어졌다. 얼핏 들으면 옥황상제가 살았다는 저 천상계의 궁전으로 달 토끼의 호위를 받으며 가자는 것 같았다. 살았을 때 시궁창이었으니 죽고 나서는 레드카펫을 깔아주겠다? 영화에서 총 맞은 조연이 할 말 다 한 뒤에야 죽는 것처럼 뻔한 거짓말이었다.

"그럼 아까 그 그림자가 나쁜 경찰이고, 할아버지가 좋은 경찰 콘셉트예요? 이렇게 팀 이뤄서 그물처럼 엮은 뒤에 내가 혹하면 데려가려고요?"

"경찰? 허허, 포졸을 말하나 본데, 내가 이런 말 안 하려고 했지만, 실은 내 입으로 계속 이런 말 하는 것도 좀 그렇다만, 내가 이래 봬도 왕년에는….."

들으면 다 피가 되고 살이 되는 좋은 말씀을 길게 시작하려는 척하면서 은근슬쩍 또 붓을 꺼내 들었다. 시현은 잽싸게 한 발 옆으로 피했다.

"그 붓 뭔데 자꾸 들이밀어요? 진짜 할아버지 뭐예요?"

"할아버지가 아니고 선생님."

위아래 앞뒤 어딜 봐도 선생님 냄새가 안 풍겼다. 교육계에 편견도 좀 있고 오래 다녀본 적도 없긴 하지만, 아무리 그래도 이 할아버지는 옷차림부터가 공교육은커녕 사교육에서도 안 받아줄 것 같은데 대체 무슨 말씀이신지.

"시현이 너는 교육 과정이 남아 있고 또 보호가 필요한 아이니, 학교로 가자꾸나."

죽어서 귀신이 된 나한테, 그림자 따라 나쁜 곳 가지 못하게 선생으로서 보호해줄 테니, 우리 이제 학교로 가자고? 사기꾼의 기본은 정성 아닌가? 이렇게 되는대로 말을 막 지어내시면 듣는 호구가 민망한데.

시현은 좀 안쓰러운 마음이 들어 육포 할아버지에게 다정스레 말했다.

"할아버지, 그림자든 빛이든 뭐가 보이면 그냥 따라가세요. 드라마 보니까 요즘 저승사자들은 검은 슈트 빼입고 회사원처럼 명부 들고 다니더라고요. 그러니까 어쭙잖게 이런 흉내는 고만 내시고요. 진짜 저니까 이렇게 마음 따뜻하게 충고해드리지, 그런 되지도 않는 썰 풀다가 어디 조폭이나 양아치 귀신한테 걸리면 죽어서도 뼈도 못 추리실 거예요. 그럼 살펴가세요."

시현은 예의 바르게 90도 배꼽 인사를 하고 돌아섰다. 하지만 이런 길고 긴 배려는 씨알도 먹히지 않았다. 육포 할아버지는 다급하게 붓을 또 들이밀었다. 방심한 사이 붓이 한 뼘 거리까지 가까워져 오자 온몸이 찌릿한 게, 뭔가 쑥 밀려오는 느낌이 들었다. 시현은 붓이 팔에 닿기 직전 가까스로 피했다.

"내 말도 못 믿으면서 붓은 왜 피하는 게냐?"

"그 붓은 느낌이 좀 이상하니까 저리 치워요, 좀."

육포 할아버지는 붓이 무기가 될 수 있음을 깨닫자마자 붓을 검처럼 휘둘렀다. 몸 쓰는 것에는 영 젬병이라 마구잡이로 휘젓는 수준에 가까웠지만, 그것만으로도 시현에겐 위협이 되었다. 소 뒷걸음질 치다가 쥐 잡는다고, 인생 내내 재수 없던 자신이 그 쥐가 되지 말란 법 없었다.

"아, 진짜 나한테 왜 이래요!"

"왜 이러긴, 내가 널 학교로 데려가려고 여기까지 자원해서 나온 거 아니냐."

또 학교 타령이다. 백번 양보해서 이 할아버지가 진짜 귀신 학교 선생님이라면, 따라갈 것인가. 육포 할아버지 눈빛에서 포기를 모르는 집념이 느껴졌다. 여기서 매듭을 짓지 않으면 돼지 등에 '검' 자 찍듯 붓을 꼭 찍어야 한다며 따라올 것 같았다.

"그 학교에 가면…, 아니 너무 또 그렇게 흥분하지 마시고, 일단 간다고 치자고요. 그럼 쉬는 시간이나 방과 후에 맘대로 밖에 돌아다닐 수 있어요?"

"밖에 어딜? 속세를? 절대 안 되지!"

역시, 기회처럼 보이는 함정이었다.

"그럼 저는 할 일이 있으니까 그 학교란 곳은 다음에 갈게요. 조심히 가세요."

시현은 칼같이 거절을 하고 돌아서서 뛰기 시작했다. 육포 할아버지가 멈추라고, 그러다 진짜 큰일 난다고 경고했지만,

어림없었다. 죽었는데 이보다 더한 큰일이 어디 있다고.

시현은 제 죽음을 파헤치기 위해 거침없이 뛰었다.

D-46 여기서 빌런은 누구

시현은 길을 잃었다.

계속 같은 길을 돌고 돌았다. 까치발을 들면 좀 떨어진 곳에 우뚝 솟은 폐건물이 보였지만, 아무리 가도 좀처럼 가까워지질 않았다. 한참을 헤맨 끝에 급기야 처음 그 자리로 되돌아오기를 반복했다. 다행이라면, 그 자리에 육포 할아버지가 없다는 것이었다.

"세상 끝까지 쫓아올 것처럼 굴더니, 뭐 이렇게 쉽게 포기해."

시현은 뻣뻣한 머리칼 깊숙이 손을 넣어 확 흐트러뜨렸다. 생각을 지우고 싶을 때 나오는 오랜 습관이었다. 가위로 대충 자른 거친 단발머리가 더 심란하게 뻗쳤다.

시현은 주위를 다시 둘러보았다. 처음에 올라올 땐 목적지만 생각하며 걸어서 잘 몰랐는데, 다시 보니 산에 나무가 어찌나 빽빽한지 숲이라는 표현이 더 어울릴 정도였다. 해가 뜨거나 지거나 이 숲은 온통 그늘뿐이었다.

"근데 죽으면 심각한 길치가 되나? 아, 그래서 그 할아버지가 나침반시계를!"

후회의 단짝은 자책이지만, 시현에게는 아까부터 그 모든 것을 넘어서는 감정이 있었다. 시현은 화가 났다. 인생이란 게 초등학교 방학시간표처럼 계획대로 되는 게 아니라는 것도 알고, 시현 역시 살아생전 계획 따윈 없었지만, 아무리 그래도 열여덟에 실족사는 너무 억울했다. 심지어 인생에서 처음으로 좋은 일 해보려고 애쓰다 갑자기 죽어버린 시현은 지금, 오직 단 하나의 감정밖에 느낄 수 없었다. 분노. 시현은 자신의 마지막을 무슨 수를 써서라도 알아내겠다는 일념으로 걷고 또 걸었다.

꼬박 하루가 지나서야 시현은 폐건물 앞에 도착했다. 또 밤이었다. 하지만 어제와는 사뭇 주변이 달랐다. 시신은 치워져 있었고 경찰도 구경꾼도 모두 철수했다. 다들 자신을 잊은 것 같아 시현은 쓸쓸했다. 하얀 선으로 흙바닥에 그려진 시신 모양, 시현이 죽었다는 흔적만 남아 있었다. 그런데 선이 하나밖에 없었다.

"그 아저씨는 다른 곳으로 떨어졌나?"

마지막을 기억해보려고 했지만 머리만 아플 뿐이었다. 지하 100미터 아래 묻힌 상자를 투시하려고 애쓰는 느낌이었다. 눈으로 직접 확인하는 게 더 빠를 것 같아서 시현은 성큼성큼 건물 쪽으로 걸어갔다.

그때였다. 갑자기 하늘에서 귀신 둘이 뚝 떨어졌다. 예능에서 납량특집으로 야심차게 준비해놓은 것처럼 다분히 의도적인 등장이었고 각도와 타이밍마저 치밀했다. 시현은 놀이

공원 귀신의 집에 간 것처럼 볼썽사납게 비명을 지를 뻔했다. 너무 놀라 순간 성대가 막힌 게 시현으로서는 행운이었다.

둘 중 여자 귀신은 팔짱을 끼고 다른 하나는 양 허리에 주먹을 댄 채 빌런 잡으러 온 어벤저스처럼 시현 앞에 폼잡고 섰다. 그들의 자신감과 정의감이 뭉쳐진 눈빛을 보아하니, 여기서 빌런은 시현이었다.

"날 잡으러 온 거야?"

시현의 질문에 허리에 주먹을 대고 있던 귀신 소년이 고개를 끄덕였다. 나이는 엇비슷해 보였지만 키는 시현보다 조금 작았다. 시현이 또래를 볼 때 가장 중요한 건 키였다. 빌런이고 뭐고 이 싸움에선 자신이 위너였다.

시현은 모자를 푹 눌러쓰면 남자라고 오해받을 만큼 키가 훌쩍 컸다. 멋모르고 시현의 키에 반해 따라와 모델에이전시 명함을 내밀었다가, 돌아보는 거친 눈빛에 화들짝 놀라 도망간 사람도 여럿 있었다. 세상을 모조리 태워버릴 것 같은 강렬한 눈빛은 시현이 스스로를 보호하기 위해 두른 갑옷이었다. 그렇게 세상을 쏘아보지 않으면 모두 자신을 만만하게 보고 덤벼들 테니까.

하지만 그 눈빛이 언제나 먹혔는가 하면, 그건 아니었다. 딱 한 번 허물어진 적이 있었고, 그 일이 지금 시현을 이 자리까지 이끌었다.

시현은 눈에 힘을 주고 제 앞의 소년을 보았다. 소년이란 말이 잘 어울릴 것처럼 생겼지만 그건 얼굴까지였고, 소개가 따로 필요 없을 만큼 옷차림이 남달랐다. 빳빳한 깃에 금실로 수놓은 갑옷, 화려한 귀걸이까지. 대충 어느 시대 귀신인지 답이 나왔다.

"이 선생님께서 '친히' '꼭 좀' '도와달라'고 하셔서 이렇게 특별히 우리가 왔다. 우리 소개를 하지. 나는 천 년 신라의 십화랑 중 하나로⋯."

시현은 순간 '십화랑'을 '씨파랑'으로 들었고 본능적으로 주먹을 불끈 쥐었다.

"야, 너 방금 씹⋯ 뭐라 그랬냐. 다시 말해봐."

시현의 거친 말투에 소년의 눈에서 동공 지진이 일어났다. 선빵으로 욕을 날린 놈치고는 너무 소심한 대처였다. 잠시 후 소년은 떨리는 목소리로 말했다.

"십, 화, 랑. 열 개의 화랑인데⋯."

"아."

화랑이 열 개라니, 그런 건 몇 학년 때 배우는 걸까. 시현은 몰랐다. 이제라도 알았으니 된 거지, 뭐. 그리고 생각해보니, 욕이든 뭐든 그건 자기소개 타임이었다. 설사 욕을 했어도 누워서 침 뱉기였는데 자격지심이 불쑥 튀어나와 설레발친 것이다.

소년과 시현 사이에 어색한 정적이 흘렀다. 소년은 처음부터 다시 시작하고 싶은 얼굴로 시현의 눈치를 보았다. 시현은 하던 거 계속하라고 대충 손짓했다. 그러자 소년은 헛기침 후 다시 자신감을 발바닥부터 겨우 끌어올려 말을 이었다.

"그, 그중에 가장 유서 깊은 가문 출신에 가장 잘생기며 또한 가장 언변이 화려하기로 소문난 대파랑이고, 여기는 뭐….'

"내 소개를 왜 네가 해?"

곱게 한복 입고 신명 나게 부채춤 추다 온 것 같은 여자 귀신이 대파랑이란 녀석의 말을 자르며 앞으로 나섰다. 소녀라고 부르기엔 좀 과했고 그렇다고 아가씨라고 부르기엔 뭔가 어설펐다. 하지만 본인 자신이 과도기가 아니라 완성형이라고 굳게 믿고 있다는 게 목소리에서 느껴졌다. 목소리가 끈적하면서도 허스키했다.

"난 단풍이야. 내 이름이 왜 단풍인진 딱 보면 알겠지?"

단풍은 입술을 꽉 물었다가 파 하며 뱉었다. 빨간 입술을 극적으로 강조하려는 것이었다. 화장이 어찌나 하얗고 까맣고 빨갛고 극단적인지 그 아래 샤랄라한 한복은 눈에 들어오지도 않았다.

"왜? 너도 나한테서 눈을 못 떼겠어? 여자가 봐도 너무 예쁘지? 이래서 내가 속세에 자주 나올 수가 없어요. 아유, 정말 내 미모가 학교에 두기엔 참 아깝다니까?"

시현이 볼 때 자신의 앞에 선 귀신 둘은 옷차림에 말투에, 좀 덜떨어져 보였다. 그런데 다크호스는 뒤에 있었다. 뭔가 뒤통수를 콕콕 찌르는 것 같은 불길한 느낌에 돌아보니, 농구 선수처럼 큰 녀석이 서 있었다. 시현의 턱 끝이 녀석을 따라 점점 위로 올라갔다. 옷은 아랫도리만 입었는데, 몸통에 난 수많은 상처가 절대 만만히 봐서는 안 된다고 경고하고 있었다. 킬링 포인트는 머리였다. 덥수룩한 게 선글라스만 씌워주면 빼박 올드보이였다.

"내 소개가 늦었군. 나는 고려 무사 척준이다. 좋은 말로 할 때 우리와 함께 가자. 너한테 우리 미래가 걸려 있어서."

선생님이라 주장하는 육포 할아버지나 갑자기 등장한 신라, 조선, 고려 귀신이나 모두 콘셉트가 한결같았다. 다짜고짜! 시현은 그들에게 고분고분 따를 생각 따위 없었다.

"싫은데?"

시현의 대답에 척준이 허리춤에 손을 얹고 9시 방향으로 시선을 움직였다. 그곳에 육포 할아버지가 서 있었다. 허락을 구하는 눈빛으로 척준이 기다리자, 육포 할아버지가 시현 쪽으로 붓을 꺼내 들며 의미심장하게 물었다.

"지금이라도 순순히 찍을 테냐?"

시현은 단호하게 고개를 저었다. 그러자 척준이 허리춤에서 긴 검을 뽑아 들었다.

"뭐야, 그거? 진짜 칼이야?"

"걱정 마라. 날이 무딘 오래된 검이라 무 하나 베지 못한다. 단, 좀 아플 것이다."

척준은 무서운 속도로 시현을 공격했다. 시현은 한 번은 용케 피했지만 두 번째엔 등짝을 칼등으로 세게 맞았다.

"아우, 씨!"

무지막지하게 아팠다. 시현은 자신은 귀신인데 왜 저 검이 제 몸을 통과하지 않는 건지, 그리고 학교에 끌고 가겠다고 나타난 것들이 왜 자신을 막 대하는지 이해되질 않았고, 이해가 없는 자리에서는 당연하게 또 화부터 났다. 열여덟이란 세상 무서운 것 없는 나이다. 게다가 시현으로 말할 것 같으면 그 나이에 억울하게 방금 죽은 귀신이었다.

시현은 괴성을 지르며 반격했다.

D-45 이때가 기회

예상치 못한 반격에 척준이 움찔했다.

"저걸 어떻게 집었지?"

"뭘 집어!"

시현은 척준과 팽팽하게 맞서며 기세 좋게 외쳤다. 화가 나서 일단 필터링 없이 소리치긴 했는데, 느낌이 좀 이상했다. 양팔이 저릿저릿해서 흘깃 내려다보니, 제 손에 기다란 나뭇가지가 들려 있었다. 얼마 전 가을 태풍으로 바닥에 떨어진 평범한 나뭇가지였다. 시현은 귀신인데도 이승의 물건을 집어서 무기처럼 사용해 척준의 검을 막아냈고, 놀랍게도 척준이 점점 뒤로 밀렸다.

"어떻게 저 나뭇가지가 제 검보다 더 세요!"

척준은 힘겹게 시현의 반격을 막아내면서 육포 할아버지를 향해 소리쳤다. 그들의 싸움을 관전하던 대파랑과 단풍도 '오?' 하며 놀란 표정으로 잠시 그들을 바라보았다. 곧이어 육포 할아버지가 걸어와 힘겨루기 중인 척준과 시현을 유심히 관찰하며 말했다.

"죽은 지 얼마 안 돼서 그런가? 아니면 여기가 저 녀석이 죽은 곳이라 그런 걸 수도 있고. 그래도 그렇지, 귀신이 이승의 물건을 막 쥘 수가 있던가. 아무리 봐도 평범한 나뭇가진데. 아니면 혹시! 이 녀석이 원귀가 될 싹수가 있는 건지도 모르지."

"진짜 이 영감탱이가 뭐라는 거야!"

원귀라니! 화가 좀 많은 것뿐인데 뭘 그렇게까지! 시현은 미간을 찌푸리며 노골적으로 불쾌감을 드러냈다. 하지만 더는 그쪽에 신경 쓸 수 없었다. 맞서는 척준의 힘이 만만치 않았다. 그들이 계속 각자의 자리에서 힘겹게 버티는 동안, 육포 할아버지는 고개를 갸웃하더니 흠 소리와 함께 다른 가설로 넘어갔다.

"아니면 여기가 귀신출몰지역이어서 그럴 수도 있을 게다. 그래서 귀신의 힘이 더 증폭되는 거라면, 그 또한 말이 되지."

"그렇게 따지면 저도 귀신이잖아요!"

척준이 소리쳤지만, 시현은 육포 할아버지와 척준의 시시껄렁한 대화 따위 더는 관심 없었다. 시현의 목표는 오직 하나였다. 여기서 도망치는 것. 시현은 나뭇가지를 휘둘러서 척준을 구석으로 몰았다. 검도든 뭐든 배워본 적은 없었지만, 거친 무리의 패싸움 속에서 이제껏 제 몸을 지킬 수 있던 건 모두 깡다구 덕이었다. 차갑게 식은 심장에서부터 끌어올린

시현의 분노에 척준은 속절없이 뒤로 밀렸다. 시현은 기세를
몰아 척준을 쓰러뜨릴 일격을 준비했다.

그때였다. 시현의 뺨 쪽으로 비녀가 빠르게 스쳐 갔다.

"어차피 갈 거 편하게 가자, 응?"

단풍이 머리에 꽂혀 있던 비녀를 빼서 무기처럼 공격한 것
이었다. 비녀를 빼자 길고 풍성한 머리카락이 차르르 떨어지
면서 검은 물결처럼 일렁였다. 머리카락이 바람에 흩날리는
모습에 시현은 눈을 떼지 못했다.

진짜 귀신 같다!

자신도 귀신이고 상대도 귀신이라 이런 생각 자체가 우스
웠지만, 그런 생각이 들었다. 곧이어 단풍의 손짓에 따라 비
녀는 자유자재로 속도와 방향을 바꾸며 시현을 노렸다. 한편,
대파랑은 별다른 무기나 기술이 없는지 멀찌감치 떨어져서
말로 싸웠다. 왼쪽 오른쪽 손짓 발짓하며 고장 난 축구감독처
럼 저 혼자 분주했다.

대파랑의 시끄러운 훈수질 속에서 척준의 검과 단풍의 비
녀를 동시에 피하는 건 쉬운 일이 아니었다. 시현은 이 어려
운 걸 잘 해내는 스스로가 내심 뿌듯했다. 그런데 그게 표정
으로 드러나자, 단풍이 기분 상한 얼굴로 물었다.

"너 방금 우쭐했지? 속으로 막 의기양양했지?"

"이렇게 잘 피하는 게 얼마나 대단한 건데. 너도 인정?"

"인정 같은 소리 하네. 너 거기 딱 있어. 내가 진짜를 보여
줄 테니까."

잠시 후 시현의 눈을 노린 비녀의 공격에 육포 할아버지가
식겁했다.

"다치게 하면 절대 안 된다! 반드시 생포해야 해!"

그 즉시 비녀가 시현의 앞에서 멈췄다. 근데 생포라니? 그
말을 뒤집으면 격렬한 싸움 끝에 귀신도 죽을 수 있단 건가?
다칠 수도 있고? 시현의 머릿속이 복잡해진 사이 단풍이 육
포 할아버지에게 항의했다.

"저 짐승같이 날뛰는 애를 어떻게 선물 포장하듯 예쁘게
잡아요?"

"영혼에 손상이 가지 않도록 잘 잡아야지. 다치게 하면 너
희 상이고 뭐고 없다."

상? 역시, 뭔가를 노리고 나온 것이다. 대파랑, 단풍, 척준
은 그 말에 시현에 대한 공격을 멈추고 바로 육포 할아버지에
게로 가서 단체로 항의했다.

기회다. 다들 정신없는 틈을 타 시현은 재빨리 하와이안
셔츠 주머니에 있던 육포 할아버지의 나침반시계를 빼앗은
후 무작정 산밑으로 내달렸다. 예상대로, 시계를 가지고 있
는 것만으로도 시현은 자신이 원하는 방향으로 갈 수 있었다.
산 아래 도로까지 미친 듯이 달렸다. 한참을 달려 산 아래 주
택가 골목까지 이르렀을 때 문득 산 쪽을 돌아보니, 멀리서부
터 부산스럽게 쫓아오는 무리가 눈에 들어왔다.

"뭐 이렇게 잘 쫓아와? 나한테 GPS 심어놨나."

말해놓고 보니 혹시 싫었다. 설마 이게? 시현은 곧바로 나

침반시계를 멀리 던져버렸다. 마침 그 위로 야식 배달 오토바이가 쌩 지나가면서 나침반시계가 깨져버렸다. 그러자 산에서의 요란스러운 움직임이 일순 멈췄다.

그들을 따돌린 후 시현은 무작정 앞으로 내달렸다. 달아나야 한다는 일념뿐이었다. 그렇게 1시간을 내처 달리다 보니 처음 본 동네에 다다랐다. 점점 힘이 달려서 뛰는 속도가 느려졌다. 밤이라 잘 보이지 않았지만 주변이 죄다 아파트였다. 계획 신도시인지 아파트와 건너편 아파트 사이의 길이 무슨 고속도로처럼 8차선이었다.

이쯤이면 따돌렸겠다 싶어서 숨을 몰아쉬며 천천히 걷는데, 불현듯 반대편에서 검은 기운이 느껴졌다. 시현이 고개를 돌려보니 그곳에 검은 실루엣인 흑귀가 있었다. 자세히 보니 아까 옥상에서 본 남자보다 훨씬 키가 컸다. 저 흑귀는 언제부터 따라온 거지? 나침반시계가 없으면 심각한 길치가 되던데, 어떻게 내가 이곳까지 오게 된 걸까?

시현은 주위를 살폈다. '사고다발지역, 속도를 줄이시오'라는 푯말이 보였다. 이곳이 바로 흑귀가 원하는 '지점'인걸까. 흑귀는 그 자리에 서서 시현을 보았다. 가타부타 말도 없이. 시현은 배에 힘을 주고 건너편을 향해 말했다.

"야! 너 왜 자꾸 얼쩡거려? 육포 할아버지처럼 날 데려가려고?"

흑귀는 말이 없었다. 시현은 그러거나 말거나 자신의 의사를 확실하게 전달했다.

"저승사자면 내 말 똑바로 들어. 난 내 죽음에 대해서 좀 알아봐야 하니까, 학교든 어디든 내가 때 되면 알아서 갈게. 안 간다는 거 아니니까 그만 좀 쫓아다녀."

하지만 흑귀에게 시현의 말은 먹히지 않았다. 갑자기 흑귀가 도로를 건너 달리는 차를 통과해 곧장 걸어왔다. 시현은 뒤로 물러서려 했지만, 시멘트를 들이부은 것처럼 발이 움직여지지 않았다. 흑귀가 다가올수록 개미 떼가 훑는 것처럼 온몸이 저릿저릿했다. 그 느낌이 발끝에서부터 다리, 몸통으로 점차 올라왔다.

그때 누군가가 시현의 옆쪽으로 다가왔다. 하지만 그쪽으로 고개를 돌릴 수가 없었고 목도 움직일 수가 없었다. 시현은 곁눈질을 통해 상대를 확인했다. 옆에 교복을 입고 서 있는 녀석은 서늘하게 잘생긴 남학생이었다. 시현은 제발 좀 도와달라고 말하고 싶었지만 혀까지 마비되어 입을 옴짝달싹 못 했다.

그때, 부산스럽게 달려오는 소리가 들렸다. 아까 그 귀신 셋과 육포 할아버지였다.

"왜 우리는 순간이동 같은 것도 없어요!"

"같이 좀 가자꾸나, 헉헉."

"근데 저 녀석 왜 저기 가만히 서 있지? 이상하지 않아?"

"흑귀! 흑귀!"

"이런, 한발 늦었….'

늦었다고? 날 못 구해? 상황을 보아하니, 학교가 뭔지 전혀 모르겠지만 흑귀보다는 그쪽이 백배 천배 나을 것 같았다. 시현은 애가 탔다.

"잠깐! 거기 옆에 재인이 아니냐? 재인아! 얼른 그 사이에 서서 눈을 가려라!"

육포 할아버지의 말이 떨어지자마자 남학생이 한발 옮겨서 시현과 시선을 맞추었다. 그러고는 시현의 양 볼을 두 손으로 쥐고 자신의 두 눈에 고정했다.

"흑귀와 계속 눈을 마주치면, 너도 결국 저자를 따라가게 될 거야. 나만 봐."

재인의 눈은 블랙홀처럼 깊었다. 시현은 세상이 정지된 것 같았다. 그 눈 속으로 서서히 빠져드는 사이, 갑자기 손목이 찌릿했다. 붓으로 꾹 찍힌 느낌이었다. 육포 할아버지의 음성이 옆에서 들렸다.

"되었다!"

D-44 이게 학교

학교로 가는 길은 멀었다.

육포 할아버지는 깨진 나침반시계를 두 손으로 받쳐 들고 앞서 걸었다. 나침반시계의 침이 차 뒤에 붙여놓은 강아지 인형 머리처럼 달달달 떨렸다. 애가 타는 건 육포 할아버지뿐이었다. 그 뒤로 귀신 셋은 간만의 속세 구경에 신나서 룰루랄

라였다. 시현은 그들과 좀 멀리 떨어지고 싶었지만 몸이 맘처럼 움직여지지 않았다.

"시현이 넌 학교에 도착할 때까지 나한테서 열 걸음 밖으론 못 간다. 그러니 멀리 갈 생각 접어라."

붓을 찍으려던 이유가 이거였나? 말이 열 걸음이지 이 정도면 방귀 냄새도 맡을 만한 거리다. 시현은 일부러 제일 끝에서 걸었다. 그러다 보니 재인이 옆쪽이었다. 아까 그림자로부터 구해준 인연도 있고 해서 시현이 먼저 말을 걸었다.

"난 고시현이야. 아까 고마웠어."

서늘한 분위기의 재인은 은은하게 미소 지을 뿐 더는 말이 없었다. 시현 역시 그다음 말을 어떻게 꺼내야 할지 몰라 입을 다물고 옆에서 어색하게 걸었다. 몇 걸음 지나지 않아 별안간 육포 할아버지가 소리쳤다.

"모두 멈춰라! 시간이 벌써 이렇게 되다니. 빨리 주변에 그늘을 찾아봐라."

육포 할아버지가 발끝에 닿은 아침 햇볕에 놀라 뒤로 물러섰다. 육포 할아버지는 태양을 피하는 확실한 방법으로 근처 건물 지하로 들어가자고 제안했지만, 신라 고려 조선 귀신 셋이 반발했다. 그러면 해가 질 때까지 바깥 구경을 못 하기 때문이었다.

"아, 쌤! 저흰 이 천금 같은 기회를 놓칠 수 없어요!"

"나는 선생으로서 너희를 보호할 의무가 있다."

"아유, 쌤도 참, 귀신으로 지낸 세월이 얼만데. 우리가 애예요?"

"그럼 너희가 어른이냐."

"출생이든 사망이든 연도로 따지면 제가 훨씬 더….'

"나는 선생이다."

그들이 유치하게 승강이를 벌이는 사이 괜히 불똥이 튈까봐 멀찍이 떨어져 있던 시현은 등 뒤로 사이다 물줄기를 맞은 것 같은 느낌에 화들짝 놀랐다.

"와, 씨!"

그 즉시 단풍이 시현의 팔을 잡아 건물의 그늘 안쪽으로 당겨주었다.

"조심해. 햇볕이 온몸에 완전히 닿으면 너 그땐 진짜 '좋은' 곳으로 가는 거야."

좋은 곳이라니, 좋은 말씀에 이어 '좋은'이 붙은 모든 것에 두드러기가 날 것 같았다. 시현은 건물 아래 그늘로 발을 옮겼다. 그런데 갑자기 척준이 뭔가에 홀린 것처럼 햇볕을 향해 뚜벅뚜벅 걸어갔다.

"저 바보 또 저러네."

대파랑이 한숨을 팍 내쉬고 척준의 뒷덜미를 잡아 그늘 안쪽으로 끌어당겼다. 정신 차린 척준은 민망함을 무마하듯 헤헤 웃으면서 손바닥으로 뒷덜미를 쓸어내렸다.

한참 승강이를 벌인 끝에 결국 일행은 다수결의 원칙에 따라 높은 건물 아래 드리워진 커다란 그늘에 자리를 잡았다. 육포 할아버지와 재인은 구석에 앉아 함께 나침반시계를 고쳤고, 대파랑은 행인 옆에 붙어서 휴대전화로 e스포츠 게임을 구경했고, 단풍은 제 앞을 지나는 세상 여자 모두와 자신을 비교하며 미모를 꼼꼼히 점검했다.

어쩌다 보니 시현은 보디가드처럼 서 있는 척준 옆에 나란히 서게 되었다. 가까이서 보니 척준은 얼굴이 앳돼 보였다. 시현이 물었다.

"근데 너는 나이가 어떻게 돼?"

"몇 살에 죽었냐고? 생일이 지난 직후였으니까 열여섯이었지. 넌?"

"누나라고 불러."

그러자 단풍, 대파랑, 재인이 일제히 시현을 보았다. 누가 꼰대처럼 나이를 들먹이느냐는 노골적인 눈빛이었다. 알고 보니 대파랑과 단풍은 열아홉 살, 재인은 열여덟 살에 죽었지만 서로 말을 놓고 있었다. 나이라는 게 살아서나 의미 있지 어차피 다 같은 귀신 학생끼리 그런 거 따지는 게 촌스럽다는 것이었다.

시현은 갈퀴손으로 제 머리칼을 흐트러뜨린 뒤, 종종걸음으로 출근을 서두르는 사람들 쪽으로 시선을 돌렸다. 모두 미래를 위해 현재를 바쁘게 사는데, 시현에게는 이제 미래가 없다. 그게 귀신이다. 인생이 책이라면 시현은 프롤로그 쓰다 고꾸라져버렸다. 등판하자마자 댓글로 욕만 먹다가 결국 '좋아요' 눌러주는 독자 하나 보지 못한 채 퇴출당한 것 같았다.

해가 지고 밤이 내리자, 그들은 다시 움직였다. 반나절 내내 붙잡고 있던 보람이 있어서 나침반시계는 아까보다 훨씬 괜찮아 보였다.

학교가 가까워지자 대파랑은 방어적으로 팔짱을 낀 채 재인을 노려보았다.

"쌤, 상 받는 건 저랑 척준이랑 단풍, 딱 요렇게 셋 맞죠?"

"그림자로부터 시현을 구한 건 재인이다."

육포 할아버지의 말에 재인이 어색하게 미소 지었다.

"학생회장으로서 해야 할 일을 한 것뿐인데요. 한 명의 학생이라도 더 보호해야죠. 상은 양보할게요. 저는 괜찮아요."

육포 할아버지는 고개를 끄덕이다가 재인에게 툭 물었다.

"근데 재인이 넌 학교 밖으로 왜 나온 게냐?"

"안내자로 나가셨다고 장 선생님께서 하시는 말씀을 듣고, 선생님이 너무 걱정돼서 나왔어. 교칙을 어긴 건 학교로 돌아가서 달게 받을게요."

대파랑은 재인의 말에 얼씨구나 달려들었다.

"누구 녹음기 없어? 방금 저 말 꼭 녹음해야 하는데!"

대파랑이 설레발 쳤지만 육포 할아버지의 생각은 달랐다.

"네가 아니었으면 시현은 흑귀에게 끌려갔을 것이다. 그에 대한 벌은 없을 거다."

"흑귀에게 끌려가면 어떻게 되는데요?"

시현의 물음에 모두가 뒤를 돌아 시현을 보았다. 납치될 뻔한 당사자로서 이 정도는 물을 수 있는 거 아닌가? 사실 지금도 흑귀에서 학교로 대상만 바뀌었을 뿐 납치되고 있는 기분인데?

"그들과 같은 흑귀로 만들 거다."

"흑귀가 되면요?"

"자신의 모습을 잃겠지. 생각도 모습도 모두 흑귀의 명령에 따르고 움직일 테니."

시현이 아까 본 흑귀의 정체에 대해 고민하는 사이 어느덧 학교 앞에 도착했다. 학교는 상상도 못 한 곳에 있었다. 흑귀 때문에 마지못해 이쪽을 따라오긴 했지만 이건 좀 너무하지 않나. 시현은 힘이 쭉 빠졌다.

"경복궁이 학교라고요?"

21세기에 궁궐에서 귀신들이 공부를 한다고?

"제비뽑기에서 내가 이겼거든."

언제봐도 감동이라는 듯 육포 할아버지가 뿌듯한 얼굴로 궁궐을 바라보았다.

"혹시 안내자도 제비뽑기로 나온 거예요? 학교 쌤도 사다리 타서 정하고?"

"안내자는 당연히… 말에 가시가 있구나?"

"느끼셔서 다행이네요. 눈치 못 채실까 봐 티 팍팍 냈는데."

"왜 그렇게 학교가 싫은 게냐?"

"살아서도 안 다녔는데 죽어서까지 꼭 이래야겠냐고요. 백번 양보해서 한번 다녀볼까 했는데, 외출도 안 된다면서요? 앞으로 감옥처럼 저 궁궐 안에서… 아우, 오는 동안 쪼끔은

쌔끈한 걸 기대했는데, 이게 무슨 학교라고."

그때 구름에 가려져 있던 달빛이 표지판에 닿자 경복궁 안내 표지 위로 새로 단 명패가 보였다. 시현은 홀린 것처럼 소리 내서 따라 읽었다.

"이게 학교?"

D-43 오랜만에 신입생

"누가 또 껌을 여기다가!"

육포 할아버지는 학교 명패에 쓰인 '계' 자에 절묘하게 붙은 껌을 손톱으로 떼려고 했지만 잘 되지 않았다. 이계 학교. 원래는 다른 세상의 학교라는 뜻이었겠지만, 누군가의 장난으로 학교는 진짜 장난처럼 되어버렸다. 이런 게 무슨 학교냐 시비 걸듯.

"벌써 이게 몇 번째인지, 잡기만 하면 진짜! 학교 관리인에게 다시 말해야겠군."

육포 할아버지가 일단 안으로 들어가자며 먼저 궁궐 문을 통과했다. 그러자 열 걸음 이상 멀어질 수 없는 시현 역시 안쪽으로 딸려 들어갔다. 곧이어 재인이 들어왔고 그 뒤로 시꺼먼 게 궁궐 문을 살짝 통과하다 말고 다시 밖으로 나갔다.

문밖에서 대파랑이 큰 소리로 항의했다.

"쌔앰! 학교에 신입생 데리고 오면 저희 모습 돌려주시기로 하셨잖아요! 신입생 온다고 다들 모여 있을 텐데 쪽팔린단 말이에요."

"이미 학생들은 너희 모습을 다 아는데 쪽팔릴 게 무어냐. 그리고 너희가 나에게 바로 이런 문제로 항의하는 사이, 시현이 산 밑으로 도망갔다가 흑귀에게 잡힐 뻔했다. 너희는 큰 벌을 면한 것만으로도 만족해야 할 것이야!"

시현은 상황이 정확히 어떻게 돌아가는 건지 알 수 없었지만, 대파랑 단풍 척준 세트가 상을 받지 못한다니 은근 쌤통이었다. 아까 단풍의 비녀가 눈앞까지 오고 척준의 검으로 등짝 스매싱을 맞았던 걸 생각하면 새삼 짜증이 났다.

대파랑은 지푸라기라도 잡는 심정으로 다시 문밖에서 항의했다.

"축구를 보세요. 박지성을 보라고요. 제가 바로 박지성 같은 사람이에요. 손흥민만, 골 넣는 사람만 축구선수예요? 이게 다 팀플레이라니까요! 네?"

상황이 다급해지자 대파랑은 갑자기 거리를 두던 재인과 그들이 넓은 의미로 한팀에 속한다고 주장하기 시작했다. 하지만 육포 할아버지는 단호했다.

"시간 내에 들어오지 않으면 무단외출이다. 허허, 다 자신의 선택으로 상도 벌도 받는 것이니 알아서들 하거라."

육포 할아버지는 강짜를 부리는 그들을 두고 먼저 가버렸다. 시현은 그 자리에 가만히 있었다. 학교에 들어오자 안내자와 신입생 사이의 열 걸음 이내 규칙이 사라지면서 더는 딸려가지 않았다. 보이지 않는 끈에서 해방되었지만, 궁궐은 처음이라 어디로 가야 할지 영 알 수 없었다. 그래서 시현은 자연스레 육포 할아버지를 따라갔다.

육포 할아버지는 학교에 들어온 후부터 산에서 봤을 때보다 훨씬 더 여유로워 보였다. 이제야 맞는 옷을 입은 것 같달까. 물론 복장은 똑같이 하와이안 셔츠에 등산화를 신고 양말을 정강이까지 올려 신었지만.

"근데 진짜 그 옷은 뭐예요?"

시현의 질문을 오해한 육포 할아버지는 빙그르르 돌며 360도 서라운드로 자랑했다.

"멋지지? 내가 늘 같은 옷만 입으니까 변화를 줘보라면서 오랜 친구가 조언해주더구나. 내가 은근히 화려한 문양이 잘 어울리거든."

"영실인가 하는 그 친구가요?"

"어떻게 알았느냐?"

"아까 나침반시계 고치면서 자꾸 영실이 영실이 찾았잖아요. 근데 친구가 그 사람밖에 없어요?"

시현의 촌철살인에 육포 할아버지는 당황했다.

"내가 친구가 왜 없다고 생각하는 게냐? 학교 선생님들과 학생들이 다 나의 사람이고 또 진실한 친구이고…."

"친구 없네. 원래 친구란 게 물었을 때 0.1초 안에 딱 나와야 해요, 이름이. 한 번에 안 나오고 이 사람 저 사람 어물쩍대면 친구 없는 거예요."

"그러는 너는, 친구가 누구냐?"

"뭐, 어쨌든 그 친구 조심해요. 아무래도 할아버지 물 먹이는 거 같으니까."

"왜? 안 어울리느냐?"

"이건 어울리고 안 어울리고의 문제가 아니라고요. 막말로 이건 현빈이 와도 소화 못 하죠."

"뭔 빈? 내가 모르는 빈도 있었나."

말을 섞으면 섞을수록 팥빙수 녹는 것처럼 대화가 걸쭉해지는 것 같았다.

"그냥 영실이…, 할머닌지 할아버진지 모르겠지만, 그 어르신이랑 친하게 지내세요. 그게 낫겠네요."

패션에 관한 대화는 거기서 끊겼다. 패션이라는 게 자신의 가치관과 라이프 스타일을 보여주는 건데 그건 시현이 바꿀 수 있는 게 아니었다. 그리고 시현 역시 누군가에게 패션에 대해 조언해줄 만한 처지도 아니었다. 운동화는 밑창이 나달거렸고 티셔츠는 후줄근하고 청바지는 평범했다. 입은 옷이 그 사람을 정의하는 시대다. 시현은 머리를 긁적였다. 첫인상이 중요한데.

"근데 교복 같은 거 없어요?"

육포 할아버지는 무슨 소리냐는 듯이 시현을 빤히 보았다.

"아, 표정 보니, 없네. 그럼 죽을 때 모습 그대로예요? 계속?"

"보통은 그렇지. 왜? 옷이 마음에 들지 않는 게냐?"

시현은 말없이 아래만 보며 신발 앞코로 바닥을 꾹꾹 눌렀다. 죽어서도 시현이 가진 패는 변하지 않았다. 여전히 시현은 초라했고 뭣도 없었다. 육포 할아버지는 시현을 한참 보다가 한쪽 어깨를 잡으며 말했다.

"옷에 대해서는 더는 걱정하지 않아도 될 게다."

시현은 조금 감동이 올라오려고 해서 부러 시선을 다른 곳으로 돌렸다.

그들은 홍례문을 지나 작은 물길이 흐르는 돌다리를 건넜다. 네 마리의 돌짐승이 금방이라도 물에 뛰어들 것 같은 자세로 웅크린 채 물길을 응시하고 있었다.

"천록이다. 물길을 타고 궁으로 진입하려는 나쁜 기운을 경계하는 게지."

천록은 외뿔이 있긴 한데 카리스마는 없어 보였다. 메롱하듯 혀를 빼고 있었다.

"이렇게 이상하게 생긴 동물은 첨 봐요."

"상상 속 동물이니까. 저래 봬도 사악한 것을 물리치는 벽사의 능력을 지녔지."

"그럼 저게 절 공격할 수도 있어요?"

시현의 질문에, 육포 할아버지는 뜨악한 표정으로 보았다.

"넌 귀신이 사악하다고 믿는구나? 흠흠, 배워야 할 것이 많군. 걱정 마라. 나도 죽기 전에는 귀신에 대해 오해가 많았으니."

육포 할아버지는 부지런히 앞서 걸었다. 반면 시현은 주변을 구경하느라 점차 뒤처졌고 어느새 혼자 궁궐을 걷게 되었다. 시현은 주머니에 손을 대충 구겨 넣고 천천히 걸었다. 궁궐 깊숙이 들어갈수록 곳곳에 숨어 있던 귀신들이 머리를 빼꼼 내밀고 나왔다. 다른 귀신 학생들은 모두 21세기 복장이었다. 그들은 멀리 떨어진 채 신기한 눈으로 시현을 보았다. 신입생인 시현에 대한 탐색전이라도 펼치는 것 같았다.

"신입생이래. 얼마 만이지?"

"안내자는? 설마 이 선생님이 임시로 나갔던 거야?"

"고인물도 같이 갔다고 하지 않았어?"

철수, 영희, 바둑이처럼 셋이 뭉쳐 다니는 신라, 고려, 조선 귀신. 시현은 학생들이 왜 그들을 '고인물'이라고 부르는지 알 것 같았다.

'근데 이러다가 길이라도 잃는 거 아니야? 궁궐이 이렇게 컸나?'

시현이 주위를 두리번거리는데 시야의 끝에 재인이 보였다. 재인이 소리 없이 뒤를 따라오고 있었다. 시현과 눈이 마주치자 재인은 그 자리에서 멈춰 섰다. 그런 뒤 터벅터벅 걸어서 시현에게 다가왔다.

"학교는 나중에 소개해줄게."

"넌 어디 가게?"

재인은 귀뜸해주듯 시현에게로 바짝 다가와 귀에 속삭였다.

"내가 아니라 네가 어디를 가야 해. 곧 부르실 거야."

시현은 깜짝 놀랐다. 남자가 이렇게까지 자신에게 가까이 온 적은 처음이었다. 시현의 온몸이 긴장한 걸 느낀 재인이 곧 뒤로 물러섰다.

"미안. 불편했어?"

"아, 뭐, 아니."

시현은 예민하게 구는 것처럼 보이고 싶지 않아서 대충 얼버무렸다.

"조만간 또 보자."

재인이 가볍게 인사하고 먼저 돌아서서 다른 곳으로 걸어갔다. 재인이 모퉁이를 돌아 사라지자마자 시현은 참았던 숨을 파아 뱉었다. 진짜로 숨을 쉴 순 없지만, 숨 쉬는 습관이 남아 있었다.

재인이 간 지 얼마 되지 않아서 육포 할아버지가 시현에게 다시 왔다.

"나랑 같이 좀 가자꾸나."

"어딜요?"

"상벌위원회에서 널 직접 만나보고 결정하고 싶다는구나."

고인물이 벌이냐 상이냐를 놓고 바깥 거리에서 육포 할아버지에게 항의하던 게 떠올랐다. 그것을 주관하는 게 상벌위원회 같았다. 이것이 신입생이 거쳐야 할 통과의례라면 기왕 학교에 온 거 기필코 상을 따내야지.

시현은 거침없이 육포 할아버지와 함께 집현전으로 향했다.

D-42 괴물, 동물, 식물, 사물

시현은 살짝 기대를 걸고 집현전으로 들어섰다.

문을 열자 길게 뻗은 책상을 둘러싸고 의자가 놓여 있었다. 그리고 한쪽 끝으로는 서가가 있었는데 선반 위에 책들이 빼꼭히 꽂혀 있었다. 고개를 빼서 서가 쪽을 보았더니 끝이 보이지 않았다. 밖에서 볼 때는 집현전이 컨테이너 두세 개를 합쳐놓은 것밖에 되지 않았는데.

"밖에서 봐서는 결코 알 수 없는 것들이 있지."

"저렇게 공간을 크게 만든 건 어떻게 한 거예요? 착시 효과인가?"

"귀신은 인간과 같으면서도 또 다르단다. 이 집현전은 나랑 학교 관리인의, 너희 표현으로 하면 '컬래버레이션'이지."

시현은 아, 네 하고 대충 고개를 끄덕였다. 시현이 오늘 이곳에 온 건 책을 읽으려고 온 게 아니었으니까. 시현의 볼일은 반대쪽에 있었다. 고개를 돌려 책상 쪽을 보니 서가와는 달리 상벌위원회의 규모가 생각보다 소박했다.

상벌위원회에 참석한 귀신은 다섯이었다. 은은하게 미소 짓는 할머니, 신경질적으로 생긴 청년, 누가 봐도 장군, 육포 할아버지에게 빨리 오라고 손짓하는 또 다른 할아버지. 첫인상으로 매긴 상벌위원회 점수는 100점 만점에 4점이었다. 그런데 빈자리가 보였다.

"정 선생님은 이번에도 참석 안 하시겠답니까?"

"아직 뿔이 많이 나신 것 같습니다."

"벌써 십수 년이 지난 일인데 매번 이렇게 불참하시니 걱정이군요."

그러자 갑옷에 검까지 무장한 장군이 굵은 목소리로 대뜸 반대를 외쳤다.

"선생 대부분이 참석하지 않았는데 이런 식으로 회의를 진행할 순 없소이다!"

"급하게 열린 회의라 참석하지 못한 선생님들께서는 한 식경 전에 저와 김 선생님께 전과 동일하게 위임권을 보내셨습니다."

장군의 도발에도 육포 할아버지는 찬찬히 말했다. 하지만 장군은 화를 참지 않았다.

"그 위임권이라는 것도 왜 항상 당신들에게만 보내는 거요? 그것부터가 편파적인 게 아니면 뭐요? 현재 위원회 선생들 구성도 한 시대에 치우쳐 있지 않소? 조선 그깟 게 뭐라고."

조선을 대놓고 까는 걸 보니, 단언컨대 장군은 조선 시대 사람은 아닌 것 같았다.

"선생들도 대대적으로 개혁이 필요합니다."

"선생님들을 말씀하시는 겁니까? 아니면 수업 방식을 걸고넘어지시는 겁니까?"

"다! 싹 다!"

"최 선생님도 포함해서요?"

"난 오래전부터 개혁을 주장해왔소. 나는 이곳에 꼭 필요한 인재요."

"여기 인재 아닌 선생님도 있습니까?"

"왜 아주 외국 석학들을 초빙하시지?"

"그 안건은 계속 논의 중인 거 아닙니까."

탁구공이 넘어가듯 말이 빠르게 오가서 시현은 누가 무슨 말을 하는지 놓쳤다. 이런 분위기는 기대도 안 했는데, 빠르게 속공하는 스포츠처럼 관전하는 재미가 있었다.

그때 그런 장군을 쏘아보는 할아버지가 있었다. 시현은 그 할아버지가 '영실'이겠구나 싶었다. 육포 할아버지와 색깔만 다른 꽃무늬 하와이안 셔츠를 입고 있었기 때문이다. 육포 할아버지를 물 먹이려는 게 아니라 저 영실 할아버지도 저런 옷이 꽤 멋지다고 생각하는 것이었다. 주름 자글자글한 할아버지 둘의 하와이안 셔츠로 맺어진 브로맨스라니, 시현은 안구 보호가 절실했다.

"거기 장 선생, 아까부터 날 매우 불손한 눈으로 보는데! 나와 한판 뜨고 싶으면 지금 당장 검을 빼 드시오!"

갑작스러운 장군의 호통에 분위기는 금세 험악해지려고 했다. 그러자 장 선생이라 불린 할아버지가 그런 적 없다며 딱 잡아떼고는 기침하는 척하며 구시렁거렸다.

"그놈의 검 검 검, 서러워서 원. 내가 이번에 광선검 하나 만들든지 해야지."

세 할아버지의 티키타카 속에서 젊은 선생은 무심히 허공만 보고 있었다. 하지만 앉은 자세와 팔의 각도로 보건대, 백퍼 책상 아래에서 폰질 중이었다. 실시간 생중계인가? 누구에게? 시현은 팔짱을 끼고 관람 모드로 들어갔다.

곧이어 할머니가 모기를 때려잡듯 책상을 탕 치며 젊은 선생에게 일갈했다.

"선생님들께서는 지금 상벌위원회 참석 중이십니다. 제발 체통 좀 지키시지요. 학생 앞에서 부끄럽지도 않으십니까? 그리고 김 선생님, 귀신폰 좀 그만 책상 위로 올려놓으시지요. 자꾸 그러면 압수입니다!"

"김 선생님이라뇨? 저는 이씨인데요? 검색창에 쳐 보세요. 저 이씨로 뜹니다, 이씨!"

"그건 예명이지 않습니까. 저번엔 본명으로 불러달라고…."

젊은 선생은 할리우드식 리액션으로 '제가 언제요?' 되묻듯 눈을 동그랗게 뜨고 할머니를 보았다. 할머니는 불만을 끄응 삼키며 회의 끝나고 따로 보자며 일단락 지었다. 곧이어 할머니는 글이 빼곡하게 적힌 패드를 터치로 넘기면서 회의를 주도했다.

"사망 장소를 이탈하고, 임시 안내자에게서 도망치고, 싸움 끝에 나침반시계를 훔쳐 다시 도망치고, 던져서 망가뜨리고, 또 흑귀까지…."

뒤로 갈수록 어조가 높아지는 걸 보니 아무래도 상보단 벌 쪽인 것 같았다. 모두 이번에 문제아가 들어왔다는 표정으로 시현을 보았다.

그때 장군이 풋 하고 웃었다.

"학생이 도망가다 흑귀를 만났단 말입니까? 오늘 자원해서 나가신 선생께서 일을 이렇게 처리하시다니, 쯔쯔."

혀를 차는 소리가 꼭 낄낄거리며 웃는 것 같았다. 육포 할아버지의 얼굴이 가을 단감처럼 벌게졌다. 또 티키타카가 벌어지려나 시현이 기대하는데, 갑자기 젊은 선생이 한쪽 눈썹을 올리고 심각한 표정으로 물었다.

"이런 일은 진짜 안내자가 나가야 하는 거 아니었던가요?"

"그게…."

"뭘 그런 걸 묻나. 안내자 일을 자신도 할 수 있다며 아주 자신만만했던 게지."

장군이 노골적으로 비꼬자 육포 할아버지의 얼굴이 이번엔 홍시처럼 붉게 익었다. 장군은 다시 다른 선생님들을 향해 몸을 틀며 또 다른 제안을 했다. 틈만 나면 육포 할아버지를 깔아뭉갤 기회를 엿보는 것 같았다.

"이 정도면 이 선생 문제도 상벌위원회 정식 안건으로 올려야 하는 거 아닙니까?"

그러자 육포 할아버지 옆에 있던 장 선생님이 벌떡 일어나서 발언했다.

"이 선생님께서는 그 누구보다 학생들을 사랑하시고 오늘도 어쩔 수 없이…."

육포 할아버지가 그만하면 됐다며 단짝 할아버지의 팔을 잡아끌어 앉혔다. 뒤이어 할머니가 머리가 아픈지 양손으로 관자놀이를 꾹 누르며 다시 상황을 정리했다.

"중간에 불미스러운 일이 있긴 했지만 그건 이 선생님이 아니라 고시현 학생의 돌발행동 때문이었고, 또 결과적으로 학생이 무사히 학교에 도착했습니다. 그리고 최 선생님, 지난 안건은 왈가왈부할 수 없다는 걸 잘 아실 텐데요. 일사부재리의 원칙이죠."

시현은 장군을 보았다. 그러니까 장군의 성은 최씨였다. 그리고 상황을 보아하니 시현 때문에 육포 할아버지도 상벌위원회에서 자신과 같은 위치에 앉아 있던 것 같았다. 아래를 슬쩍 보니, 시현이 앉은 의자 밑에 육포가 떨어져 있었다. 이걸 바닥에 떨어뜨린 줄도 몰랐을 만큼 긴장했던 건가. 학교 선생님도 상벌위원회에서 처분을 받는다니, 그럼 학생은 얄짤 없겠구나 하는 생각이 들자 시현은 앉은 자리가 몹시 불편해졌다. 시현은 엉거주춤 자리에서 일어났다.

"어디 가?"

젊은 선생이 시현을 보았다. 폰질에 정신 팔린 줄 알았더니, 의외로 눈치가 빨랐다.

"말씀들 나누시라고요. 저는 잠깐 나가 있을게요."

"앉거라."

장군이 일축했다. 시현은 장군의 허리춤을 보았다. 장군이 차고 있는 검은 척준의 것과는 달랐다. 매일 따로 광을 내는지 윤이 반짝반짝 났다. 시현은 조용히 자리에 앉았다. 선생님들은 다시 토의를 시작했다. 할머니가 대표로 시현에게 물었다.

"고시현 학생, 왜 도망가려고 했죠? 그것도 두 번씩이나."

"제가 어떻게 죽었는지 알고 싶어서요."

시현의 대답에, 할머니가 책상 위로 손을 깍지 끼며 다른 선생님들을 향해 말했다.

"고시현 학생은 인간으로서의 기억과 감정에 사로잡혀 위험을 초래했습니다. 다행히 학교에 왔지만, 언제 또 그런 일이 일어날지 모르죠."

"인정합니다. 인간이라는 탈이 때론 귀신을 인간이던 과거에 붙잡아두죠."

모두 고개를 끄덕였다. 할머니가 시현 쪽으로 몸을 틀며 물었다.

"고시현 학생은 네 가지의 모습을 선택할 수 있어요. 괴물, 동물, 식물, 사물. 어떤 모습으로 변화하고 싶은가요? 참고할 테니 자유롭게 말해보세요."

명패에 적힌 이름이 '이게 학교'일 때부터 예상했지만 생각보다 훨씬 더 이상한 곳이었다. 시현은 잠깐 고민했다. 선택지가 고작 저거라면 사실 고민할 필요도 없었다.

"괴물로 하시죠."

D-41 만장일치로 3번

"괴물은 상이란다. 괴물은 특별한 능력이 있거든."

육포 할아버지가 그건 절대 안 될 일이라며 나직이 알려주었다. 아니, 그러면 물어보질 말든가. 시현은 그제야 학교 시스템에 대해 좀 감이 잡혔다. 신입생을 보러 오겠다고 한 학생들은 모두 평범한 인간의 모습이었다. 그게 제로베이스 상태였다. 반면 고인물은 벌을 받은 것이었다. 그래서 대파랑이 살짝 문을 통과했을 때 시꺼먼 게 보였던 것이고. 그들이 받은 벌은 뭐였을까. 확실한 건 그들도 괴물은 아니었다.

그때 밖에서 웅성거리는 소리가 들렸다.

"아직 결과 안 나왔어?"

"회의 중. 고인물 때랑 다르게 되게 신중하신데?"

"고인물 때도 충격이었는데."

"야야, 들려? 어떤 걸로 변할 거래?"

학생들 잡담이 집현전 안에까지 다 들렸다. 고인물 때가 충격이었다고? 이럴 줄 알았으면 궁궐 문에서 개네들이 들어올 때까지 기다릴걸. 불안해진 시현이 손을 번쩍 들었다. 마침 시현과 눈을 맞춘 장 선생님이 질문해보라면서 고개를 끄덕였다.

"그 대파랑, 척준, 단풍 개네들은 어떤 모습으로 변했어요?"

"그 아이들은….."

장 선생님이 대답하려고 하자 젊은 선생이 말을 끊으며 대답했다.

"걔들이 한 행동에 딱 맞는 모습이야. 그땐 내가 제안했고 당시 참석했던 열다섯 명 선생님들 모두 만장일치로 통과시

켰지."

열다섯 명이라니, 선생님들이 지금 회의에 참석한 선생님보다 훨씬 더 많다는 소리였다. 시현은 대부분의 선생님이 참석하지 않은 이 상벌위원회가 자신에게 유리한지 불리한지 속으로 계산기를 두드렸다.

그때 할머니가 나서서 젊은 선생의 말을 정정해주었다.

"단풍의 모습만 그랬죠. 대파랑은 역사 선생님 제안이었고, 척준은 체육 선생님이 제안한 모습이었죠."

젊은 선생은 부루퉁하게 입을 내밀고는 다시 휴대전화를 만지작거렸다. 속도가 빠른 걸 보니 게임 중이거나 이 상황에 대한 뒷담화 문자질인 것 같았다.

어쨌거나 동물, 식물, 사물 중 택일하라니, 시현은 진짜 의욕이 안 생겼다. 그나마 나은 게 뭘까 고민하는 사이, 선생님들끼리 활발하게 의논했다.

"사물로 하시죠!"

"사물은 너무하지 않나요? 엄밀히 보면, 학교에 들어오기 전의 일이지 않습니까?"

"저 역시 동감입니다. 신입생이 사물로 변한 경우는 이제껏 전례가 없습니다."

장군을 제외하고는 모두 동물과 식물 사이에서 고민했다. 아무리 생각해도 자신더러 들으라는 목소리 크기여서 시현은 한 손을 올리고 그들의 말을 막았다.

"잠깐만요, 사물로 변하는 게 왜 가장 큰 벌이죠?"

"몸을 의지대로 움직이기 어려우니까."

"그럼 쓰레기통이 되면 한 장소에서 영원히 쓰레기통으로 있어야 한다는 거예요?"

시현의 질문에 재미있어하는 건 오직 젊은 선생뿐이었고, 나머지 선생님들은 퍽 곤란한 얼굴로 서로를 보았다.

"쓰레기통이라니, 우리가 학생들에게 그런 짓을 할 것으로 생각하다니, 맙소사."

선생님들은 이걸 어디서부터 어떻게 설명해야 하나 난감한 표정이었다. 난감하긴 아까부터 시현도 마찬가지였지만 다시 선생님들은 신중하게 토의를 이어 갔다. 그사이 살아생전 끼니처럼 챙겨 먹은 눈칫밥 덕에 시현은 돌아가는 상황이 대충 파악이 됐다. 이쯤 쐐기를 박아야 했다. 시현은 다시 머리 위로 손을 번쩍 들었다.

"동물이든 식물이든 결정되면 그 안에서 뭐가 될지 선택할 수 있는 거죠?"

"특별히 하고 싶은 게 따로 있는 모양이구나?"

"식물로 할 거면 날아다니는 거 막 잡아먹는 거, 이름이 뭐더라. …식인식물?"

집현전 내부는 먼지 소리가 들릴 만큼 조용해졌다. 다들 무표정으로 시현을 보았다. 심지어 젊은 선생도 폰질을 멈추었다. 젊은 선생이 정색하고 화살표 커서로 찍듯 정확히 말했다.

"동물로 하시죠."

선생님들 모두 일제히 격하게 고개를 끄덕였다. 시현은 히

죽히죽 웃음이 새어 나오려는 걸 간신히 참았다. 원하던 바였다. 다른 귀신들이 보기만 해도 몸이 쑤셔올 만큼 엄청난, 괴물에 버금가는 덩치를 원했다. 한편, 시현을 지그시 바라보던 육포 할아버지가 앞에 놓인 패드를 터치했다.

"방금 선생님들께 보내드린 파일에 제가 생각한 동물과 그이유가 적혀 있습니다. 그중 세 번째가 제가 안식년에 해외에 가서 직접 본 동물인데, 저는 고시현 학생과 잘 맞을 것으로 생각합니다."

시현은 자신과 잘 맞는 동물이 뭔지 궁금해서 가장 가까운 자리에 앉은 젊은 선생의 패드를 흘깃 보았다. 사진에서 갈색 털빛과 둥그스름하게 떨어지는 실루엣이 살짝 보였다. 그렇다면 저건? 시현은 심장이 두근거렸다. 아까 집현전으로 오는 길에 육포 할아버지와 말 좀 섞어놓은 보람이 있었다.

시현은 육포 할아버지를 향해 엄지를 살짝 치켜들었다. 육포 할아버지는 조금 놀란 눈치였다. 그런데 육포 할아버지의 당황한 모습을 캐치한 장군이 책상을 탕 치면서 호탕하게 말했다.

"3번! 이걸로 합시다. 아주 마음에 드는군."

"저도 이유가 타당해 보입니다."

"이런 동물은 학교에서 처음이지만, 좋아요. 저도."

"역시 이 선생님의 혜안에 새삼 놀랐습니다."

결국, 만장일치로 3번 동물로 결정되었다. 시현은 매사에 삐딱한 장군과 젊은 선생까지 모두 맘에 들어 한다는 게 좀 불길했다. 아까 슬쩍 본 동물이 그게 아닌가? 갈색 둥그스름한 실루엣이 그거 말고 뭐가 있지?

시현이 고민하는 사이 냄새가 풍기기 시작했다. 선생님들의 몸에서 다양한 색이 연기처럼 뿜어져 나와 달콤 쌉싸름한 초콜릿 향기와 함께 시현에게로 흘러왔다. 뒤엉킨 색깔이 천천히 그리고 부드럽게 시현의 몸을 통과했다. 달콤한 초코 향이 기분 좋게 스쳐 지나간 뒤 시현은 조심스럽게 눈을 떠보았다.

"고시현 학생은 나가봐도 좋아요. 저 문을 나가는 순간 모습이 바뀔 겁니다. 학교생활 잘하고 수업 열심히 하면 다시 모습을 바꿀 기회가 올 겁니다. 행운을 빌게요."

할머니의 덕담과 함께 시현은 엉거주춤 자리에서 일어났다. 모두 빨리 시현이 문밖으로 나가서 변신한 모습을 보여줬으면 하는 기대에 찬 눈빛이었다.

시현은 자신의 직감을 믿기로 했다. 짙은 갈색의 야생곰. 일어서면 키가 3미터가 넘고, 네 발로 걸어갈 때면 땅이 진동하고, 거센 물길 속에서 연어를 손바닥으로 탁 쳐서 잡아 올리는 거친 모습. 괴물 같은 동물. 시현은 씨익 웃으면서 집현전 문을 열었다. 그런데 나오는 순간 시야가 팍 낮아졌다.

"꺄아! 너무 귀여워!"

학생들이 환호하면서 시현에게로 몰려들었다. 다들 귀신폰으로 시현을 찍었고 셀카 좀 같이 찍자며 바닥에 쪼그리고 앉는 학생도 있었다. 예상치 못한 환대에 시현은 놀라 뒷걸음질 쳤는데, 보폭이 너무 짧았다. 뭐지? 아 이거 뭐지?

그때 함께 셀카를 찍으려는 여학생의 귀신폰 화면에 비친 제 모습을 보았다. 웃는 상이었다. 시현은 저 동물을 인터넷 짤방에서 본 적 있었다. 늘 웃는 얼굴로, 호주에만 산다는 '쿼카'였다.

육포 할아버지가 집현전에서 나와 시현의 어깨를 토닥여 주었다.

"어떠냐, 나의 재치가."

"이건 야생곰이 아니잖아요! 이건 나와 하나도 안 어울린다고요!"

"마음속 분노를 자연스럽게 버릴 수 있도록, 아주 좋은 '탈'을 추천한 거란다."

시현이 육포 할아버지에게 더 항의하려는데, 소문을 듣고 달려온 학생들이 어느새 시현을 둘러쌌다. 눈이 부시도록 플래시가 팡팡팡 터졌다.

"야! 다들 꺼져! 저리 좀 가라고!"

시현이 화가 나서 방방 뛰자 학생들의 눈은 다들 녹아버릴 것 같았다.

"방금 뛰는 모습 봤어? 완전 대박!"

"나 사진으론 안 되겠어. 동영상 찍을래."

아까보다 플래시가 더 많이 터졌다. 이런 몹쓸 분위기는 자신과 맞지 않는다며, 시현은 늘 그랬듯 이번에도 같은 선택을 했다. 학생들 다리 틈 사이로 냅다 도망쳤다.

어둠 속을 얼마나 뛰었을까. 시현은 외진 곳을 찾다가 그만 돌멩이에 걸려 넘어지면서 풀밭에 코를 박았다. 다시 일어나고 싶지 않았다. 일어나 봤자 짧은 다리로 또 아장아장…… 하, 귀신에, 이계 학교에, 귀여운 동물로 변신이라니.

다 포기하고 싶은 순간 갑자기 목소리가 들려왔다.

"이런다고 내가 쫄 것 같아? 웃기지 마. 죽어도 포기 못 해!"

2부

또
죽고
싶지
않아

D-40 지금 죽이지는 마라

소녀가 뛰고 있었다.

그리고 시현도 뒤에서 저절로 뛰고 있었다. 정확히는 '저절로 뛰어졌다'는 표현이 더 어울렸다. 잘못된 시간, 잘못된 공간에 우격다짐으로 들어온 듯 시현은 의지와 상관없이 험한 시골길을 달리는 트럭에 탄 것처럼 아래위로 덜컹거리며 소녀의 바로 뒤에서 달리고 있었다. 시현이 소리쳤다.

'어어, 이거 뭐야? 너 뭐야!'

소녀는 대답 없이 계속 뛰었고, 그 뒤에서 시현은 소녀와 끈이 이어진 풍선 인형처럼 아래위로 덜컹거리며 잘도 딸려갔다. 마트에서 타임세일에 얻어걸린 원플러스원 묶음 상품이 된 기분이었다.

혹시 꿈이 아닐까. 시현은 이 상황에 대해 최대한 합리적

으로 접근해보았다. 꿈이란 게 보통 맥락 없이 중간부터 시작
되니까. 상황이 좀 이상하긴 하지만 그런 거라면 그나마 말이
됐다. 그렇다면? 시현은 혹시나 하는 기대로 눈을 내려 자신
의 몸을 살펴보았다. 짧은 다리, 통통한 배, 검은 발톱. 이 낯
선 공간에서도 시현은 아까 학교에서와 똑같이 쿼카였다. 젠
장 젠장 젠장. 다른 곳으로 가려고 시도도 해보았지만 소용없
었다. 시현은 고질라처럼 사방으로 불을 뿜으며 화를 내고 싶
었다.

'육포 할아버지가 찍은 붓의 부작용이야, 뭐야? 왜 이렇게
내 의지로 되는 게 없어!'

육포 할아버지와는 열 걸음이 한계선이었지만 이건 길이
가 아무리 많이 쳐줘도 팔다리 합쳐놓은 정도밖에 되지 않았
다. 개집에 바짝 매인 시골 개가 된 기분이었다.

한편, 다행인지 불행인지 시현의 앞에서 달리는 소녀는 굉
장히 빨랐다. 우사인 볼트는 아니었지만 최소 액션 배우 정도
는 됐다. 바람이 시현의 뺨을 사사삭 스쳐 지나갔다. 차창 밖
으로 고개를 내민 강아지처럼 시현은 이상하게 신이 나면서
기분이 좋았다.

하지만 무작정 즐기기엔, 이 상황 자체가 몹시 당황스러웠
다. 속도가 빠르다는 건, 소녀가 거침없이 달려갔기 때문이
다. 소녀는 코스를 다 아는 게이머처럼, 빠르게 달리면서도
돌부리와 나뭇가지를 잘도 피했다. 반면 시현은 게임에서 슈
퍼마리오가 달리는 와중에도 성실하게 버섯을 챙겨 먹는 것

처럼 하나도 빼놓지 않고 모든 장애물과 온몸으로 하이파이브했다. 여기에서는 귀신인 게 소용이 없어 보였다. 쿼카의 작은 몸으로도 느낄 건 다 느껴졌다.

'야, 너 누구야? 진짜 내 말이 안 들려? 들리지도 않는 애한테 내가 왜 끌려가는 건데!'

더 캐묻고 싶은 게 많았지만 시현은 입을 다물었다. 갑자기 소녀가 달리면서 허리를 숙였기 때문이다. 본능적으로 시현도 따라서 숙였다. 간발의 차이로 뒤에서부터 날아온 화살이 바로 옆 나무둥치에 꽂혔다. 맙소사. 시현은 자신이 죽었다는 사실도 잊을 만큼 심장이 미친 듯이 뛰는 걸 느꼈다.

'바, 방금 저거 화살… 어? 왜 또 숙여!'

소녀를 따라 몸을 45도로 비틀자마자 또다시 화살이 꼬리털을 스치고 옆으로 날아갔다. 이쯤 되니 소녀에 대한 존경과 반감은 극에 달했다. 날아오는 화살을 족족 피해내는 날렵함에 대한 존경은, 애초에 이 상황을 만든 것에 대한 원망과 뒤엉켰고, 시현의 속은 그야말로 엉망진창 뒤죽박죽이었다.

'너 대체 뭔데 화살이 옵션으로 따라다녀!'

그때였다. 소녀가 예고도 없이 제자리에 멈춰 섰다. 그 바람에 시현은 소녀의 등짝에 온몸이 빡 부딪쳤지만, 소녀는 아무 반응이 없었다. 근데 왜 멈춘 거지? 화살이 또 날아오면 어쩌나 싶어서 시현은 뒤를 돌아보았다. 조용했다. 이렇게 갑자기?

시현은 초조함이 극에 달해서 손톱을 깨물었는데 느낌이

너무 두꺼워서 보니까 손톱이 아니라 앞발톱이었다. 또 까먹었다. 여기서도 자신이 쿼카라는 사실을. 이 짜리몽땅한 몸은 당최 적응되질 않았다.

언제부터 달린 건지 소녀가 폐를 토해낼 것처럼 힘겹게 숨을 몰아쉬었다. 허리를 숙인 채 숨을 고르면서도 두 주먹을 꽉 쥐고 있었다. 꼭 뭔가를 기다리는 것처럼. 마치 괴물이 다가올 걸 알지만 더는 그 괴물을 피하지 않으려는 것처럼.

잠시 후 소녀의 뒤통수를 누군가가 후려쳤다. 분명 맞은 건 소녀인데 시현도 똑같이 그 아픔을 느끼면서 함께 그 자리에 쓰러졌다.

얼마나 시간이 지났을까. 시현은 욱신거리는 뒷머리를 만지며 중얼거렸다.

'아, 아파. 아까 그 미친….'

"괜찮으세요, 또랑할머니?"

오디오가 물렀다. 시현은 뒷머리를 만지며 소리 난 쪽으로 고개를 돌렸다. 방금 그 목소리는 소녀였다. 소녀도 자신과 비슷한 시기에 깬 것이었다. 또랑할머니는 땀에 젖은 소녀의 머리칼을 넘기며 안쓰러운 어조로 말했다.

"너라도 도망갔어야 했는데, 너마저 무덤에 다시 잡혀 왔구나."

시현은 주변을 돌아보았다. 큰 방 중앙에 직사각형의 관이 놓였고 그 주변으로 사람들이 있었다. 할아버지는 가슴을 붙잡은 채 숨을 헐떡였고, 아줌마는 눈물을 흘리며 할아버지를 돌보았고, 아저씨는 무덤을 밝히는 횃불 아래 쭈그리고 앉아 초조하게 손톱을 물어뜯고 있었다. 총 다섯 명이 밀실처럼 생긴 무덤에 갇혀 있었다.

무덤에는 벽을 따라 그림이 그려져 있었다. 신분이 높아 보이는 수염 난 남자를 위해 또랑할머니는 밥을 짓고, 소녀는 부채질하고, 아줌마는 떠온 물로 발을 씻기고, 할아버지는 빗자루로 바닥을 청소하고, 아저씨는 검을 차고 지키고 있었다. 벽화 속 주인공들이 이 무덤에 갇힌 것이었다.

고인물과 달리 그들은 옷차림만으로 시대를 가늠할 수가 없었다. 가난한 사람들은 시대가 변해도 옷에 특징이 없다. 그중 가장 초라한 옷을 입은 것은 소녀였다. 구멍이 뚫려 찢어진 데다 흙탕물에 절어 색도 바래 있었다.

횃불 아래에서 보니 소녀의 하얀 입술이 보였다. 시현은 경험적으로 알았다. 귤 알맹이에 붙은 하얀 실로 도배한 듯한 저 입술은 최소 일주일은 굶은 것이었다. 시현은 차마 그 얼굴을 볼 수 없어서 시선을 내렸다. 그런데 소녀는 신발이 없었다. 아까 신발도 없이 그렇게 미친 속도로 뛰었다니. 그 때문인지 발톱 몇 개가 빠져 있었고 발바닥엔 피딱지가 굳어 있었다. 둘러보니 소녀뿐만이 아니었다. 모두 벽화에서와 달리 신발이 없었다. 벽화에서는 짚신이나마 신고 있었는데.

"혼자선 도저히 도망갈 수가 없었어요."

소녀의 목소리에 시현은 다시 소녀를 돌아보았다. 경복궁

후원 풀밭에 쓰러지면서 들었던 그 목소리였다. 아깐 절규에 가까워서 지금보다 톤이 훨씬 높았지만, 그 거친 느낌이 똑같았다. 시현이 물었다.

'네가 날 여기로 부른 거구나?'

하지만 여전히 소녀는 대답이 없었다. 시현의 말을 듣지 못하는 소녀는 벌떡 일어나 관 뚜껑을 열었다. 관 안에서는 시체가 썩어가고 있었다. 소녀는 콧잔등을 찡그린 채 관에서 거침없이 검을 꺼냈다. 벽화에서 아저씨가 든 검을 본떠 나무로 만든 장식용이었다. 소녀는 목검을 삽처럼 이용해 천장 구석을 파기 시작했다. 탈출하려는 것이었다. 한두 번 해본 솜씨가 아니었다.

"뭘 하는 거야?"

아줌마가 눈을 동그랗게 뜨고 묻자 소녀가 손을 계속 움직이면서 대답했다.

"나가야죠. 평생 이 집안 노비였는데 죽어서도 이럴 순 없잖아요. 나가요, 우리."

"나간다고?"

소녀의 말에 넋이 빠져 있던 아저씨의 얼굴에 갑자기 화색이 돌았다.

"그래, 나가자고. 나가서 도망가야지. 어디든 멀리 가면 살 수 있을 거야."

곧이어 사람들이 관에 들어 있던 보석과 잡기를 이용해 소녀를 도와 구멍을 만들었다. 한참 후 그들은 모두 구멍을 통해 무덤 밖으로 나왔다. 소녀는 지그재그로 달리며 사람들을 이끌고 뛰었다. 그사이 시현도 계속 자동으로 딸려갔다. 하지만 갈림길에서 소녀가 멈춰 섰다. 그러고는 미간을 찌푸린 채 혼잣말처럼 중얼거렸다.

"여기서부터는… 어디로 가야 하지?"

사람들은 북쪽으로 뛰자고 했지만 소녀가 고개를 저었다.

"동쪽, 서쪽, 북쪽 모두 매복이 있었어요."

"그럼 남쪽으로 가면 되지."

"우리가 방금 온 곳이 남쪽이에요."

사람들은 누군가가 금방이라도 잡으러 올 것처럼 불안해서 떨었다. 소녀는 고민 끝에 북서쪽으로 길을 잡았다. 다시 달리려는 순간 뒤에서 환한 빛이 느껴졌다. 시현이 큰소리로 경고했다.

'조심해!'

시현의 경고는 묻혔고, 곧이어 사내가 소녀의 등을 몽둥이로 내리쳤다. 탈출자 모두에게 몽둥이찜질이 가해졌다. 곳곳에서 비명이 터졌다. 소녀는 이를 악물고 버텼다.

조금 떨어진 곳에서 젊은 남자의 목소리가 들려왔다.

"지금 죽이지는 마라. 다른 용도로 써야 하니."

D-39 수천 번이고 수만 번이고

그들은 억지로 소녀를 무릎 꿇렸다.

소녀로부터 멀리 갈 수 없는 시현도 함께 무릎을 꿇어야 했다. 어디에 있는지조차 몰랐던 도가니가 생생하게 느껴졌다. 꿈이라면 악몽이었고 환영이라면 제대로 미친 거였다.

시현은 앞에 선 남자를 올려다보았다. 남자는 벽화에 그려진 사람과 비슷했지만 나잇대가 확연히 달랐다. 스무 살 안팎으로, 벽화 속 인물보다 훨씬 젊어 보였다. 시현은 남자의 얼굴에서 눈을 뗄 수가 없었다. 분명 처음 보는 얼굴이었다. 그런데 어딘지 모르게 기시감이 들었다. 위협적일 만큼 큰 키, 길고 가늘게 빠진 눈가, 미간에 그어진 선명한 주름, 짙은 눈썹, 그리고 피빨강이 스친 것 같은 붉은 입술. 훤칠한 미남형이었지만 시현이 눈을 떼지 못하는 이유는 그것 때문이 아니었다.

한편, 소녀는 핏발 선 눈으로 남자를 올려다보며 짓씹어 뱉었다.

"주인어른 유언에 따라 우릴 그림으로 그렸잖아. 그래놓고 이러는 법이 어딨어!"

소녀의 저항에 남자는 가볍게 코웃음을 친 후 심해처럼 어둡고 낮은 목소리로 말했다.

"벽화로 순장을 대신하라, 그게 아버지 유언이셨지. 굳이 사람을 무덤에 넣지 않아도 벽화에 그리면 그 영혼이 영원히 주인을 모실 것이다, 이런 말들이 항간에 떠돌았으니. 그래서, 너는 내가 그것으로 끝낼 줄 알았더냐?"

남자의 차가운 비웃음에 소녀는 치를 떨었다. 남자가 말을 이었다.

"내가 벽화를 그리라 명했던 것은 유언 때문이 아니라, 무덤이 완성되기까지 너희가 도망가지 못하게 하기 위함이었다."

"넌 내 기억과 한 치도 다르지 않구나. 비열한 새끼!"

소녀의 입에서 욕이 튀어나오자 남자의 미간 주름이 더 깊어졌다. 그러자 남자의 기색을 살피던 하인이 소녀의 얼굴을 세게 후려쳤다. 소녀의 입술이 터지면서 피가 배어 나왔고 뺨이 벌겋게 부어올랐다. 시현도 그 아픔이 고스란히 느껴졌다.

남자는 뒷짐 진 채 고개를 옆으로 하고 소녀를 보며 말했다.

"너희는 가노다. 우리 집안을 위해 죽어서도 일해야지, 감히 도망을 쳐? 너희 다섯에게 순장으로 친히 충성할 영광을 주는 것이니 다시 무덤으로 돌아가거라."

그때였다. 조금 떨어진 곳에서 소름 끼치는 비명이 들려왔다. 고개를 돌려보니 아줌마가 쓰러진 할아버지를 붙잡고 흔들고 있었다.

"간난할아버지… 일어나보세요. 간난할아버지…."

할아버지는 아줌마의 손을 따라 힘없이 흔들리고 있었다. 아까 몽둥이찜질을 당한 할아버지가 고통을 이기지 못하고 숨을 거둔 것 같았다. 예견된 일이었고, 알게 된 지 몇 시간 되지도 않았지만, 시현은 속에서 뜨거운 것이 뭉쳐졌다.

소녀 역시 그 모습에 활화산처럼 튀어 오르며 발악했다.

"네가 이러고도 잘 살 수 있을 것 같아? 무덤에 또 넣기만 해! 내가 죽어서도 저주할 거야!"

"그러면 내가 무서워서 너를, 그리고 저들을 다 보내줄 성싶으냐? 귀신을 부린다는 무당도 무서워하지 않는데, 아무 능력도 없는 노비 따위를? 숱한 전장을 누비며 적군들의 목을 베어 나라의 영토를 넓히고, 그 혁혁한 공으로 미천하던 우리 집안을 일으킨 게 바로 내 아버지와 나다. 목숨 걸고 피로 세운 가문이다. 대대손손 이 남쪽 땅을 호령하는 가문의 장자인 내가 한낱 노비의 저주를 신경이나 쓸까?"

"장자는 안 죽어? 너 이 새끼 죽기만 해봐!"

소녀는 거침없었다. 잠시 후 다시 소녀의 뺨으로 솥뚜껑만 한 손바닥이 날아왔다. 시현의 뺨도 함께 부어올랐다. 얼마나 세게 맞았는지 소녀가 침을 뱉자 그 안에서 작은어금니가 나왔다. 시현은 너무 아파서 정신이 혼미할 정도였다.

"죽은 뒤에 귀신이라도 되겠다는 것이냐? 나를 괴롭히기 위해 악령이라도 되려고? 죽음 이후의 세상이 진짜 있다고 믿는 것이야? 어리석고 순진한 것. 하긴 그러니 노비인 게지."

남자는 몸을 낮춰 고통으로 얼룩진 소녀를 똑바로 바라보며 말을 이었다.

"어리석은 백성에게 친히 순장의 목적을 알려주마. 순장이란 세력을 과시하는 것이다. 실제로 다음 세계가 있는지 없는지 그것은 중요치 않지. 어차피 순장이란, 죽은 사람이 아니라 그 권력을 이어받은 산 사람의 세를 보여주는 것이니까."

"어진 주인 어르신 밑에서 어떻게 너 같은 후레자식이 나
왔는지…."

소녀는 말이 채 끝나기도 전에 또 뺨을 맞았다. 시현도 아팠
다. 너무 아팠다. 하지만 폭력은 그것으로 끝나지 않았다. 남
자의 손짓에 하인들이 다시 몽둥이를 들어 사람들을 때리기
시작했다. 하인들은 새로운 주인이 옛 주인의 무덤에 자신들
마저 넣을까 봐 두려워 순장 대상자들을 더욱 모질게 때렸다.
새 주인에게 자신이 얼마나 쓸모 있는지 증명하려는 것처럼.

그 순간 시현은 깨달았다. 남자의 얼굴에서 왜 기시감이
들었는지를. 미간에 그어진 선명한 세로 주름과 남자의 표정
에서 차갑게 뭉쳐진 분노가 느껴졌다. 남자의 표정이 곧 시현
의 표정이었다. 제 안에 담고 있던 분노를 다른 사람의 얼굴
에서 보자 시현은 온몸이 차갑게 얼어붙는 것 같았다.

퍽퍽 하는 울림만 있을 뿐 더는 맞는 감각도 느껴지지 않
을 때쯤 무덤에 뚫린 구멍으로 사람들이 처박혔다. 시현도 살
면서 더러운 꼴 많이 겪었다고 생각했는데, 여기서 겪은 것에
비하면 아무것도 아니었다.

소녀 일행이 모두 쓰러져 미동도 없자 밖에서부터 구멍이
촘촘히 메워졌다. 커다란 돌과 흙을 이용해서 단단하게 막았
다. 더 고통스러운 건, 무덤 속 등잔이 켜져 있어서 그 모든
모습을 두 눈으로 똑똑히 볼 수밖에 없다는 것이었다.

간난할아버지의 손이 조금 움직였다. 첫 번째 몽둥이찜질

때 기절했는데 그 후로도 너무 많이 맞아서 다시 깨어난 것이었다. 갈비뼈가 부러지고 이가 나가고 장기가 딱딱하게 쪼그라드는 감각을 고스란히 다 느꼈을 걸 생각하니 시현의 마음이 찢어졌다. 도망칠 수 있다는 희망도 없는데 왜 그 고통을 또 겪어야만 했는지.

"어차피 죽을 거 조금이라도 덜 아프게 가시지…."

또랑할머니의 눈에서 눈물이 흘렀다. 시간이 지날수록 밀실 안 산소가 희박해졌다. 가장 먼저 아줌마가 캑캑거렸다. 아까 맞으면서 폐 쪽을 다친 것이었다. 아저씨가 겨우 몸을 일으켜 산소를 다 잡아먹는 불을 끄려고 하자 아줌마가 말렸다.

"마지막으로 서로 얼굴이라도 더 봅시다. 죽어서 혹시 다음 세상이 있으면, 그때는 꼭 이 얼굴들 놓치지 않게. 우리 다음에는 더 좋은 세상에서…."

"좋은 세상? 다음 세상에 태어나면 뭐? 불가에서 말하는 환생? 그것도 다 덕을 많이 쌓아야 좋은 생을 받는다며? 근데 우리가 덕을 쌓을 시간이 어디 있었어. 하루하루 입에 풀칠하기도 힘들었는데 덕 같은 거 신경 쓸 새가 있었냐고."

"그래도 남한테 해 끼친 적은 없잖아요. 그리고 이렇게 억울하게 죽는데, 그래도…."

"해 끼친 게 왜 없어? 이렇게 순장에 끌려오는 바람에 이제 내 새끼들 다 굶어 죽을 텐데. 작년에 작은 주인마님 사냥 호위하다 다리만 안 다쳤어도 내가 지금 여기에 안 갇혀 있을 텐데. 이놈의 망할 다리."

아저씨는 다리를 주먹으로 꽝꽝 내리쳤다. 시현은 무덤 속 사람들을 다시 보았다. 또랑할머니와 간난할아버지는 나이가 많아 일이 더디니 순장 대상으로 뽑았고, 아저씨는 다리를 다쳐 효용 가치가 떨어지자 이곳으로 밀어 넣었고, 아줌마는 한쪽 눈이 하얀 걸 보니 보기 흉하다고 버린 것 같았다. 마지막으로 소녀를 보았다.

'넌 여기 왜 낀 거야? 나이도 나랑 비슷해 보이고 아픈 데도 없어 보이는데.'

시현이 물었지만 소녀는 대답이 없었다. 소녀는 입바른 소리 때문에 다른 사람들보다 훨씬 더 많이 맞았는데도 기어코 몸을 일으켰다. 팔다리가 부들부들 떨렸다. 소녀가 기다시피 해서 겨우 걸어간 곳은 관이었다. 그러나 그 안에 있던 부속품들은 사라지고 없었다. 다른 하인들이 구멍을 메우기 전 치워버린 것이었다.

"어르신, 잠시 빌릴게요."

소녀는 관 속으로 손을 뻗어 다리뼈를 들었다. 뼈 주위로 썩어가는 살점에 구더기가 붙어 있었다. 보는 것만으로도 위장이 뒤틀렸다. 그 모습에 아줌마는 몸을 돌려 토했는데 먹은 게 없어 노란 위액만 나왔다. 그사이 소녀는 다리뼈로 새로운 곳에 구멍을 팠다. 하지만 뼈는 얼마 가지 않아 부러졌다.

"설사 나간대도 무덤 앞에서 저들이 한 달은 지킬 것이야. 이제 그만하고 이리 온."

또랑할머니가 안쓰러운 목소리로 불렀지만 소녀는 고개를

가로저었다.

"그럴 수 없어요. 제가 그만두면 진짜 모든 게 끝이란 말이에요."

소녀는 제 손으로 흙을 파기 시작했다. 손톱이 다 빠지도록 팠지만 곧 커다란 돌벽에 부딪혔다. 바깥에서부터 무덤 전체를 바위로 둘러놓은 것이었다. 소녀는 피로 물든 손으로 바위벽을 꽝꽝 쳤다. 곧이어 소녀는 천장을 쏘아보며 소리쳤다.

"수천 번이고 수만 번이고 할 거야! 또 뛰고 또 소리 지르고 또…!"

소녀의 아픔이, 절망이, 그리고 두려움이 시현에게도 고스란히 전해졌다. 돌처럼 굳은 소녀의 뺨에 한줄기 눈물이 흘렀다.

"또 죽고 싶지 않아."

D-38 축구공, 선인장, 거울

축구공, 선인장, 거울이 시현을 내려다보고 있었다.

시현은 눈을 천천히 감았다 떴다. 무덤도 소녀도 더는 보이지 않는 걸 보니, 혹시 모두 꿈이었나? 진짜 같았는데. 모든 게 느껴졌는데. 생각해보니 그 소녀와 함께 느낀 건 모두 아픔이고 고통이었다. 절대 포기하지 않던 소녀였기에 그래도 절망은 없다고 생각했는데 마지막 순간 느낀 그건, 지독한 슬픔이었다.

근데 이번엔 뭘까. 어울리지 않는 저 조합은. 축구공, 선인장, 거울이라니. 마트에 가서 찾으려고 들면 전시된 층마저 다를 것 같은데 왜 한 프레임 안에 들어오는 거지? 여긴 이상한 나라인가. 뭐든 상관없었다. 시현은 피곤했고 지쳐 있었다. 다시 눈을 질끈 감았다.

"방금 눈 떠놓고 왜 또 자는 척이야?"

이 허스키하면서도 끈적한 목소리는 단풍 같은데? 시현은 슬쩍 한쪽만 실눈을 떴다. 그러자 거울이 선인장을 향해 턱짓으로 시현을 가리켰다. 이게 표현이 좀 정확하지 않은데, 사실 거울에는 얼굴이고 목이고 구분이 없었기 때문에 턱이 있다는 게 말이 안 되지만 시현의 눈에는 왠지 그렇게 보였다. 미세한 움직임이 꼭 사람 같았다.

곧이어 기다렸다는 듯 선인장이 화분을 움직여 시현의 가슴팍 위로 올라와 제 가시를 뽑아 검처럼 위협했다. 위협하는 각도와 모양을 보건대 가시가 여기서 검의 역할을 하는 것 같았다. 이것도 어디서 많이 봤는데? 시현은 매직아이를 하듯 눈을 흐릿하게 떠서 보았다. 계속 보니 그 뒤로 뭐가 좀 보이는 것 같았다. 선인장 뒤로 삐쭉삐쭉 중구난방으로 뻗친 가시들에서 척준의 더벅머리가 겹쳐 보였다. 시현은 고개를 돌려 축구공을 보았다. 까맣고 하얀 무늬가 규칙적으로 배열되어 있었다. 대궐 문을 통과하려고 할 때 살짝 본 그 시꺼먼 게 설마?

"설마 너희…."

시현은 자신을 학교로 끌고 오기 위해 그들이 상에 집착하던 게 이제야 이해됐다. 근데 애네들은 무슨 짓을 저질렀기에 식물과 사물로 변한 걸까.

"자선당 잔디밭까지 참 열심히도 뛰었네. 그래서 엄청 피곤하신가 봐?"

"자선당?"

"자선당도 몰라. 얘 보기만큼 무식한데?"

대파랑은 대놓고 막말이었다. 척준은 가시로 위협하면서도 친절한 목소리로 시현에게 살짝 알려주었다.

"왕세자가 지내던 동궁전이야."

시현은 주변을 돌아보았다. 갑자기 우격다짐으로 이상한 꿈에 들어가기 전 마지막으로 자신이 있던 그 장소 그대로 풀밭이었다. 밤이라 하늘에서는 달빛이 빛나고 있었고. 시현은 몸을 털고 일어났다. 그들 말대로 오래 자서인지 아니면 꿈속에서 하도 맞아서인지 삭신이 뻐근했다.

"내가 쓰러졌던 동안 너희가 날 지켜봤다고?"

"뭐 꼭 그렇다기보다는…."

시현의 물음에 척준이 뭔가 말하려고 하자 대파랑이 말을 잽싸게 가로챘다.

"당연하지. 우리한텐 의리, 복수 이런 게 되게 중요하거든."

의리와 복수는 묘하게 잘 어울리는 한 쌍이었지만, 그걸 대파랑의 입에서 듣자 아주 값싸고 치졸하게 들렸다. 똑같은 라이방 선글라스도 누가 쓰냐에 따라 완전 이미지가 달라지는 것처럼.

축구공으로 변한 대파랑에게는 따로 입이 없었다. 눈도 코도. 가만히 있으면 사물이라고 깜빡 속을 만큼 감쪽같았다. 근데도 말을 할 수 있다니, 자세히 볼수록 신기했다. 시현은 호기심이 슬금슬금 올라왔다. 시현은 축구공 여기저기를 손으로, 엄밀히 말하면 앞발로 꾹꾹 누르며 물어보았다.

"근데 눈이 어디 있어? 여기야? 여기?"

"아야!"

"미안, 내가 방금 눈을 찌른 거야? 넌 눈이… 정수리에 달려 있구나?"

"바보 같긴. 축구공에 정수리가 어딨어? 온몸이 다 둥글둥글한데."

"그럼 뭐야? 눈은 어디야?"

"내 온몸이 눈이고 입이고 손이야."

시현은 축구공에서 앞발을 뗐다. 이렇게 푹푹 누르다가 콧구멍에 앞발톱이 들어갈 것 같았다. 곧이어 단풍이 나른한 어조로 대답했다.

"쟤만 그런 게 아니라 우리도 어디가 눈이고 입인지 모르겠어. 내 입이 어딘지 알아야 수업 가기 전에 립스틱을 좀 바를 텐데. 못 발라본 립스틱이 산더민데. 아휴."

단풍은 진심으로 아쉬운 듯 대형 선박도 옮길 만큼 한숨을 크게 내쉬었다. 처음 봤을 때의 단풍 모습이 떠올랐다. 쥐 잡아먹은 것 같던 그 피빨강 입술. 딱히 맞장구쳐주고 싶은 마음이 들지 않았다. 시현은 화제를 돌렸다.

"근데 내가 쓰러져 있는 걸 왜 보고만 있었어?"

"이불이라도 덮어주길 바랐던 거야? 팔베개도 해주고?"

대파랑이었다. 아주 비아냥거림 달인 나셨다. 저놈의 축구 공을 뻥 차버릴까. 거울은 깨박살을 내고, 선인장에게선 화분을 빼앗아버리고? 근데 생각해보니 원래 복수란 게 피가 튀기고 뼈가 부러지고 비명으로 가득해야 하는데, 상대가 저 모양이라 복수 방법도 참 소소했다.

운전자에겐 내비게이션이 필수인 것처럼 귀신에겐 끝내주는 능력이 탑재되어 있어야 하는 거 아닌가? 하다못해 좀비 영화만 봐도 쏘고 찔러도 안 죽는 건 기본에 고통도 전혀 못 느끼는데, 이건 이미 죽은 귀신이 다시 죽을 수 있고 다칠 수도 있고 아플 수 있는 등 구질구질한 옵션이란 옵션은 다 붙었다.

귀신은 그래도 각종 책이나 드라마 같은 데서 잔잔한 스테디 아이템 같은 건데, 실상이 이랬다니! 하, 이러니까 귀신이 발전이고 유니크함이고 눈 씻고 찾아볼 수 없어서 홀대받는구나 싶기도 하고. 죽어서 선택권이 있었다면 귀신보다는 무조건 다른 걸 선택했을 것 같다고, 시현은 생각했다. 시현은 땅이 꺼져라 한숨을 길게 내쉬면서 눈을 살짝 떠서 볼록 솟은 통통한 자신의 배를 내려다보았다. 똥배마저 참 앙증맞게 작았다. 대단히 많은 걸 바란 것도 아닌데, 능력은커녕 이런 볼썽사나운 귀여움이라니.

시현은 앞에 있는 셋을 다시 바라보았다. 선인장에 축구공에 거울. 고인물은 시현보다 훨씬 그 정도가 심했다. 상벌위원회에서 장군이 시현을 계속 사물로 바꾸려고 하자 그건 너무 과하다며 할머니가 말렸던 게 떠올랐다.

"근데 너희는 어쩌다 그렇게 된 거야?"

시현이 묻자마자 그들은 이런 질문을 기다렸다는 듯이 뻐겼다.

"이게 또 눈물 없이 들을 수 없는 사연이 있지."

세 사물은 시현에게 긴 서사를 늘어놓았다. 이계 학교에 불어닥친 전 지구적이며 거의 종말급인 심각한 위기를 구하려고 단 한 순간의 망설임도 없이 거침없이 나섰는데 안타깝게도 세상 모두를 만족시키진 못했고, 눈 위에 서리 내리듯 약간의 오해가 겹쳐 상은 놓치고 말았으나 그래도 그들이 종횡무진했던 그 프로젝트는 발설하면 워낙 위험한 것이라 그에 관한 것은 일절 함구하기로 했고, 그래서 그들은 지금 이렇게 모두를 구하기 위해 비밀을 지키며 벌을 받는 척하고 있는 거라고….

내가 믿을 거라 생각했나. 그 정도 바보는 아닌데. 시현은 싹 무시하고 다시 물었다.

"설마 졸업 못 해서 그렇게 된 거야?"

"그러니까 때는 바야흐로 2002년 월드컵이었지."

그때만은 이계 학교에서도 한마음 한뜻으로 대한민국을 외치며 축구 경기를 관람했다. 문제는 그날 이후 귀신들이 축

구에 눈을 떠버린 것이다. 대파랑이 계속해서 K리그를 응원
해야 한다며 비밀 계획을 세웠고, 척준이 교직원 휴게실에서
몰래 텔레비전을 훔쳐 왔으며, 단풍이 학생들에게 대가를 받
고 축구 관람권을 팔았다.

"그날 당직 선생님도 휴게실 문을 일부러 열어줬다는 죄로
함께 벌을 받았지."

아까 상벌위원회에 참석하지 않았다는 정 선생님을 말하
는 것 같았다. 긴 이야기 끝에 대파랑이 시현을 정면으로 보
며 덧붙였다.

"그러니까 우린 네가 필요해."

D-37 싫은데

생각지도 못한 말이었다.

때에 따라서 너무나도 감동 포인트이고 눈물까지도 가능
할 심쿵 멘트였지만, 눈물은 나지 않았다. 단풍의 목소리에서
네가 감히 가긴 어딜 가려는 거냐는 듯한 노골적인 야심이 드
러났기 때문이다. 역시나 단풍은 직접적으로 요구했다.

"자, 이제 일어나서 우릴 좀 끌어봐. 이런 몸으로 움직이는
게 얼마나 힘든지 알아? 너 때문에 이따위 몸으로 계속 있게
됐으니까 네가 책임져."

그러니까 고인물은 의리가 아니라 '복수' 때문에 쓰러진 시

현의 옆을 지키고 있던 것이다. 자신들을 책임지라는 말은 한 마디로 시현더러 자기들 수족이 되어 24시간 밀착 수발을 들라는 거였고. 누굴 호구로 아나. 귀신으로 2회차가 시작되었는데 첫판부터 호구라니, 귀신 씻나락 까먹는 소리였다.

"싫은데?"

시현은 보란 듯이 제 몸을 손으로 툭툭 털며 일어섰다. 너희는 이런 거 없지? 하고 놀리듯이. 시현은 그들을 두고 유유히 석양을 등지고 걸어가는 서부 시대의 카우보이처럼 저 멀리 걸어갈 계획이었다.

하지만 이상과 현실의 괴리는 언제나 시현을 자빠뜨렸고 고인물은 시현을 포기하지 않았다. 밀착 수비를 하듯 자꾸 시현을 건드렸다. 축구공은 동서남북으로 패스하듯 빠르게 이동하면서 시현의 앞을 족족 가로막아 진로를 방해했고, 선인장은 가시를 장인의 손길로 한땀 한땀 시현의 등에 박아서 고슴도치로 만들어주겠다고 제 가시를 칼처럼 갈며 협박했고, 거울은 무심한 척 걸어가다가 한 번씩 빛을 반사해서 시현의 눈을 불시에 공격했다. 1시간이 하루처럼 길었다. 무섭다기보다는 너무 귀찮았다. 시현은 반쯤 포기한 채 짜증을 둘둘 감아 물었다.

"아, 진짜 원하는 게 뭐야?"

"수업도 가야 하고, 화장실도 가야 하고, 가야 할 곳은 많은데 이런 몸으로는 움직이는 게 힘들다고. 그러니까 손도 있고 다리도 있는 네가 우릴 좀 이동시켜줘야겠어."

"화장실까지?"

시현이 난감해하며 되묻자 그들의 몸이 동시에 위아래로 흔들렸다. 또 키득거리는 것이었다. 아무리 여기가 미쳐 돌아가는 저세상이어도 귀신이 쌀 리가 없지. 시현은 리액션 좋은 방청객처럼 매번 잘도 속았다. 당하는 건 여기까지였다. 시현은 완곡한 거절로 해법을 제시했다.

"축구공이 선인장이랑 거울을 밀면서 이동하면 되잖아?"

"저 선인장 가시가 얼마나 날카로운지 알아? 내가 바람 빠지면 네가 책임질 거야?"

"그럼 거울이라도 네가 전담 마크해."

"저 녀석은 너무 무거워. 덩치를 봐. 우리 중에서 제일 크잖아."

대파랑이 투덜거리자 단풍이 고개를 홱 돌려서 쏘아보며 바르르 떨었다.

"너 지금 감히 숙녀한테 무겁다고 한 거야? 오늘 밤 내가 신라 귀신 씹어 먹는 소리 ASMR로 밤새 촉촉이 들려줘?"

그것을 시작으로 둘의 싸움이 격해졌다. 대파랑이 단풍과 살벌하게 싸우는 동안 척준은 자연스럽게 뒤로 빠졌다. 오랜 세월 축적해온 그만의 요령이었다. 시현이 그 틈을 타서 은근슬쩍 도망가려고 하자 척준이 시현을 향해 낮은 목소리로 조언했다.

"쟤네는 눈이 뒤에도 달렸어. 나도 마찬가지고."

지금 도망가봤자 어차피 다시 마주칠 확률이 너무 높았다.

학교 내부는 고인물이 훨씬 더 잘 알 테니까. 시간 문제지 언제고 잡힐 거라면 매도 먼저 맞는 게 낫다. 그래서 둘의 싸움이 끝날 때까지 시현은 척준과 함께 기다렸다. 하지만 몇 시간이 지나도록 축구공과 거울의 싸움은 계속됐다. 몇백 년 전 말 한마디까지 하나하나 소환하며 상대가 얼마나 치사하고 짜증 나는지에 대해 진심을 담아 공격했다. 말싸움이 길어지자 청중도 몹시 피곤했다. 귀에서 피가 날 것 같았다.

"내가 다 할 테니까 고만 좀 싸워."

그렇게 시현은 그들을 맡게 되었다. 의지박약의 나이롱환자를 억지로 간호하는 보모가 된 기분이었다. 더 짜증 나는 건, 이게 시급이고 뭐고 대가도 하나 없이 하는 무상노동이며 착취라는 것이다. 좀 꼬붕 같기도 했고.

셋을 이동시키는 건 쉬운 일이 아니었다. 처음엔 축구공을 발로 차서 이동시킨 뒤 선인장과 거울을 들어서 옮겼다. 그런데 축구공은 현재 의지박약이라 시현이 찬 그대로 굴러가 버리는 바람에 다른 귀신과 딱 부딪혔다. 운도 없지, 하필이면 처음으로 부딪힌 귀신은 씨름 선수처럼 덩치가 우람했다.

세상 무서운 것 없어 보이는 그 덩치는 시현을 향해 자신이 지금 얼마나 불쾌한지 가감 없이 드러냈고, 대파랑은 이 모든 게 자신을 발로 뻥뻥 찬 저 녀석 때문이라며 시현을 몰아세웠다. 덩치는 시현에게 걸어와 정신적 상해에 대한 합의를 요구했다. 왠지 그럴 것 같더라니, 한 치도 예상을 벗어나지 않았다.

그러자 대파랑이 기다렸다는 듯 해결사처럼 나섰다.

"너 얘가 누군지 알아?"

"누군데?"

"얠 모른단 말이야?"

대파랑은 턱짓으로 가리키며 신호를 주었지만, 덩치는 시현에 대해 전혀 몰랐다.

"내가 쥐를 어떻게 알아?"

쥐? 쥐! 시현은 목덜미를 잡고 쓰러지기 일보 직전이었다. 그러자 대파랑이 진정하라며 시현을 막아선 후 덩치를 향해 조곤조곤 말하기 시작했다.

"물론 나도 쟤가 쥐처럼 보인다는 것에 동의해. 그래서 무슨 쥐 종류인가 하고 알아봤지. 정확하게 알아야 더 잘 놀릴 수 있으니까. 근데 쟤가 실은 쥐가 아니라 캥거루과의 소형 유대류로 정식 명칭은 쿠아카왈라비라고 하더라고. 너 쟤 첨 보지?"

덩치는 순하게 고개를 끄덕였다. 겉보기와는 달리 그렇게 거친 녀석은 아니었다.

"나도 그래. 우리나라에서는 보려고 해도 볼 수 없는 귀한 애라니까. 호주 로트네스트라는 섬에서만 살아. 호주 가려면 한국에서 비행기로 20시간 날아가야 한다고. 근데 얘가 여기 딱 있네. 이야, 이건 기회야."

"기회?"

"'쿼카와 셀카 찍기'가 요즘 이승 인싸들 SNS에서 대유행이라고. 벌써 그 유행이 여기까지 왔다니까? 네가 자다가 방에서 이제 나와서 몰랐나 본데, 지금 교실 가봐. 학생 중에 저녀석 사진 없는 애가 없어. 갤러리에 하나씩은 다 쟁여놨다고."

그건 사실이었다. 상벌위원회를 나오자마자 시현에게 달려들던 그 플래시 세례를 생각하면 지금도 어지러울 정도였으니까.

"이게 또 날이면 날마다 오는 기회가 아닌 게, 막말로 쟤가 갑자기 대단한 일을 하는 바람에 벌이 풀려서 원래 그 재미없는 칙칙한 모습으로 돌아간다고 쳐봐. 이야, 그럼 우리 학교에서 너만 '쿼카랑 찍은 셀카'가 없는 애가 된다니까."

대파랑의 호객 행위에 덩치가 시현을 돌아보았다. 아까와는 눈빛이 사뭇 달랐다. 결국 대파랑의 중재하에 시현의 굴욕적인 하트 셀카 열 번으로 합의했다. 덩치가 싱글벙글 웃으면서 귀신폰에 코를 박고 걸어가자, 대파랑이 으스댔다.

"알아, 알아. 내가 또 이 구역의 소문난 네고시에이터지. 고맙다는 말은 굳이 사양하지 않을게. 매일 하루 한 번씩이면 되겠다."

저걸 죽여버릴까. 공을 터뜨리면 죽을까. 아니면 스쿼시하듯이 구석으로 몰아서 계속 발로 뺑뺑 차버릴까. 시현의 머릿속에 축구공 죽이기 101가지 방법이 LTE급 속도로 떠올랐다. 그때 단풍이 스윽 다가와 정신이 번쩍 드는 말을 시현에게 했다.

"쟨 내 꺼야. 꿈도 꾸지 마."

시현이 손으로 대파랑과 단풍을 번갈아 가리키며 너희 둘
이 그런 사이였냐면서 경악한 눈으로 보자 단풍이 식겁했다.

"아이 씨, 뭐야 그 눈빛은. 쟤는 내가 없앨 거라고. 내가 이
미 300년 전부터 계획을 치밀하게 세우고 있다고!"

"아, 난 또."

단풍의 말에 대파랑이 예고된 수순처럼 또 발끈했다. 그렇
게 2차전이 시작되었다. 단풍과 대파랑이 서로를 죽이는 방
법을 논하며 진지하게 싸우는 사이 시현은 그들을 이동시킬
방법을 고민했다. 여러 방법을 시도해본 끝에 결국 몸집이 제
일 큰 거울 위에 선인장 화분과 축구공을 올리고, 거울에 달
린 벽걸이용 줄을 끌고 한 걸음 한 걸음 이동했다.

꼭, 영화 〈레미제라블〉 첫 장면에 나온 휴 잭맨이 된 기분
이었다. 영화에서 휴 잭맨은 커다란 배를 밧줄로 잡아끄는 죄
수 중 하나였다. 21세기에, 귀신이, 노예라니. 생각은 또 꼬리
를 물고 이어져 꿈에서 본 소녀가 새삼 떠올랐다. 그 소녀도
노예였는데 혹시 그게 예지몽이었나.

근데 그건 진짜 꿈이었을까.

D-36 반전은 이미 앞에

"근데 동물이 된 느낌은 어때?"

대파랑과 단풍이 영국식인 '쿠어카'와 미국식인 '쿠아케' 발

음을 두고 네가 맞다 내가 틀리다 다투는 사이 척준이 시현에게 말을 걸어왔다.

"내가 이때까지 여러 가지 벌을 종류별로 받아봤지만 늘 사물 아니면 식물이었거든. 동물은 뭐가 좀 다른가 싶어서. 난 세 번 연속 식물로 변하는 벌을 받아서 그런지 요즘 참새 방앗간처럼 햇빛만 보면 자꾸…."

그때 단풍이 거울에 김이 서렸다면서 대파랑을 향해 짜증을 빡 냈다.

"야! 너 방금 방귀 뀌었지?"

"이거 왜 이래. 나 축구공이야."

대파랑의 말투는 박지성과 손흥민을 운운하며 팀플레이를 주장하던 그 톤이었다. 하지만 단풍은 확신했다.

"뀌었는데? 방금 느껴졌는데?"

"웃기시네. 그리고 꼈으면? 그럼 어쩔 건데?"

"뀌었네, 뀌었어! 야, 너 내려! 나 이거 못해."

셋을 끌고 다니느라 시현은 온몸의 근육이 찢어지는 것처럼 아픈데, 대파랑과 단풍은 또 싸웠다. 이럴 거면 이 넓은 학교에서 왜 군이 올망졸망 붙어 다니는지 알 수 없었다.

"지금부터 한 번이라도 더 싸우면, 나 간다. 분명 말했어."

시현이 으름장을 놓자 대파랑과 단풍은 말이 없었다. 불만스럽지만 일단 참는다는 눈치였다. 조용한 분위기 속에서 시현은 그들을 끌었다. 척준도 주변 공기가 싸해지자 입을 다물었다. 반경 1미터 내로 들리는 거라곤 시현의 거친 숨소리밖에 없었다.

하지만 그 고요는 10분을 채 넘기지 못했고 어느새 대파랑과 단풍은 시현을 욕하는 걸로 의기투합했다. 죽은 지 얼마 되지도 않은 게 밖에서와 달리 학교 들어오니까 영 힘을 못 쓴다, 해도 해도 이건 너무 느리지 않느냐, 달팽이 위에 탄 것 같다 등등. 시현은 어떤 반응도 하지 않았다. 반응할 힘도 없었다.

5시간 만에 그들을 끌고 겨우 도착한 곳은 집현전이었다.

"여기는 상벌… 아, 숨 차. 거기 아니야?"

"원래는 한글 교실인데 너 때문에 상벌위원회실로 잠깐 썼던 거야. 자부심을 가져."

학교는 궁궐을 알뜰하게 활용했다. 집현전 안으로 들어가 보니, 책상 배열과 가구 모두 달라져 있었다. 용상처럼 학생들 의자 하나하나에 장인 정신이 깃든 무늬가 화려하게 조각되어 있었다. 고객이 왕이라고 내세운 식당처럼 이 교실에선 학생이 왕이다, 뭐 이런 콘셉트인가.

교실에 들어서자 시현은 남녀노소 할 것 없이 모두에게 인기 만점이었다. 다들 귀엽다면서 시현의 꼬리를 잡아당기고 등을 쓰다듬으려고 난리였다. 기왕 작은 동물로 변할 거면 고슴도치가 좋았을 텐데. 시현은 선인장 가시가 몹시 부러웠다.

"어이, 저리 가. 내가 이래 봬도 멸종위기 동물이라고. 나 건들면 300달러 벌금이야. 만지고 싶으면 30만 원 현찰로 내."

시현은 아까 이동하면서 고인물이 쿼카에 대해 나눈 수다를 잘 들어두었다가 써먹었다. 그러자 군밤 모자를 눈썹까지 눌러쓴 어린 학생이 시무룩한 얼굴로 말했다.

"귀신이 돈이 어딨어요."

"그러니까 만지지 좀 말라고. 너희가 살았을 때 날 몰라서 이러는데, 아우, 난 진짜 이런 웃는 상 스타일이 아니라고!"

그때 수업 시작종과 함께 집현전 문을 열고 한글 선생님이 들어왔다. 교재를 들고 들어온 건 뜻밖에도 육포 할아버지였다.

"겉만 보고 판단해서도 안 되지만, 겉모습에 좌우될 필요도 없지. 중요한 건 그 안에 든 알맹이니까. 지금의 네 모습을 즐겨보지 그러냐. 흔치 않은 경험인데."

시현에겐, 너 이런 식으로 계속하면 상벌위원회는 다시 안 열린다고 협박하는 말로 들렸다. 생각해보면 이 모든 게 3번 벌칙을 추천한 육포 할아버지 때문이었다.

"솔직히 이거, 밖에서 고분고분 말 안 들었다고 복수하는 거잖아요? 진짜 뒤끝 심하시네. 무슨 선생이 쫀잔하게 학생을 이런 몰골로 만드냐. 요즘 학교에서 학생들 인권이 얼마나 중요한지 알아요? 모르니까 이렇게 당당하지. 죽은 귀신들 학교라고 이렇게 학생 의견 무시하고 모냥 빠지게 이게 뭐야, 이게. 축구공에 선인장에 거울에 난 또… 어후! 진짜 선생이고 위원회고 싹 다 물갈이해야 한다니까… 요!"

마지막에 이성의 끈을 붙잡고 '요!'를 붙이긴 했지만 동의 없는 야자타임을 한 것처럼 교실 분위기는 급격히 싸해졌다. 응원의 열기가 고조된 붉은 악마 속에서 혼자만 뻘쭘하게 저승사자처럼 까만 옷을 입은 느낌이랄까.

"물갈이라, 이계 학교에도 신선한 바람이 필요하긴 하지. 좋은 생각이다. 수업 끝나고 고시현 학생은 그 문제를 주제로 함께 토론해보자꾸나."

"선생이랑 학생이 토론은 무슨, 따로 훈계하려는 거잖아요?"

육포 할아버지는 시현을 한참 내려다보다가 가만히 말했다.

"나는 네가 생각하는 것보다 훨씬 너희를 아낀단다."

분위기가 왜 또 이렇게 다정해? 시현은 대꾸할 말을 찾지 못한 채 동공이 흔들렸다. 갑자기 이렇게 나오면 상대적으로 내가 너무 불량학생 같은데. 시현은 반전을 노리기 위해 눈을 내리깔고 머리를 굴렸다. 그런데 반전은 이미 앞에 벌어져 있었다. 육포 할아버지의 신발은 저번에 본 등산화가 아니었다. 시꺼먼 어그 부츠같이 생겼지만 메이드 인 조선의 냄새가 났다. 시현은 설마설마하며 아래에서부터 위로 시선을 옮겼다. 그새 육포 할아버지의 옷이 발부터 머리까지 싹 바뀌어 있었다.

"어? 어!"

충격으로 입이 벌어졌는데도 말이 문장을 갖춰 밖으로 나오질 못했다. 육포 할아버지는 자신의 복장을 자랑하듯 시현에게 물었다.

"어떠냐, 이번엔. 머리부터 발끝까지 쫙 갖춰 입으니까 그럴듯하지?"

"마… 만원!"

육포 할아버지는 씨익 웃으면서 이따 수업 끝나고 따로 보자며 교단으로 걸어갔다. 걸을 때마다 붉은 용포가 사각사각 스치는 소리가 났고 머리에 쓴 왕관이 너무 잘 어울렸다. '내가 왕년에는, 왕년에는' 하던 입버릇이 진짜 '왕'을 말하던 거였다고? 영실이 할아버지는 해시계니 측우기니 온갖 어려운 걸 만든 장영실이었고?

"아니지? 코스프레지? 여긴 궁궐이잖아. 기념 촬영 같은 것 때문에 왕이 입는 옷도 다 있을 거고 얼굴은 그냥 닮은 거겠지?"

"너, 몰랐어? 그래서 그렇게 나댄 거구나? 무식해서 용감했네. 어쩐지."

대파랑이 아주 재미난 건수를 잡은 것처럼 시현을 놀렸다.

"말이 안 되잖아. 하와이안 셔츠에 똥배 나온 할아버지가 어떻게…"

"옷으로 사람 판단하는 건 인간일 때나 하는 짓이지. 촌스럽기는. 외양보다는 그 너머 이면을 봐야 한다고. 겉모습이 전부가 아니라니까. 우릴 봐."

축구공이 살짝 몸을 흔들었다. 턱짓으로 '그리고 네 모습 좀 봐' 하고 찔러주듯이. 이 순간만 기다렸다는 듯 거울이 시현의 앞으로 왔다. 거기엔 이 순간조차 웃고 있는 쿼카가 한 마리 있었다.

한편, 육포 할아버지는 교단 앞에 서서 챙겨 온 교재를 펴며 말했다.

"오랜만에 신입생이 청강하러 왔으니 기억부터 나가볼까요?"

모두의 시선이 시현에게로 꽂혔다. 너 정말 기역부터 시작해야 할 수준이냐고 묻듯이. 그래서 시현은 난감한 얼굴로 중얼거렸다.

"요즘 누가 한글을 모른다고 그래요."

몇몇 어린 학생들이 울음을 터뜨릴 것 같은 얼굴로 시현을 쏘아보았다. 그러자 또 다른 어린 학생이 어린 학생들의 어깨를 토닥이며 이따 받아쓰기할 때 쌍기역으로 코를 납작하게 해주라고 응원했다. 시현은 졸지에 이 수업에서 역적이 되었다.

"자, 그럼 오늘은 저번 시간에 이어 쌍시옷을 한번 배워볼까요? 쌍시옷은 한글을 만들 때만 해도 이렇게 활발하게 쓰일 줄 몰랐어요. 며칠 전에는 단체로 궁궐에 온 학생 중 하나가, 아, 여기서 학생은 진짜 인간이었어요. 그때까지는."

그때까지는? 시현은 주위를 둘러보았다. 모두 그러려니 하는 반응이었다. 시현은 신입생티를 내지 않기 위해 아무렇지 않은 척 앞을 다시 보았다.

"그 학생이 쓰는 말을 옆에서 들어봤는데 처음부터 끝까지 쌍시옷을 사용해서 문장을 이어나가더군요. 아주 놀라웠어요. 사설이 길었네요. 우리도 요즘 학생들이 사랑해 마지않는 글자인 쌍시옷을 적어볼까요?"

학생들은 연필에 힘을 주어 공책에 쌍시옷을 따라 적으며 발음했다. 고인물은 이미 다 아는 거였지만 그래도 선생님 얼굴을 봐서 또 들어준다는 느낌으로, 손이 없어 적지는 못해도 따라서 발음했다.

한글을 배우는 교실에 훈민정음 창제자라니, 이건 여름성경학교에 예수님이 온 거나 다름없었다. 그런 분에게 시현은 처음부터 지금까지 뚝심 있게 개긴 것이다.

그러니까 육포 할아버지는 세종대왕이었다. 아, 망했다.

D-35 방콕

첫 수업 이후로 시현은 방에 틀어박혔다.

힙합씬을 찢어버릴 것처럼 당찬 기세로 이계 학교에 오자마자 상벌위원회를 열어 동물형을 받았다. 그런데 그 모습은 짜증나게 귀여운 쿼카였고, 잘못 엮여서 고인물의 수발러가 된 것도 모자라, 깐족거리며 개긴 육포 할아버지가 알고 보니 세종대왕이었다. 시현이 수업을 거부할 이유는 차고 넘쳤다.

아무리 생각해도 이 꼴로 계속 학교를 돌아다닐 순 없다. 영화 보면 꿈에 나올까 무서울 정도로 소름 끼치게 무서운 귀신도 많던데 난 대체 왜. 시현은 진짜 울고 싶었다.

햇빛에 닿으면 진짜 '좋은' 곳으로 가는 데다 궁궐이 낮에는 일반인에게 개방돼서, 수업은 저녁에만 열렸다. 그래서 보통 낮에는 학생들이 배정받은 함화당과 집경당의 침전에서 각자 휴식을 취했다. 1인 1방 시스템이었지만 시현의 경우엔 그 장점을 활용하지도 못했다. 고인물이 이동하기 힘들다는 이유로 금붕어 똥처럼 뒤에 붙어 기어코 방까지 따라와서는 아지트처럼 쓰며 뭉갰기 때문이다.

단풍이 시현 쪽을 빤히 보며 이야기를 꺼냈다.

"근데 쟨 암컷이야, 수컷이야?"

"인간일 때는 여자였지만, 지금은 딱히⋯ 모르겠는데?"

그들로부터 등을 돌리고 누워 있으면서도 시현은 귀를 쫑 긋 기울이고 있었다. 그러다 슬쩍 제 몸을 내려다보았다. 쿼카의 몸에는 마치 아이들이 껴안는 곰 인형처럼 성의 징표가 없었다. 그것을 확인한 감정의 갈래를 정의하자면 충격이었다. 시현의 소리 없는 비명을 눈치채지 못한 고인물이 그들끼리 대화를 이어 나갔다.

"한글 수업 때 꼬꼬마들도 많았잖아."

"생긴 게 적나라하게 드러나서 다큐면 곤란하니까 만화처럼 대충, 뭐 그런 건가."

"그러고 보니 동물형도 진짜 오랜만이다."

시현도 생각해보니, 그게 뭐든 선명하게 안 보이는 게 여러모로 다행이었다. 문득 육포 할아버지가 앞으로 옷에 대해서는 걱정하지 않아도 될 거라며 다정하게 말하던 모습이 떠올랐다. 속에서 울컥했지만, 따지기에는 타이밍이 너무 늦었다.

한편, 척준이 단풍과 대파랑의 대화에 끼지를 못했다. 새삼 시현에게 옷이 없다는 걸 인지했는지, 그리고 선인장으로 변한 본인 역시 마찬가지라는 걸 느꼈는지 안절부절못했다. 갑자기? 지금 와서? 시현은 부끄럼이 많은 고려 무사를 좀 놀려주고 싶었지만, 그러기엔 제 코가 석 자였다.

그들은 다른 이야기로 넘어갔다. 죽어서도 입만 산, 어지간히 시끄러운 삼총사였다.

"근데 재도 캥거루과라던데, 알고 있었어?"

"아무리 봐도 돌연변이 쥐처럼 생겼는데."

"나도 그런 줄 알고 이 쌤에게 따졌거든. 돌연변이 쥐면 나름 괴물 아니냐. 우린 이렇게 벌 받는데 신입생 주제에 상 받은 거면 곤란하지 않냐. 논리정연하게 말했더니…."

"그랬더니?"

"아니래."

그들은 묘하게 안도했다. 괴물의 첫 타이틀 귀신은 아직 아무도 안 나온 게 맞는지 서로가 가진 정보를 공유하며 확인에 확인을 거듭했다. 그들은 친구이되 경쟁자였다. 누가 먼저 괴물이 되느냐로 몇백 년이 넘게 오십보백보로 경쟁하며 도전해온 것이다. 의논 끝에 단풍이 이건 정말 아니지 않냐며 시무룩하게 말했다.

"근데 괴물은 더 간지 나는 거 아니었어? 저런 게 괴물이면 난 실망이야."

하! 시현도 대꾸하고 싶었다. 자신도 진짜 대실망이라고.

"괴물이야말로 진짜 전설 아니냐. 당최 내가 신라 때부터 최고령 붙박이 학생인데 상 받은 귀신을 본 적이 있어야 말이지. 어떻게 된 게 롤모델로 삼을 괴물 귀신이 없어? 혹시 그거 그냥 학생들 낚으려고 만든 홍보물 아니야?"

대파랑이 음모론을 제기하자 단풍이 설마 하면서 자기 생각을 밝혔다.

"우리 학교가 원래 이벤트라곤 없잖아. 학생들 보호한다는 명목으로 학교에 가둬놓고 수업이나 하지. 그니까 괴물이 없었던 거야. 사고가 좀 팡팡 터져줘야 활약을 할 텐데 어찌나 보호가 철저하신지 특별한 사건도 없고. 생각해 봐. 최근에 특별한 일이라곤 쟤가 난동 피우는 바람에 우리가 속세로 잡으러 간 것밖에 더 있어?"

"그러네. 그것도 재인이 고놈이 냉큼 채 가서 기회를 놓쳤지만."

"그때 식겁했잖아. 재인이 고놈이 괴물 될까 봐."

다들 안도의 숨을 내쉬었다. 재인은 그들 사이에서 백범 김구, 도산 안창호처럼 무슨 호라도 되는 듯 '재인이 고놈'으로 굳어져 있었다.

셋은 괴물에 대해 토론하며 방에서 시간을 보냈다. 시현은 자는 척하면서 그들의 이야기를 들었다. 괴물에 대해선 시현도 궁금한 게 많았으니까. 하지만 그들도 시현만큼이나 괴물에 대해 아는 게 없었다. 괴물이 되려면 대체 어떤 끝내주는 일을 해내야 하나, 오로지 그것만 두고 열띤 토론이 이어졌다.

괴물 이야기도 해가 질 때까지만이었다. 저녁이 오자 방 밖에서는 귀신들이 하나씩 방에서 나와 스트레칭을 하며 수업에 갈 준비로 부산했다. 밤이 깊어갈수록 학교는 활기를 띠었다. 그 소리가 방 안까지 들리자 찬물을 끼얹은 듯 고인물이 조용해졌다. 시현이 굳이 등을 돌려서 보진 않았지만, 나가고 싶어서 문만 바라보고 있는 것 같았다. 아까 보니까 움직이는 모양이 이상하고 느리긴 해도 이동은 가능하던데 그냥 자신들끼리 나가서 놀든, 수업을 가든 하면 될 거 아닌가. 시현은 도통 이해가 되질 않았다.

한참 후 도저히 못 참겠는지 갑자기 그들끼리 가위바위보를 했다. 손이 없으니 입으로. 가위바위보에서 진 단풍이 아유, 한숨을 뱉은 후 시현에게 말을 걸었다.

"너, 어디가 아픈 거야?"

무슨 말을 해도 철저하게 씹어버리려고 했는데, 아프냐니. 시현은 넋 놓고 있다가 어퍼컷을 맞은 것처럼 명치 끝이 아렸다. 그런데 척준이 옆에서 거들었다.

"마음이 아픈 거겠지."

말투로 보아 진심으로 단풍과 척준은 시현을 걱정하고 있었다. 그래서 밖에 나가지 않고 여태껏 방에 붙박이처럼 붙어 있는 거였나? 걱정돼서? 감동이 눈 밑까지 차오르는데 대파랑이 끼어들어 한마디 했다.

"에이, 그럴 리가. 저렇게 인기가 많은데 마음이 왜 아파?"

대파랑은 진심 이해가 안 된다는 말투였다. 자신이 올린 영상에 자신이 댓글 다는 것처럼 자기들끼리 묻고 답하고 북치고 장구 치고 다하고 있었다. 그러면 그렇지. 감동이 파괴된 자리에 슬쩍 짜증이 꿈틀댔다. 그래서 시현은 누운 채로 일침했다.

"시위 중이야."

시현의 대답에 아무도 말이 없었다. 왜냐고 묻고 싶은 눈치였다. 시현 역시 침묵만으로는 분을 삭일 수가 없어서 벌떡 일어나 그들을 마주 보았다.

"내가 궁금한 게 오조오억 개인데 일단 하나만 묻자. 학교가 여기 하나야? 다른 귀신 학교는 없냐고. 도저히 이 외모로는 학교생활을 할 수가 없어. 차라리 너희처럼 그냥 일반적인 거면 모를까 이건 너무⋯. 그래서 말인데 전학 옵션에 대해 알고 싶은데."

셋은 미동도 없이 시현을 보다 그들끼리 눈을 마주쳤다. 아무래도 맞는 것 같다며 숙덕거리더니 고개를 끄덕였다. 잠시 후 척준이 시현에게 다가와 조심스럽게 물었다.

"너, 오랫동안 아프다가 죽었어?"

"무슨 말이야?"

"아니야?"

그러고는 그들끼리 또 수군거렸다. 이번엔 너무 작아서 잘 들리지 않았다. 시현은 그들을 향해 똑바로 말했다.

"궁금한 게 있으면 바로 물어. 돌리지 말고."

척준이 다가와서 선인장 팔로 시현의 손목을 꾹 눌러주었다. 숫자가 보였다. '35.'

D-34 귀생은 코요태 노래처럼

"죽은 직후 49부터 시작해."

시현은 깜짝 놀랐다. 일단 자신에게 자신도 모르는 숫자가 있었다는 것에 놀랐고, 두 번째로 그 숫자가 49밖에 되지 않아서 놀랐고, 마지막으로 그조차 온전히 남은 게 아니라 모르는 사이 차감됐다는 것까지 세 번 놀랐다.

"근데 앞자리가 3으로 시작한다니, 죽고 나서 좀 오래 방황했나."

척준의 걱정에 시현은 머릿속에서 지진이 난 것 같았다. 시간이 벌써? 죽으면 시간관념이 없어지나? 흔들리는 눈동자 속에서 불안을 읽어낸 척준이 시현을 위로했다.

"너무 걱정하지 마. 벌 받는 동안은 시간이 멈추니까. 35에서 더는 줄어들지 않을 거야."

"진짜?"

"진짜."

척준의 말에 시현은 숨을 휴우 내쉬었다. 살아 있을 때라면 선인장의 말 따위 무시했겠지만, 지금은 선인장이 학교 선배였다. 시현은 숫자에서 눈을 뗀 뒤 물었다.

"49부터 숫자가 줄어든다고?"

"귀신도 영원하지는 않아. 그건 이계 학교 학생도 마찬가지고. 근데 음, 보통 오랫동안 아팠던 아이들은 살아 있을 때부터 죽음을 준비했기 때문에 여기 와서도 금방 적응해. 오히려 신난 학생도 더러 있고. 여기선 아프지 않으니까.”

시현은 그 마음이 이해가 갔다. 열한 살 때였다. 충치 때문에 오래전부터 아팠지만 돈도 없고 의료보험도 밀려서 치과를 갈 수 없었다. 이 하나만 아파도 온 신경이 곤두서고 세상이 싫어질 만큼 힘든데, 오랫동안 병과 싸워야 한다면 그 고통이 어떨까. 감히 안다고는 할 수 없지만, 시현은 자신이 겪은 것과 비교할 수 없을 만큼 그 고통이 클 것이라 짐작했다.

시현이 생각에 빠져 대답이 없자, 단풍이 한참을 기다리다 말을 다시 이었다.

“근데 우리가 널 데리러 간 장소는 산이었어. 이 쌤 말로는 네 사고 현장이라고 했으니까 넌 병 때문에 죽은 건 아닌 것 같은데. 말로는 툴툴거리면서도 은근히 네가 학교에 빨리 적응한 것 같아서.”

시현은 가타부타 말없이 바닥만 보았다. 눈을 마주치면 숨기고 싶은 과거가 모두 들통날 것 같았다.

“다른 귀신들은 어떤데?”

학교에 들어온 이후 시현은 살았을 때와 달리 계속 질문에 질문을 거듭했다. 매사에 그저 그러려니 하고 따라다니며 눈치만 보던 시현으로서는 커다란 변화였다. 그렇다고 드라마틱하게 소극적인 성격에서 적극적으로 변하며 무언가를 주도하는 것까지는 아니었다. 그 중간 언저리에서 기웃거리고 있었다. 대파랑이 바로 대답했다.

“첨엔 자신이 죽었다는 것에 놀라지. 그 후엔 부정, 분노,

타협, 우울, 그리고 수용이 이어져. 죽음을 수용하는 5단계가 죽어서도 반복된다고 보면 돼."

영원히 살 수 있는 인간은 없다. 그게 불변하는 진실이다. 하지만 당신은 이제 곧 죽을 거라고 하면 사람들은 그럴 리 없다고 부정하고, 내가 왜 죽어야 하느냐고 분노하고, 나도 인간인데 나라고 별수 있나 싶어 타협하고, 아무것도 하기 싫어질 만큼 우울해지고, 그리고 마지막으로 어쩌랴 하는 수용이 이어지는 것이다. 그것은 귀신이 되어서도 마찬가지였다. 시현은 침묵을 깨고 스스로를 변호하듯 말했다.

"학교 안 오려고 뻗대고 도망쳤다가 결국 끌려온 거 너희도 봤잖아. 지금은 학교에 매여 있지만, 난 여기 딱히 관심 없어."

충분한 해명이 되었다고 생각하진 않았다. 하지만 무거운 침묵이 방을 채웠고, 그건 다른 이야기로 화제를 돌려야 한다는 것을 뜻했다. 단풍이 입을 열었다.

"전학 옵션에 대해 물었지? 우리가 알기로 대한민국에 귀신 학교는 여기 하나야. 근데 너, 숫자가 다 사라질 때까지 이렇게 방에만 있을 거야?"

"숫자가 다 사라지면 어떻게 되는데?"

시현의 질문에 그들이 몸서리를 쳤다.

"끔찍해."

"너도 알고 싶지 않을걸?"

"상상조차 하기 싫어."

죽음보다 더한 끔찍함이 뭐지? 설사 자신을 또 놀리는 거라고 해도 시현은 궁금해 미칠 것 같았다. 시현의 온갖 상상 위로 대파랑이 살짝 알려주었다.

"숫자가 다 사라지면, 졸업해야 해."

"아."

아무렇지 않은 척했지만, 시현은 내심 놀랐다. 졸업이라는 끝이 있을 거라곤 생각도 못 했다. 학교라고는 하지만 여긴 죽은 자들의 공간이니까.

게다가 고인물이라는 별명처럼 대파랑은 신라 때부터, 척준은 고려 때부터, 단풍은 조선 때부터 지금까지 쭉 귀신이었다. 그들이 이렇게 기를 쓰고 버티려는 데에는 그만한 이유가 있지 않을까.

"졸업하면 어떻게 되는데?"

"우리도 모르지. 졸업해보질 않았으니."

"선생님들이 말씀 안 해주셔?"

"은근 비밀이 많다니까. 하지만 생각해봐. 개교 이래로 졸업생이 단 한 명도 학교로 찾아온 적이 없어. 이상하지 않아?"

학교를 졸업하면 기억과 귀신의 몸이 완전히 사라져버리는 것이다! 그래서 선생님들도 말을 해주지 않고 졸업생들도 학교에 오지 않는 것이다! 그들이 오랫동안 토의하고 내린 결론이었다. 모두 추측이라는 것이 좀 미심쩍었지만, 시현으로선 반박할 근거도 없었다. 각자 생각에 빠진 사이 방에는 제5의 인물처럼 침묵이 끼어들었다.

대파랑이 또르르 굴러와 시현에게 툭 물었다.

"근데 너, 쿼카가 왜 그렇게 유명해진 건지 알아?"

"웃는 상이어서?"

"그것도 그렇지만, 내가 너 풀밭에서 쓰러져 자는 동안 알아봤는데, 야생동물인데도 자신보다 덩치가 훨씬 큰 사람을 봐도 도망가지 않고 심지어는 먼저 사람들에게 쪼르르 가서 애교부리거나 사진 포즈도 취해줘서 그런 거래."

"걘 자존심도 없나? 대체 왜 그러는 거래?"

"쿼카는 오랜 시간 동안 섬에 천적이 없었기 때문에 경계심이 낮아서 그렇대."

그래서 빵빵한 볼에 항상 웃는 귀염상으로 친근함까지 갖춘 쿼카는 세상에서 가장 행복한 동물로 불리며 인기였다.

"근데 넌 한글 쌤 말대로 화가 좀 많잖아. 웃지도 않고. 경계심도 많고. 그래서 말인데, 혹시 이승에서 천적이 많았어?"

이걸 물어보려고 쿼카 이야기를 꺼낸 것이었다. 시현은 스스로를 비웃듯 답했다.

"온 세상이 다 나한텐 천적이었지."

시현은 분위기를 싸하게 만드는 데 선수였다. 하지만 대파랑은 천 년 넘는 귀신 짬밥의 여유로 시현을 툭 치며 명랑하게 말했다.

"그건 과거고, 지금은 귀신이잖아. 다 털어버려. 어차피 귀생은 코요태 노래처럼 살면 돼. 코요태 노래가 가사는 슬픈데 들으면 몸이 또 신나잖아? 이별 노래를 그렇게 춤추면서 하는 거, 그게 귀생이지."

대파랑은 자신의 말에 자신이 신나버려서 갑자기 노래를 흥얼거리며 몸을 흔들흔들했다. 곧이어 척준과 단풍도 동참했다. 벌 받아서 신체 조건이 꽝인 지금도 그들은 춤을 췄다. 어이가 없었다. 대책 없는 흥에 시현은 피식 실소가 터졌다.

시현은 세상이 던지는 강펀치를 막기 위해 가드를 올리고 있었고 항상 뻣뻣하게 굳어 있었다. 세상은 시현에게 친절하지 않았다. 그래서 시현 역시 항상 심각하게 살아왔다. 그런데 고인물은 온몸으로 춤을 추며 말하고 있었다.

지금 이 순간은 다시 돌아오지 않아. 그러니 즐겨.

D-33 오늘의 수업

시현은 키오스크에 적힌 '오늘의 수업'을 보았다.

키오스크는 인간의 보통 키에 걸맞은 눈높이에 맞춰져 있었다. 최대한 목을 늘여 빼면 축구공은 22센티미터, 선인장 27센티미터, 거울 85센티미터, 쿼카 53센티미터, 다 합치면 1미터 87센티미터였다. 하지만 여기서 안타깝게도 선인장을 빼야 했다. 선인장의 가시들 때문에 대파랑이 생명의 위협을 느낀다며 무조건 옆으로 빠지라고 했기 때문이다. 그래서 쿼카, 축구공, 거울 셋이서 서커스단처럼 몸을 층층이 포갰다. 세워진 거울 위로 축구공이 있었고 그 위에 쿼카가 있었다. 그럼 키가 160이 되었고 그제야 뭘 좀 시도해볼 만한 높이가 되었다.

　물론 어린아이들을 위한 키가 낮은 키오스크도 따로 있었다. 하지만 고인물의 자존심이 어린이 전용의 사용을 허락지 않았다. 시현이 없었을 때 거울과 축구공을 합쳐도 1미터를 간신히 넘길 뿐이라 그들은 얼마 전부터 바뀐 수업 신청 시스템인 키오스크를 활용하지 못해 정식 수업 신청을 하지 못했다.

　시현은 고개를 왼쪽으로 갸웃하고 척준에게 물었다.

　"그럼 저번에 한글 수업 들어간 건 뭐야?"

　"그건 청강생이라 교재나 숙제, 조별 발표 같은 거 아무 데도 끼지 못했잖아."

　"그렇게나 수업을 열심히 듣고 싶어 하는 애들이었어? 너희가?"

　벌 받게 된 경위도 그렇고 적당히 지들끼리 놀며 뭉쳐 다니는 학교 붙박이인 줄 알았는데 알고 보니 모범생이나 우등생 쪽이었다고?

　"그렇다고 교재를 준비하거나 숙제를 하거나 조별 발표를 열심히 하는 건 아니야."

　"그럼 뭐하러 굳이 이렇게 애써서 신청해?"

　"이게 꼽사리라 어디에도 끼워주지 않아서 노는 기분이랑, 정식으로 채용됐는데도 대놓고 배 째라며 노는 기분이랑 완전히 다르거든."

　대파랑의 부연 설명에 척준이 맞다며 고개를 끄덕였다.

　"근데 키가 안 돼서 그런 거면 그냥 다른 귀신한테 눌러달라고 부탁하면 안 돼?"

시현은 축구공 위에서 아슬아슬하게 균형을 잡으면서 아래를 향해 물었다. 다들 묵묵부답이었다. 뭘까, 이 적막은. 그런 단순한 생각을 한 번도 해보지 못했거나 아니면 뻔히 그 방법이 있는데 시현에게 구라를 깐 거거나 둘 중 하나였다.

"그래서 오늘의 수업이 뭔데?"

마치 고급 레스토랑에 들어가 오늘의 셰프 추천 요리가 뭐냐고 묻는 것 같았다.

"오늘은 수요일이잖아. 분명 문학 수업이 있을 거라고. 맞지?"

맨 아래 균형을 잡고 선 단풍 목소리에는 절절함이 느껴졌고 그 수업이 없으면 자리를 이탈해 시현과 대파랑이 바닥에 내팽개쳐지는 것도 불사하겠다는 비장한 결의가 느껴졌다.

대파랑이 시현을 향해 속삭였다.

"없다고 해. 없다고 해."

"대파랑 너 다 들려. 한 번만 더 까불면 이제 막 머리가 굵어지기 시작한 남자애들 사이에 널 던져놓을 거야!"

단풍이 으름장을 놓자 대파랑이 다시 시현에게 말했다.

"있다고 해. 있다고 해."

수업 시간표는 뭐가 있는지 없는지 찾는 것 자체가 미션이었다. 키오스크에 수업을 가르치는 선생님의 얼굴이 뜨면서 그 과목의 이름이 떴다. 한글 수업은 '함께 따라 해요 가나다라마바사'가 정식 수업 명칭이었는데, 그 옆에 용포에 왕관까지 쓴 육포 할아버지가 한 손에 시퍼런 낫을 들고 위아래 이 열 개를 활짝 보여주며 웃고 있었다. 호러 영화 같았다. 시현이 저게 뭐냐며 뒤로 몸을 빼자 대파랑이 힐끔 위를 보고 말해주었다.

"우리도 처음 봤을 때 까무러쳤지. 이 쌤이 요즘 저런 언어유희에 빠져서 저러셔."

곧이어 화면 위로 생명보험을 파는 것 같은 신뢰감 넘치는 목소리의 멘트가 흘렀다.

"낫 놓고 기역 자도 모른다? 이젠 안심하세요! 600년 전통! 부드러운 카리스마! 원조 한글 선생님이 여러분에게 가, 나, 다, 라, 마, 바, 사를 친절하게 가르쳐드립니다."

좀, 100년 전통의 원조 사골곰탕 광고 같았다. 별이 다섯 개 침대 광고 같기도 했고. 잠시 후 화면이 천천히 바뀌면서 육포 할아버지 손에 들려 있던 낫이 색종이로 만든 핑크 기역 자로 바뀌었다. 시현은 보는 것만으로도 닭살이 돋을 만큼 부끄러웠다.

이런 키오스크가 일렬로 죽 늘어서 있었다. 시현은 그다음 어떻게 해야 하는지 궁금해서 옆을 보았다. 광고가 끝나자 신청란이 떴고 옆에 선 할아버지 귀신이 엄지를 신청란에 찍었다. 지문 신청 방식이었다.

"이장우 학생, '함께 따라 해요 가나다라마바사' 수업에 신청되었습니다."

지문을 찍는 걸 보니 고인물은 수업 신청이 아예 불가인 것 같았다. 제 몸에서 손이 어디인지 몰라 온몸을 키오스크에 비벼댔을 생각을 하니, 더러우면서도 웃겼다. 그래서 시현이 피식 웃는데, 한글 수업을 신청하던 주름이 쪼글쪼글한 이장우 할아버지가 시현을 불쾌한 시선으로 쏘아보았다.

"흠흠, 배움에는 원래 나이가 따로 없는 법이다!"

시현이 그 나이에 한글 수업 신청해서 비웃었다고 오해한 쪼글쪼글 할아버지는 쌩 바람을 일으키며 지팡이를 탁탁 짚고 걸어갔다. 아무래도 자신은 할아버지들과는 영 코드가 안 맞는 것 같다며 시현은 고개를 가로저었다.

"아직도 못 찾았어? 빨리 신청해야 한다고. 안 그럼 마감이란 말이야!"

밑에서 단풍이 재촉했다.

"이거 지문 신청 방식이야. 나는 그렇다 쳐도 너희는 어쩌려고?"

"다 방법이 있어. 그건 걱정하지 말고. 문학 수업 찾았어? 못 찾았어?"

"계속 광고가 나오는데 아직 네가 말한 건 안 보여."

"답답해 죽겠네! 너 손은 뒀다 뭐 할래?"

시현은 21세기 사람이면서 조선 시대 귀신에게 타박받는 스스로가 부끄러웠다. 시현은 손으로 키오스크 화면을 누르고 오른쪽에서 왼쪽으로 이동했다. 그러자 화면이 넘어갔다. 체육, 과학 등 다양한 수업이 넘어간 끝에 단풍이 말한 문학 수업이 떴다. 다른 수업과 달리 아무 광고도 없었고 궁서체로 수업 이름만 있었다.

"문학이란 무엇인가, 이거 맞아?"

"응. 문학 수업은 그거 하나야."

시현은 신청란에 엄지를 대서 지문을 찍었다. 그러자 "고 시현 학생, '문학이란 무엇인가' 수업에 신청되었습니다."라고 안내 목소리가 나왔다. 다음은 단풍이었다. 순서를 바꿔서 맨 아래가 시현, 그 위가 축구공, 거울 순이었다. 단풍이 대파랑 과 시현을 깔고 서서 키오스크 화면에 머리를 박치기하자 안 내 목소리가 나왔다. 몸 전체가 눈이고 코고 입이고 손이라더 니 그냥 아무 데나 터치하면 다 손으로 쳐주는 것 같았다. 에 이, 아까 상상한 게 더 재미있었다며, 시현은 조금 실망했다.

"늦게 가면 자리 없을 거야!"

단풍이 조바심을 냈다.

"근데 왜 저렇게 단풍이 열정적이야? 누가 가르치는데?"

시현은 고인물을 끌고 가며 묻자 척준이 대답했다.

"걱정하지 마. 분명 오늘도 휴강일 거야."

문학 선생님은 1년에 수업하는 날이 손꼽을 정도로 적었 다. 혼자만의 창작 시간이 많아서 수업은 특강 형태로 잠깐 열렸다가 사라졌다. 그러다 1년 전엔 안식년이 필요하다며 학교를 훌쩍 떠났었는데, 오늘이 바로 문학 선생님이 복귀하 기로 한 날이었다. 그래서 단풍은 오매불망 오늘만 기다린 것 이다.

문학 교실엔 여학생들만 바글거렸다. 남자 아이돌 콘서트 장에 온 것 같았다.

"한글 수업보다 학생들이 훨씬 많은데? 도대체 누군데 세종대왕을 이겨? 그것도 죄다 여학생들이네. 설마 잘생겼어?"

"곱슬머리야."

척준이 무시하듯 말했다. 곱슬머리 남자는 결코 잘생길 수 없다는 듯이. 그걸 더벅머리 척준의 입에서 듣자 느낌이 좀 희한했다. 대파랑과 척준은 이 수업에서 둘뿐인 남자 귀신이었다. 그들도 남자로 쳐준다면 말이지만. 흥분으로 가득 찬 교실의 웅성거림이 음악방송 시작 1분 전처럼 점차 커졌다. 대파랑은 원래 문학 쌤은 늦는다며 한숨 잘 테니 수업 끝나면 깨우라고 했다.

그때 문학 선생님이 들어왔다.

D-32 나에게 나타샤는

"오랜만이네요. 수업을… 시작할까요?"

수줍게 문학 선생님의 말이 떨어지자마자 환호성이 터졌다. 시현은 배신감으로 대파랑과 척준을 노려보았다. 그러자 척준이 변명하듯 말했다.

"곱슬머리 맞잖아."

"패션이든 헤어든 모든 것의 완성은 얼굴이거든? 그건 성별을 떠나서 국룰 아니야?"

"그건…. 아, 저게 다 사기라니까. 전성기 때 모습으로 오

는 게 어땠냐고. 저 모습은 죽었을 때 모습이 아니잖아. 원래
는 80세가 넘는 할아버지여야 하는데.”

시현의 귀가 쫑긋 솟았다. 저렇게 젊고 멋진 외모로 바꿀
수 있다니, 학교의 권력자는 역시 선생님 같았다. 시현은 일
부러 무심한 듯 물었다.

“선생님은 어떻게 될 수 있는 건데?”

“넌 안 돼. 선생님은 학교에 올 때부터 선생님이야. 학생이
었다가 선생님이 된 경우는 없어.”

“내가 언제 선생님 되고 싶대?”

적극적으로 부인해보았지만 안 믿는 눈치였다. 시현은 괜
히 부아가 났다.

“한글반 선생님이 세종대왕이면 저 문학 쌤도 나름 유명인
사겠네? 근데 내 기억 속에 저런 미남은 없는데?”

“별로 안 유명해. 순 얼굴 빨이야.”

대파랑의 말에 척준이 툭 끼어들었다.

“난 백석 시 갬성 좋던데. 우수에 찬 가을 남자 같잖아.”

시현은 학교 교육 과정을 밟지 않아 백석이라는 이름을 들
어도 딱 떠오르는 작품이 없었다. 시현이 고민하는 사이 대파
랑이 척준의 화분을 툭 치며 삐딱하게 물었다.

“그래서 넌, 이 수업이 좋냐?”

“그건… 쟤들을 봐. 아무리 귀신이어도 나도 남잔데, 이게
좋겠어, 지금?”

둘은 같이 고개를 끄덕이며 공감했다. 시현은 중립을 선언

했다. 잘생긴 남자라는 점에서 점수를 줄 수도 있었지만, 시현의 취향은 아니었다.

"그럼 시현이 넌 어떤 남자를 좋아하는데?"

척준의 물음에 대파랑이 휙 소리 나게 몸을 돌려서 척준을 보았다. 요 녀석 봐라? 하는 느낌으로. 시현 역시 흥미롭다는 듯 눈을 가늘게 뜨고 척준을 보았다. 시현 대신 대파랑이 총대를 메고 질문했다.

"네가 그게 왜 궁금한데?"

"그러니까, 내가 왜 그런 게 궁금해. 전혀 안 궁금해."

척준은 알 수 없는 소리를 구시렁거리더니 몸을 휙 돌렸다. 분명 또 괜히 선인장 화분 속 모래를 세는 척하고 있을 거라며 대파랑이 키득거렸다. 시현이랑 대파랑이 통 하고 몸을 부딪쳤다. 어느새 그들은 은근 부끄럼 많고 반응이 재미있는 척준을 놀리는 것에 한통속이 되었다. 사소한 장난으로부터 우정이 쌓여갔다.

잠시 후 맨 앞자리에 앉은 단풍이 갑자기 수업을 끊고 소리쳤다.

"쌤! 오랜만의 수업인데 쌤 시 하나 낭송해주세요! 네?"

팬클럽 단장처럼 단풍이 나서자 소녀 갬성 학생들이 책상을 두드리며 환호했다.

"시 낭송은 이따 수업 끝나고…."

"맨날 수업 끝나자마자 도망가시잖아요. 지금 해주세요, 지금! 네?"

무대 울렁증이 심한 가수를 납치해 노래방에 가둔 사생팬들이 빨리 히트곡 부르라고 떼쓰는 현장 같았다. 백석 쌤은 올 것이 왔구나 하는 표정이었다.

"내 시 중에서 짧은 게… 그럼 여승을….'

"나타샤! 나타샤!"

시현이 그게 뭐냐고 물으니, 대파랑이 이 반 학생들 최애 시라고 알려주었다. 모두의 열렬한 요청에 결국 백석 쌤은 창가로 천천히 걸으며 입을 뗐다. 시현은 첫 구절에서 숨이 막혔다. 백석 쌤은 시인으로 돌아가 있었다. 그 두 눈에는 나타샤로 불리는 어느 여인을 향한 그리움이 담겼다. 사랑에 빠진 남자의 눈이었다. 이 수업의 학생들은 백석 쌤이 잘생겨서 열광하는 게 아니었다. 한 여자를 죽은 뒤에도 그리워하는 순정남의 눈빛과 목소리에서 자신이 놓친 사랑과 그 후에 남은 그리움을 보는 것이었다. 시현이 생각에 빠진 사이 어느덧 시는 눈이 푹푹 내리는 시의 마지막 구절을 향해 갔다.

시 낭송이 모두 끝나고 난 뒤, 박수는 없었다. 모두 고요하게 그 감성에 젖어 있었다. 시현 역시 숙연해졌다. 살아 있을 때 시현에게는 사랑하는 사람이 없었다. 그리움조차 없는 가슴은 휑하니 허전했다. 나에게 나타샤는 영영 없겠지.

"이제 약속대로 다시 수업할까요."

"쎄앰! 진짜 수업하고 싶으세요?"

단풍이었다. 단풍의 목소리가 촉촉이 젖어 있었다. 백석 쌤은 수줍게 미소 지으며 잠깐 아래를 내려다보았다가 다시 학생들을 보았다.

"수업합시다."

목소리는 쌤으로 돌아왔지만, 그 눈은 아직 과거의 어느 날에 있었다. 하지만 학생들은 더는 조르지 않았다. 수업이 다시 시작되었다. 백석 쌤의 바람과 달리 학생들은 다시 오빠 부대의 소녀 갬성으로 돌아가 있었고, 쌤 한 마디 한 마디에 으음 소리를 내며 코로 추임새를 넣는 학생마저 있었다. 팬클럽 현장에 있는 건 팬이 아닌 학생으로서는 몹시 피로한 일이었다.

시현은 그들을 보며 생각했다. 집현전에서 나왔을 때 학생들이 귀엽다고 소리쳤던 건 지금 보니 애교였다. 문학 쌤에 열광하는 학생들의 모습을 보자 시현은 자신의 위치를 정확히 확인할 수 있었다. 그러니까 할머니가 아장아장 걷는 손자 보고 아구 귀엽다며 궁디팡팡 하는 느낌이었다.

"끝까지 들을 거야?"

시현이 묻자 안 그래도 기다리고 있었다는 듯 척준과 대파랑이 스르르 의자 밑으로 떨어졌다. 포복 자세로 뒷문을 향해 대파랑, 척준, 시현 순으로 기어갔다. 그들 키가 고만고만해서 아무도 신경 쓰지 않으리라 생각했지만, 혹시 싶어서 시현은 슬쩍 앞을 보았다. 그런데 백석 쌤과 눈이 마주쳤다. 백석 쌤의 눈빛은 이랬다.

'나갈… 거니?'

그래서 시현은 눈빛으로 대답했다.

'선생님 잘못은 아니지만 여길 탈출해야겠어요. 이런 분위기 못 견디겠어요.'

'나도 마찬가지야.'

백석 쌤은 제발 자신도 여기서 탈출시켜주길 바라는 눈빛으로 시현을 바라보았지만, 시현은 냉정하게 선을 그었다. '선생님이시잖아요. 수업하셔야죠.' 원래는 그렇게 말하려고 했지만 그건 너무 야박했다. 자신의 의지와 상관없이 받는 과도한 관심, 그 느낌 아니까. 시현은 주먹을 불끈 쥐어 보이며 눈빛으로 전했다.

'건투를 빌어요!'

시현은 그렇게 수업을 땡땡이쳤다.

D-31 귀신은 꿈을 꾸지 않아

"너 뭐야? 네가 쟤 그림자야?"

시현이 교실 밖으로 나와 보니 상황이 심각했다. 대파랑이 누군가에게 시비를 걸고 있었고, 척준은 대파랑 옆에 붙어서 든든한 응원군 역할을 하는 중이었다. 시현이 문밖으로 나오자 척준은 너도 빨리 오라며 선인장 팔로 손짓했다. 금붕어 똥, 꼬리, 스토커, 미행이란 단어 대신 대파랑은 굳이 '그림자'를 선택했다. 싸울 때도 말로만 싸우는 대파랑이, 며칠 전 그림자 사건도 있었는데 굳이 그 단어를 택했다는 건 누가 봐도 다분히 의도적이었다. 그림자가 무엇을 의미하는지 정확히 모르는 시현도 느낄 만큼.

시현은 누가 뭘 어쨌기에 이렇게 대파랑이 잔뜩 날이 서 있나 싶어 종종걸음으로 다가갔다. 성큼성큼 가고 싶지만, 시현의 다리로 그런 건 무리였다. 최선을 다하면 '총총총' 정도였다. 가까이 가서 보니, 고인물과는 말도 섞고 싶지 않다는 듯한 남학생이 뒤돌아 있었다.

"재인이잖아?"

시현의 목소리에 재인이 바로 몸을 돌렸다. 그 순간 재인과 시현의 눈이 마주쳤다. 평소 냉미남인 재인답지 않게 생각이 그대로 표정으로 드러났다. 재인은 동그랗게 커진 눈으로 시현을 내려다보았다. 시현은 재인을 한없이 올려다보았고. 쿼카 모습으로 변한 후 재인을 처음 마주하는 것이었다. 벌을 받아서 키가 고만고만한 고인물과 지낼 때는 시선이 엇비슷해서 느껴보지 못했던 감정이 밀려왔다. 허공에 콱 굴이라도 파서 숨어버리고 싶었다.

침묵을 먼저 깬 건 재인이었다. 재인이 씨익 웃으면서 시현에게 말했다.

"내가 지금 네 역사적인 순간을 목격한 거야?"

"어?"

"이게 학교에서의 첫 땡땡이 아니야?"

긴장했던 시현의 몸이 확 풀어졌다. 가벼운 농담과 리액션이 선물처럼 오고 갔다. 뒤쪽엔 그 모습을 못마땅하게 보는 두 남자가 있었다. 대파랑과 척준이었다. 둘은 너희 지금 뭐 하냐고 타박하듯 심기 불편한 티를 팍팍 냈다.

"땡땡이고 뭐고, 이 수업 듣지도 않으면서 왜 또 여기서 알짱거려?"

대파랑은 한판 해보자고 심기일전하듯이 복어처럼 제 몸을 최대한 부풀리며 재인을 다시 몰아붙였다. 시현은 대파랑과는 생각이 달랐지만 '왜' 그러는지 궁금하긴 마찬가지였다. 그래서 순수한 의도로 재인에게 물었다.

"문학 수업도 없는데 네가 여긴 웬일이야?"

재인이 뭐라고 대답하기 전에 대파랑이 냅다 가로챘다.

"지금 쟤는 널 따라다니는 거라니까. 어제도 방 밖에서 계속 알짱거리더니."

왜냐는 물음표보다는 맙소사라는 느낌표가 시현의 머리에 콱 박혔다. 곧이어 옆에서 늑대가 으르렁거리는 소리가 들렸다. 뭔가 싶어서 옆을 돌아보니, 선인장이 부르르 떨고 있었다. 시현은 잠깐 뒤로 물러나 이 상황을 관망했다. 여기 세 남자가 있다. 쿼카를 사이에 두고 왼쪽에는 축구공, 오른쪽에는 아담한 선인장 화분. 좌청룡 우백호 못지않은 든든함이라고 하기엔, 기분이 참 묘했다. 얘들 나를 지금 저 냉미남으로부터 보호하려는 건가? 학교 학생회장이자 최고 인기남인 재인으로부터? 왜? 아니, 진짜 왜애?

시현은 기가 막히면서도 발가락 사이가 자꾸 간지러웠다. 특히 선인장이 좀 오늘따라 유난이었다. 보디가드처럼, 시현을 지키겠다고 앞으로 나서는 선인장을 내려다보았다. 53센 티미터의 고양이 몸집만 한 쿼카가 27센티미터의 앙증맞은 선인장을 보았다. 선인장의 삐쭉삐쭉한 정수리가 훤히 보였 다. 첫 만남에서 시현보다 20센티미터나 컸던 척준의 키는 어느새 잊은 지 오래였다. 시현이 피식피식 웃음이 새어 나오 려는 걸 참고 있는데, 그것도 모르고 대파랑과 척준은 세상 진지했다. 대파랑은 계속 말을 이었다.

"그리고 시현이 얘가 첫 땡땡이인 걸 네가 어떻게 알아? 두 번째 세 번째였을 수도 있잖아. 진짜 재인이 저놈이 수상 쩍게 계속 따라다닌 거 맞다니까."

척준과 대파랑은 1000퍼센트 확신했다. 재인은 자신도 말 좀 하자며 나섰다.

"내가 시현이를 쫓아다닌 것처럼 보였나 본데, 어느 정도 는 맞아."

재인의 대답에 대파랑이 드디어 속이 시꺼먼 늑대의 꼬리 를 공중전에서 가로채 잡은 것처럼 공중에 붕 뜨며 쾌재를 불 렀다. 그러거나 말거나 재인이 쿨하게 말했다.

"저번에 시현이랑 약속한 게 있거든."

이런! 현실에선 없던 나타샤가 혹시 귀생에서? 어쩌면 난 생처음 이성 친구가 생길지도 모른단 생각에 시현은 긴장했 다. 척준과 대파랑이 진짜냐고 묻듯이 일제히 고개를 돌려 시 현을 보았다. 시현의 대답에 따라 여기서 재인은 거짓말쟁이 스토커가 되느냐, 약속을 잘 지키는 매너남이 되느냐 기로에서 있었다.

시현은 고인물과 달리 재인에 대해 악감정이 없었다. 재인은 그림자로부터 시현을 구해준 귀신이다. 누구와 달리 자신을 잡아 상을 받겠다고 요란을 떨지도 않았고. 시현은 은혜 갚는 까치처럼 쿨하게 호의를 돌려주었다.

"응, 맞아. 내가 재인이랑 약속한 게 있어서. 우린 그럼 이만."

수업 땡땡이를 치면서 생긴 고인물과의 우정은 접어두고 시현은 재인을 택했다. 뒤에서 씩씩거리는 척준과 대파랑의 소리가 들렸지만, 시현은 재인과 나란히 걸어갔다.

"우리 어디로 갈까?"

시현은 기대에 찬 어조로, 조금은 수줍음도 섞어서 '우리'라는 말을 선빵처럼 날렸다. 재인은 손가락으로 턱을 매만지다가 고민 끝에 담백하게 대답했다.

"집현전은 한글 쌤이 얘기해줬을 테니까 학교 입구부터 가볼까?"

달달함이 전혀 없었다. 마치 설탕과 칼로리를 쏙 빼 엄청 건강하게 만든 마카롱을 베어 문 느낌이었다. 아까 그 약속이란 게 설마.

"아, 학교 소개해주기로 했었지."

재인은 시현의 미묘한 어조 변화를 눈치채지 못하고 휘적휘적 앞서 걸었다. 시현은 잠깐 멈춰 서서 재인의 뒷모습을 바라보았다. 잠깐이지만, 내가 뭘 생각한 거지? 시현은 머쓱함에 코를 쏙 들이마신 뒤 재인의 뒤를 따라갔다. 이럴 땐 웃는 상인 게 편했다. 복잡한 감정을 숨길 수 있으니까.

"여기가 273년 동안 폐허로 버려져 있던 거 알아?"

"이렇게 넓은 궁궐이? 왜?"

"임진왜란이 끝나고 엉망이 된 경복궁을 복원하려 했는데, 당시 술사들이 풍수지리적으로 경복궁 터가 불길하다는 등의 말을 계속했대."

"처음부터 풍수지리적으로 좋은 곳이니까 궁궐을 지은 거 아니야?"

"그러니까. 끔찍한 전쟁의 책임을 여기 터가 안 좋아서 그런 거라고 돌리고 싶었던 게 아닐까. 나도 모르겠어. 그 시대 사람이 아니어서."

시현은 재인을 올려다보았다. 옷차림만 봐서는 딱히 몇 년도인지 집어내기 힘들었다. 깔끔했지만 평범한 옷이었기 때문이다.

"넌 어느 시대 사람인데?"

"너랑 멀지 않아."

가만 보면, 재인은 묘하게 비밀이 많았다. 별것 아닌 것도 살짝 패를 감춰서 은근히 더 궁금하게 만드는 녀석이었다. 하지만 꼬치꼬치 캐묻고 싶진 않았다. 시현 역시 감추고 싶은 게 있으니까. 시현은 학교 소개를 들으며 궁궐을 다시 둘러보았다. 전쟁으로 인해 피폐해진 상태로 오래도록 폐허였을 이곳의 모습을 상상하자 문득 시현은 자신이 죽은 그 폐건물이 떠올랐다.

"무슨 생각 해?"

재인의 물음에, 시현은 자신이 죽은 곳을 생각하고 있었다고 말할까 하다가 입을 다물었다. 너무 개인적인 이야기였다. 시현은 화제를 딴 데로 돌렸다.

"귀신도 꿈을 꿔?"

"내가 알기엔 꿈은 산 사람들의 영역이야. 왜? 너 혹시 꿈꿨어?"

"아니."

시현은 0.1초 만에 바로 대답했다. 나만 이상하다고 굳이 광고할 필요는 없으니까. 그리고 가만히 생각해보면 꿈치고는 좀 이상했다. 시현은 다른 질문을 이어갔다.

"그럼 귀신으로서 할 수 있는 일이 뭐야?"

"정말 알고 싶어?"

너무 진지하게 물어서 시현은 절대 발설해서는 안 되는 업계 비밀을 물은 건가 싶어 괜히 긴장됐다. 시현은 고개를 크게 끄덕였다. 그러자 재인이 의미심장한 표정으로 말을 이었다.

"귀신으로서 할 수 있는 일은 많아."

D-30 너도 학교 나가고 싶어?

"하지만 이계 학교 학생은 할 수 있는 일이 별로 없어."

재인의 말투에는 좋다 나쁘다는 감정이 쏙 빠져 있었다. 재인은 묘하게 분위기가 어두웠는데 그 어두운 면이 오히려 매력적이었다. 하지만 시현에게 짝사랑 따위는 성격상 그리고 체질상 맞지 않았다. 시현은 화제를 또 돌렸다.

"이계 학교는 왜 만들어진 거야?"

그걸 물을 줄은 예상치 못한 얼굴이었다. 고민 끝에 재인은 낮은 목소리로 말했다.

"학생들을 보호하기 위해서, 라고 알고 있어."

시현은 곰곰이 생각했다. 쿼카가 멸종위기동물로 지정되어 있는 만큼 '보호'가 무엇인지는 시현도 조금은 알았다. 실제 쿼카와 사진을 찍거나 만진 것에 벌금을 물게 하는 건 쿼카가 보호받아야 할 만한 상황에 놓여 있기 때문이다. '보호'라는 건 대상이 취약하거나 적이 너무 강할 때 하는 것이다. 둘 중 무엇일까.

문득 시현은 자신을 데려가기 위해 꼼짝 못 하게 만들었던 그림자가 떠올랐다. 이계 학교에서 학생을 동물이나 사물, 식물로 변화시키는 건 신기하긴 했지만, 굳이 저울 위에 올려놓고 비교해보자면 흑귀 쪽이 훨씬 더 센 것 같았다.

"학교 바깥에는 그때 봤던 그림자가 많은 거지?"

시현의 물음에 재인은 고개를 끄덕였다. 역시 상대가 너무 강한 것이다.

"그 그림자들도 귀신 맞아?"

"죽은 건지 묻는 거라면 맞아. 흑귀도 우리 같은 귀신이지."

그러면 가능성은 두 가지였다. 학교가 학생들을 보호한다는 미명하에 귀신들의 힘을 눌러놓고 있거나 아니면 흑귀 쪽에서 어떤 방법을 쓰는지 모르겠지만 귀신들의 힘을 세게 키우거나.

"그림자들은 어떻게 힘이 그렇게 센 건데?"

재인은 고개를 돌려 시현을 똑바로 바라보았다. 지금부터 말하는 것의 무게를 시현이 꼭 알고 있어야 한다는 듯이. 모두가 알고 있지만 모르는 척해야 하는 비밀을 시현이 감당할 수 있는지 확인하는 것처럼 시현에게서 결코 시선을 떼지 않았다.

"자기 죽음과 관련된 물건에 귀신의 혼을 묶어두면 돼. 그러면 더 큰 힘이 생겨."

"학생들은 그런 거 안 해?"

"학교에선 금지되어 있어. 그래서 다들 쉬쉬하지만, 그간 학교 방침에 불만을 가진 몇몇이 도중에 학생 신분을 포기하고 학교를 나가기도 했어."

재인은 시현을 살폈다. 시현도 혹시 그들처럼 학교를 나갈 귀신인지 알고 싶은 눈빛이었다. 학교 오기 싫다고 도망갔던 전력이 있으니 그런 의심은 당연했다. 재인이 시현에게 물었다.

"너도 학교 나가고 싶어?"

"지금은 아니야."

재인은 시현의 말을 믿지 않는 표정이었지만 꼬치꼬치 캐묻진 않았다. 반면 시현은 이번 기회에 질문을 더 많이 하고

싶었다. 고인물이 오래된 귀신들이긴 했지만, 재인은 학생회
장이니까 좀 더 아는 게 많을 것 같았다.

"내가 오랜만에 온 신입생이라던데, 나 말고 최근에 온 아
저씨는 없어? 키 작고 마르고 멸치처럼 생겼고, 하얀 가운
입은 거 보면 공부하는 거 좋아하는 것 같아."

"전에 알던 사람이야?"

"나도 잘 모르는 아저씬데, 그 아저씨 때문에 내가 이 꼴이
된 거라서."

시현은 뒷머리를 긁적거리면서 대답했다. 어디서부터 어
떻게 설명해야 할지 알 수 없었다. 진짜 그 아저씨에 대해 아
는 게 별로 없었다.

"네 죽음과 관련 있는 아저씨 말하는 거지?"

"어?"

"놀랐다면 미안. 네가 학교 안 오겠다고 난리 쳤을 때 너에
관한 걸 조금 들었어."

학교에 오자마자 상벌위원회를 열어 동물형을 받을 정도
로 모두의 주목을 받은 시현이었다. 시현에 대한 이야기를 학
생회장이 몰랐다고 하면 그게 더 이상한 거였다.

"내가 그 아저씨 구하려다 이렇게 된 거거든. 그래서 그 아
저씨는 죽었는지 살았는지, 죽었으면 어디로 간 건지 좀 알고
싶어서. 그때 흑귀도 그렇고 바깥이 어수선하던데, 나와 다르
게 빛을 따라간 건가 싶기도 하고."

"빛의 세계로 갔는지 궁금한 거구나."

"빛의 세계?"

"일반 학생들은 잘 모르는데, 학교 말고도 빛의 세계라는 곳이 있어."

"넌 어떻게 아는데?"

"학생회장이니까."

권력의 중심에 오랫동안 있으면서 자연스럽게 알게 된 것들이 많은 것 같았다. 시현은 더 묻지 않고 기다렸다. 재인이 심각한 표정으로 아랫입술을 깨물었기 때문이다. 뭔가 골똘히 생각하는 것 같았다. 잠시 후 재인은 시현을 똑바로 보며 물었다.

"근데 순수하게 그 아저씨 소식이 궁금한 것뿐이야?"

"무슨 말이야?"

"누군가를 구하려다 죽었다면, 나는 그 사람이 어떻게 지내는지 아는 것보단⋯."

재인은 버릇처럼 또다시 아랫입술을 깨물었다. 품위 있고 부드러운 어휘를 고르고 골라 다듬는 중인 것 같았다. 하지만 성격이 급한 시현은 뒤 문장을 재인의 동의 없이 완성해버렸다.

"억울하지 않냐, 화나지 않냐, 죽이고 싶지 않냐. 이런 걸 묻는 거야?"

재인은 마지막 말에 놀란 듯 정지 상태로 시현을 보았다. 시현은 솔직하게 말했다.

"그 아저씨가 미치도록 궁금하긴 한데, 어떤 마음에서인진

나도 잘 모르겠다. 근데 그 아저씨가 살았든 죽었든 상관없이 확실해진 건 하나 있어. 다시 시간을 되돌린다면 그땐 누구도 돕지 않을 거야. 이기적이라고 욕해도 좋아. 주제도 모르고 영웅 흉내 내면서 남을 돕겠다고 오지랖 떨지 않을 거야. 절대."

오랫동안 생각하고 한 말은 아니었다. 자연스럽게 나온 말이었고, 그렇기에 진심이었다. 시현은 제 안에 눈처럼 뭉쳐진 결심을 드러내듯 입을 앙다물었다. 쿼카의 얼굴에서 웃는 상이 사라졌다. 하지만 곧이어 입가가 다시 스르르 옆으로 당겨졌다. 쿼카의 몸으로는 웃지 않기가 거의 불가능했다. 다른 표정을 지으려 애써도 결국은 입가가 자꾸 웃는 상으로 돌아가려고 했다. 이상하게도, 그저 얼굴 근육만 웃을 뿐인데도 감정도 얼굴 따라 좀 단순해지고 편안해지는 것 같았다.

이 타이밍에 웃어버리면 시답잖은 농담처럼 보일 텐데. 시현은 양손으로 제 얼굴을 톡톡톡 때렸다. 자꾸 제자리로 돌아가려는 얼굴 근육에 정신 차리라고 훈계하는 것이었다. 재인은 그런 시현의 모습에 자신도 모르게 웃음이 터져버렸다.

"왜 웃어?"

"아니야."

"웃지 마."

"네가 안 웃으면 나도 안 웃을게."

"야, 그건 반칙이지. 난 지금 쿼카인데."

"그니까. 귀엽다, 너."

시현은 긴장했다. 귀엽다니. 그런 말을 또 들어버렸다. 아,

싫었다. 진짜 싫은데, 더 싫은 건 이제 그런 말에 익숙해져버렸다는 것이다. 다음 순간 재인이 몸을 낮춰서 시현에게 눈을 맞추며 물었다.

"그 아저씨 내가 좀 알아볼까?"

"네가? 어떻게?"

"나 학생회장이잖아."

"누가 들으면 학생회장이 염라대왕쯤 되는 줄 알겠다. 말이라도 고마워."

다시 학교 건물도 소개하고, 이런저런 이야기도 나누면서 걷는데 전방 10미터쯤에 어떤 선생님이 보였다. 집현전 상벌위원회에서 귀신폰에 정신 팔던 젊은 선생이 짝짝 소리 나도록 씹은 껌을 뱉어서 학교 곳곳에 붙이고 있었다. 다이너마이트를 숨기는 것처럼 굉장히 진지하고 공격적이어서 꼭 테러리스트 같았다.

"내가 어딜 봐서 걔보다 밀린다는 거야? 아, 더러운 외모지상주의!"

젊은 선생의 목소리에는 불만이 꽁꽁 뭉쳐 있었다. 시현이 누구냐고 묻자 재인이 대답했다.

"이상 쌤이잖아. 몰랐어?"

시현은 모르는 게 너무 많아서 이마에 '나는 아는 게 쥐뿔도 없습니다.' 하고 광고판을 붙이는 게 편할 것 같았다. 하지만 백석은 잘 몰라도 이상은 그래도 들어본 적이 있었다.

"되게 이상한 시 쓴 그 이상?"

135

"응. 작게 말해. 저 쌤 뒤끝 장난 없어."

"되게 쿨해 보이던데?"

시현이 의아해하자 재인이 조언했다.

"어떤 사람인지 쉽게 판단하는 건 위험해. 귀신은 더더욱."

3부

학교에 들어올 수 없는 경우

D-29 상상했던 학교와 딴판

"그러는 넌? 너도 위험해?"

"응. 하지만 내 사람에게는 위험하지 않아."

재인다운 대답이었다. 시현은 '내 사람'과 '위험' 중 어디에 방점을 찍어야 할지 아리송했다. 이렇게 자꾸 추측하고 재보는 건 딱 질색이었다. 시현은 앞으로 다가가 시원하게 물었다.

"네가 널 경계해야 해?"

"넌 내 사람이야?"

재인도 만만치 않았다. 시현은 재인을 올려다보았다. 진지한 상황인데, 입가가, 입가가 또 움직이는 게 느껴졌다.

"확실히 내가 지금 '사람'은 아니지."

시현은 웃는 상을 감추기 위해 슬그머니 돌아섰다. 돌아서니, 다시 이상 쌤이 레이더망에 들어왔다. 시현은 턱짓으로 이상 쌤을 가리키며 물었다.

"근데 방금 백석 쌤 욕한 거 맞지? 왜 저렇게 싫어하는 거야?"

재인은 이야기가 좀 길다면서, 쪼그리고 앉아 시현의 귀에 조곤조곤 속삭였다. 원래 이상이 문학을 가르쳤는데, 1996년 안내자가 직접 찾아가서 백석을 모셔 온 것이었다.

"그럼 이상 쌤이 빡칠 만하네. 굴러온 돌이 박힌 돌 뺀 거 아니야?"

"그게 또 그렇게 단순하지만은 않은데…."

새로운 문학 선생님을 초빙해 온 건 이상이 예고 없는 휴강을 남발했기 때문이었다. 게다가 수업에서도 문학은 철저하게 '삘'이고 '타고난 갬성'이라며 뭘 가르친다는 것 자체가 쓸모없다고 역설한 것이다. 그래서 부득이하게 새 문학 쌤을 초빙해 왔는데, 문제는 그다음부터였다. 동시대를 살았던 백석이 자리를 꿰차자 이상은 강하게 반발했다.

사태가 심각해지자 육포 할아버지가 중재자로 나섰다. 재주가 많으니 이상에게 건축 수업을 개설해보라며 권했지만, 오히려 불에 기름을 부은 격이 되고 말았다. 자신이 건축학도로서의 전공을 살리려면 학교 관리인이 되는 게 딱이겠다고 이상이 우긴 것이다.

문제는 또 있었다. 백석은 학교에 올 때만 해도 할아버지 모습이었다. 그런데 이상이 마주칠 때마다 백석에게 선배님 소리를 붙이라고 윽박질렀고, 이렇게 할아버지가 청년에게 쩔쩔매는 모습을 본 학생들이 혼란스러워한 것이다. 젊은 시절 폐병으로 요절한 이상 때문에 결국 백석은 특별 조치로 그보다 더 어리게 외양을 바꾸었다.

"근데 백석 쌤도 수업을 잘 안 한다던데?"

"일부러 그러시는 걸 거야. 여학생들이 너무 난리니까 제발 다른 문학 쌤을 모셔 오길 바라는 거지. 아니면 다시 이상 쌤이 수업에 복귀하거나."

"근데 문학 선생님은 남자만 돼?"

"안식년인 선생님들이 직접 최근에 돌아가신 여성 작가분들을 만나서 계속 설득 중이라고 들었어. 학교에 오면 못다 한 집필활동을 계속할 수 있다고 꼬시고 있는데, 만약 새 문학 쌤이 또 오면 그야말로 이상 쌤한테는 첩첩산중인 거지."

순간 이곳에 도착했을 때가 떠오른 시현은 턱짓으로 담벼락을 가리키며 물었다.

"그래서 학교에 저렇게 복수하는 거야? 학교 명패에 껌 붙여놓은 것도 그러면…."

"쉿. 들리겠어."

이미 늦었다. 방심한 시현의 목소리는 컸고 이상 쌤은 그들을 보고 있었다. 어디 가서 내가 했다고 해보기만 해봐라 하는 눈빛이었다. 시현은 입에 지퍼 채우는 시늉을 했다.

"저희는 학교 소개 중이었어요. 가던 길 계속 갈게요."

건물을 하나 돌아서 이제 그 무서운 시선에서 벗어나나 싶었는데, 저쪽에서부터 육포 할아버지가 뛰어오는 게 보였다. 재인을 찾는 것이었다. 시현은 긴장했다. 육포 할아버지가 한글 수업에서 따로 보자고 했던 걸 씹고 방에 칩거해버렸는데. 아씨.

"혹시 나 봤느냐고 물어보면 못 봤다 그래. 알았지?"

시현은 급하게 석상 뒤로 몸을 숨겼다. 몸이 작은 게 이럴 땐 참 유용했다. 아슬아슬하게 숨자마자 육포 할아버지가 재인에게로 왔다.

"한참 찾았는데 여기 있었구나. 방금 소식이 왔는데 확인할 게 좀 있다."

"무슨 일이신데요?"

"안내자 일인데, 음, 여기서 말하기는 어려우니 함께 집현전으로 가자꾸나."

육포 할아버지는 주위를 둘러보며 혹시 듣는 귀신이 없나 경계한 후 먼저 휘적휘적 앞섰다. 재인은 뒤를 돌아 시현을 보았다. 학교 소개를 시작하자마자 이런 일이 벌어져서 난감해하는 모습이었다. 시현은 괜찮다며 재인을 향해 빨리 가보라고 손짓했다. 재인은 나중에 더 학교를 소개해주겠다고 약속한 뒤 서둘러 육포 할아버지와 집현전으로 향했다. 혼자 남겨진 시현은 잠시 고민하다가 방으로 돌아갔다.

방에서는 역시나 고인물이 시현을 기다리고 있었다.

"우리한테 할 말 없냐?"

"너 재인이랑 사귀면 진짜 우리랑은 끝이야!"

단풍과 대파랑의 거친 공격에 놀란 척준이 옆에서 조심스럽게 물었다.

"절교까지 하게?"

대파랑이 눈치 없이 끼어들지 말라며 척준을 쏘아보았다.

"너희가 생각하는 그런 건 없었어."

시현이 선을 긋자, 단풍이 시현에게 바짝 다가가 무슨 일이 있었는지 말해보라고 재촉했다. 그래서 시현은 그 약속이라는 게 실은 학생회장이 신입생에게 학교 소개를 해주는 거였다고 알려주었다. 그랬더니 대파랑이 더 화를 냈다.

"누가 학생회장이야? 입은 비뚤어졌어도 말은 바로 해야지."

"아직 학생회장 맞아. 선거 전이잖아."

"그런가. 어쨌든! 재인이 고놈이 너한테 왜 들러붙는 줄 알아? 선거가 얼마 남지 않아서 그래. 신입생 한 표도 아쉽다 이거지."

"학생회장 선거?"

"한번 학생회장이면 영원한 줄 알았어? 학생회장 권력이 얼마나 센데 그걸 한 귀신이 계속하면 되겠냐고!"

시현은 마음이 놀랍도록 차분해졌다. 그럼 그렇지. 하지만 곧이어 불쾌함이 꿈틀거렸다. 소중한 한 표를 행사할 수 있는 투표권자의 위세보다는 후보자에게 이용당했단 생각이 앞섰다. 장난감도 감정이 있는 법이니까.

"네 얼굴 보니 재인이 고놈이 그 얘긴 쏙 뺐네. 또 무슨 얘기 했어?"

"학교 소개도 다 못 받았어. 갑자기 이상 쌤이 학교에 껌 붙이는 걸 봤거든."

시현이 재인에게 들은 이야기를 풀자 단풍이 부들부들 떨었다.

"이상 그 자식, 아직도 나이가 어쩌고 하면서 꼰대질 해? 딴따라 쪽에선 누가 뭐래도 짬밥 순으로 가야 하는 거 아니야? 데뷔는 우리 백 쌤이 1년 선배라고. 하여간에 이상 그 자식 질척거리기는."

시현은 문득 상벌위원회 때 들은 이야기가 떠올랐다. 고인물이 어떤 모습으로 변하는 벌을 받았는지 물었을 때, 대파랑은 역사 선생님, 척준은 체육 선생님이 그 모습을 추천했다고 했다. 그리고 단풍의 모습을 추천한 건 폰질하던 청년, 이상 쌤이었다.

"단풍 너, 거울로 바꾸자고 한 게 이상 쌤이어서 괜히 꼬투리 잡는 거 아니야?"

"아니거든?"

"표정 보니 맞는데?"

"아니라니까! 아, 몰라. 진짜 이상한 시 써젖힐 때부터 맘에 안 들었어, 그 자식은."

척준이 옆으로 와서 이상의 시 중에 '거울'이라는 시가 있다고 시현의 귀에 대고 몰래 알려주었다. 대파랑도 옆으로 와서 거울 시에 대해 조곤조곤 시현에게 읊어주었다. 그러거나 말거나 단풍은 혼자 또 열이 빡 올라 흥분을 감추지 못했다.

"아니, 그리고 이상 걔가 우리 백 쌤 무시하는 근거가 출생 연도인데, 계급장 떼고 붙으면 솔까 내가 이상 걔보다 몇백

년 선배거든? 나도 기생질하면서 시 좀 읊조렸다 이거야! 데
뷔작이 없어서 그렇지, 나이든 문학이든 내가 훨 먼저지!"

좀 지내보니, 이계 학교는 결론적으로 개판이었다. 시현이 상
상했던 학교의 모습과는 완전 딴판이었다. 아주 맘에 들었다.

"어떻게 하면 너희처럼 오랫동안 붙박이로 학교에 있을 수
있어?"

D-28 고인물

"모르면 됐고."

며칠 같이 지내보니 대충 고인물 각각의 캐릭터가 자연스
레 파악됐다. 그중 대파랑이 허세가 제일 심해서 그 점을 공
략한 것이었다. 역시나 곧 입질이 왔다.

"내가 왜 모를 거라고 생각해?"

걸려들었다.

"생각해보니까 너희가 속속들이 학교에 대해서 다 알고 있
었으면 지금 그렇게 축구공, 선인장, 거울 모습이겠어? 너희
도 나랑 똑같은 거지. 뭘 모르니까 삽질했던 거고 지금 모습
이 그 결과고. 특별히 너희만 여기서 붙박이처럼 오래 있는
것도 어쩌면 너희도 모르는 사이에 벌어진 일일 수도 있겠다
싶어서."

대파랑이 숨을 씩씩 내쉬자 공기가 들어찬 공의 몸체가 빵

빵해졌다가 홀쭉해졌다가를 반복했다. 척준 역시 선인장 가시를 꼿꼿이 세웠다.

"처음엔 모르고 한 거지만 이젠 우리도 다 알거든!"

"그러니까 방법이 있다는 거네?"

시현이 다시 돌아앉아서 그들을 보며 물었다. 그런데 예상치 못한 곳에서까지 입질이 왔다. 듀얼 미끼에 걸려든 단풍이 어느새 가까이 다가와 의미심장하게 물었다.

"넌 고인물이 우리밖에 없다고 생각해?"

"또 있어? 49일 지나고서도 학교에 붙어 있는 귀신이?"

"우린 49일 안 지났어. 특정 시점에서 꽤 오래 멈춰 있을 뿐이지. 아주 천천히 흐르는 것 같기도 하고."

시현은 손으로 턱을 괴었다. 혹시.

"모두의 시간은 다르게 간다?"

"학생들 모두 생을 다한 시기가 다르듯이 여기 학교에서의 시간도 그런 것 같아. 우리가 시간에 대해서 쌤들께 물어보면 갑자기 정 쌤 수업처럼 너무 철학적으로 흘러가서 정확히는 모르겠지만, 대충 그런 거라고 알고 있어."

"49가 그러니까 49일이 아니네."

시현은 문득 자신에게 남은 숫자였던 35가 떠올랐다. 처음엔 한 것도 없이 14나 차감돼서 좀 신경 쓰였지만, 고인물의 숫자에 비하면 그래도 두 자릿수니까 나쁘지 않은 것 같았다. 하지만 아직 본론이 나오지 않았다. 시현은 그들에게 다붙으며 물었다.

"그래서 학교에 오래 붙어먹을 방법이 뭔데?"

"우리가 고인물이란 별명을 어떻게 얻게 된 것 같아?"

"음, 졸업을 못 해서?"

"비슷해. 우리 셋은 졸업 요건에 어긋나거든. 그게 비결이야."

"졸업 요건이 뭔데? 수업 일수 채우기?"

"누가 너 수업 안 듣는다고 독촉하는 쌤 있었어? 없었잖아."

"설마 졸업 시험?"

"죽어서까지 성적으로 줄 세우는 악몽이 계속됐으면 좋겠어? 그런 학교 다니고 싶어?"

"그럼 대체 뭔데?"

빙빙 돌리는 것보단 직진이 시현의 적성에 맞았다. 눈을 세모로 뜨고 대파랑을 보았다. 뜸 들이지 말고 빨리 대답하라고. 시현이 재차 묻자 대파랑이 턱을 치켜들듯 공의 앞쪽을 쳐들며 말했다.

"졸업은 학생이 졸업할 만하다고 보일 때 할 수 있는 거야. 고로 벌을 받고 있다면 그 벌이 끝날 때까지는 계속 다닐 수가 있지."

불협화음을 만들어내는 잘못된 음표처럼 고인물은 학교에서 엄청 튀었다. 그니까 시현이 이 음악 속에 계속 존재하려면 그들처럼 삑사리를 내야 한다는 건가?

시현은 방 안을 왔다 갔다 하면서 생각을 정리했다. 어느 부분이 꼬여서 이해가 안 되는 건지 찾아야 했다. 모순이란 단어가 고양이가 방 안을 거닐듯이 맴돌았다.

정확히 뭐가 거치적거리는지 한참 후에야 찾아냈다. 만약 벌을 받아야 학교에 있을 수 있는 거라면 고인물을 처음 봤을 때의 행동이 이해되지 않았다. 시현은 팔짱을 긴 채 짝다리를 짚고 서서 삐딱하게 물었다.

"근데 저번에 날 왜 구하려고 했던 거야?"

"언제?"

"그때 바깥세상에서 날 첨 봤을 때 학교로 데려오려고 했잖아. 육포 할아버지의 요청으로 날 잡으려고 했던 건 너희가 받는 벌을 끝내려고 했던 거 아니야?"

그러자 고인물이 서로 얼굴을 바라보며 오, 이랬다.

"예리한데?"

"말했잖아. 나침반시계 가져간 거 보면 쟤가 생긴 거랑은 다르게 잔머리가 좀 있는 것 같다고."

단풍의 말은 칭찬인지 욕인지 알 수 없었다. 화를 내야 할지 수줍어해야 할지 몰라 시현이 아리송한 사이, 대파랑이 너만 알고 있으라며 바짝 다가와 알려주었다.

"실은 최근 들어 플랜 B가 생겼거든. 벌 받는 것 말고도 방법이 하나 더 있더라고."

"너희 말고도 고인물이 또 있구나?"

대파랑이 정답을 외치며 고개를 끄덕였다.

"누구야? 학생이 선생이 되는 경우는 없다고 했으니까 그건 아닐 거고."

"재인이 걔가 여기 들어온 지 한 20년이 훌쩍 넘었을걸?"

손가락을 세서 역으로 계산해보니 재인은 대략 1990년대 후반에 죽은 것 같았다.

"우리 빼고 학생 중에선 재인이 여기서 가장 오래됐을 거야."

재인은 현재 학생회장이었지만, 연임이 가능해서 재인이 이번에 또 학생회장 선거에 나간다고 했다. 재인이 학생회장이 되려는 이유가 학교에 계속 있고 싶어서라고? 그렇다면 고 인물이 말한 플랜 B가 설마?

"학생회장 선거에 나가려고?"

"권력이 한자리에 너무 오래 있으면 썩는 법이지. 이참에 물갈이가 필요해."

"근데 재인이는 이제껏 몇 번이나 학생회장을 한 거야?"

"오자마자 바로. 그때부터 쭉."

그런 아성에 대파랑이 도전하겠다는 것이었다. 시현이 성의 없게 그렇구나 하면서 고개를 끄덕이자 대파랑이 발끈했다.

"너도 내가 가능성이 없다고 생각하나 본데, 천만에. 내가 본래 모습만 찾았어도 회장 선거는 따놓은 건데."

대파랑은 타이틀 매치에 도전하는 것처럼 링 위에 올라갈 준비가 다 되어 있다는 표정이었다.

"너는 몇 번째 도전이야? 학생회장 선거가 1년마다 있다며?"

"이계 학교에 들어온 이후 단 한 해도 빼놓지 않고 매년 도전했어."

"아."

그럼 재인이가 문제인 게 아니었다. 재인이 이전에도 학생회장은 있었을 텐데 그때도 대파랑은 매년 학생회장 선거에 도전해 매번 떨어졌다는 것이었다. 그 누적 연도가 대충 계산해봐도 무려 천 년이 넘었다.

"하지만 올핸 무조건 돼."

"응."

"반응이 왜 그래? 진짜라니까."

"그렇겠지."

"아 놔, 내 말 들어봐. 작년 말부터 재인이 고게 좀 해이해 졌달까. 한자리에 오래 있다 보니 루즈해진 거지. 그래서 이때다 싶어 내가 학생회장 선거 후보에 나가려고 큰 그림을 그리고 있는데, 고놈이 우리가 널 데리러 가는 길에 몰래 나왔을 줄 알았겠냐고. 회장 노릇 귀찮지만 뺏기긴 싫다 그거지. 내가 잘생긴 얼굴로 다시 돌아와서 학생회장 후보에 나가면 불리하단 걸 개도 아는 거야."

단풍과 척준은 대파랑의 말 중 '잘생긴 얼굴'에서 방지턱에 걸린 것처럼 덜컹했다. 단풍은 잘생긴 남자의 기준에 대해 한바탕 강의하고 싶은 눈치였지만 어쨌거나 재인의 불순한 의도에는 동의한다며 고개를 끄덕였다.

학생회장이 되면 총무부장, 미화부장 등등 학생회 임원을 임명할 수 있는 권한이 생긴다. 그 권한으로 대파랑은 단풍과 척준을 지명할 계획이었다. 이 문제에서만은 그들은 철저하게 '위아더원'이었다. 하지만 시현이 볼 때 그건 계획이 아니라 헛된 기대였다. 아무리 귀신 학교여도 그렇지 허세 쩌는 축구공을 학생회장으로? 그것도 천 년을 내리 떨어진 녀석을?

"그러니까 너도 나한테 잘 보여. 혹시 알아?"

대파랑이 시현을 향해 눈을 찡긋했다.

"너도 '우리'에 끼워줄지."

D-27 시험 말고 점수

'우리'라니, 그건 이쪽에서 사양이었다.

시현은 고인물의 계획에 회의적이었다. 그럼 남은 건 벌이었다. 계속 쿼카의 모습이어야 학교에 오래오래 다닐 수 있다는 건데, 멀리 있는 산을 바라보기만 해도 쑤셔오는 근육통처럼 벌써 온몸이 아파왔다.

문득 하나의 가능성이 다시 떠올랐다. 상벌위원회에서 그랬었다. 학교생활을 열심히 하면 상벌위원회를 다시 열어서 모습을 바꿀 수 있다고.

"혹시 동물에서 다른 동물로 바꿀 수도 있어?"

"당연하지. 난 책이었던 적도 있는걸?"

그때만 생각하면 몸서리쳐진다는 듯 대파랑이 휴대전화 진동처럼 부르르 떨었다.

"대파랑 네가 책이었다고? 그건 너무 안 어울리는데?"

시현이 의심스러운 눈으로 보자 단풍이 고개를 끄덕이며 이야기해줬다.

"바로 그래서야. 대파랑 저게 공부를 너무 안 한다고 선생님들이 만장일치로 책으로 결정 봤지."

"고, 공부를 안 하면 책으로 변해?"

충격적인 사실이었다. 문제를 일으켜서만 벌을 받는 게 아니었나? 그럼 수업을 땡땡이친 나는 어떻게 되는 거지?

"그게 아니라 저 녀석이 한때 학교 해방 운동이랍시고 요란했던 적이 있거든. 그때가 언제더라. 한글 선생님이 오신지 얼마 안 됐을 때였어. 한글반이 새로 개설됐을 때인데 그때까지만 해도 그 수업이 의무였거든. 대파랑 이 자식이 향찰이면 충분하지 또 새로운 글자를 배우게 한다고 반항이 꽤 심했어."

"향찰이 뭔데?"

"향찰이 그러니까, 쉽게 말하면 중국의 한자를 이용한 글자야."

"한자면 되게 외울 게 많은 거 아니야? 그것보단 한글이 백만 배 쉽잖아."

"그땐 이놈이 그걸 알았나. 알았어도 싫었지, 뭐. 귀신들 중 까막눈이 천진데 대파랑 이놈은 글자 좀 안다고 일자무식인 척준 애를 수하로 부리면서 아주 의기양양할 때였거든. 근데 모두가 아주 쉬운 글자를 같이 배운다니, 자기 권력을 빼앗길까 봐 난리였지. 그래서 낮에 몰래 일어나서 한글 관련 책들을 전부…."

"전부?"

"불태워버렸어, 이 새끼가."

시현은 헉 소리를 삼키며 대파랑을 노려보았다.

"오해할까 봐 말하는데 다 옛날 얘기야. 지금은 나랑 이 쌤 이랑 얼마나 친한데. 그렇게 터뜨릴 듯이 보지 마. 마음을 풀 었다고, 지금은."

"그래서 책으로 변한 거야?"

"책도 그냥 책이 아니라 세종대왕이 직접 쓴 훈민정음 해 설서 교재였지."

대파랑은 고개를 끄덕이며 덧붙였다.

"공부가 저절로 되더라. 매일매일 한글 수업을 듣다 보니."

이미 죽어서 두려울 게 없는 귀신을 통제하는 방법으로 다 른 것으로의 변신은 굉장히 효과적이었다. 하지만 그 말은 시 현에겐 무기징역 선고와도 같았다. 어설프게 문제를 일으켜 서 다른 동물로 변하려 시도하는 계획은 바로 접었다. 그렇다 면, 학생회? 짬밥깨나 먹은 고인물이니 오랜 경험 끝에 나온 계획이겠지 싶어 시현은 그쪽에 관심을 보였다.

"너 회장 후보 등록은 했어?"

"아직 시간 있어. 마지막 날에 기습적으로 등록할 거야."

"왜?"

"내 전력을 감추기 위해서지."

시현은 한숨을 삼키고 다시 고민했다. 학생회도 어려울 것 같고, 동물에서 다른 동물로 변신도 위험이 따른다면 남은 건 한 가지였다. 상을 받는 것! 괴물이 되는 것! 상상만으로 도 가슴이 벅차올랐다.

"선생님들한테 잘 보이려면 어떻게 해야 해? 시험을 잘 봐야 하나?"

"시험은 1년에 한 번 여름에 있어. 내년을 노려봐."

"그건 너무 멀고, 점수 딸 다른 방법은 없어?"

단풍은 눈을 갸름하게 뜨고 시현을 쳐다보았다.

"너도 괴물 노리는구나?"

딱 걸렸다. 하지만 시현은 애초에 숨길 생각도 없었다.

"괴물이 전교 1등만 될 수 있는 건 아니지? 이제껏 한 번도 괴물이 된 학생이 없다고 했나? 도대체 뭘 해야 하는 거야? 상을 받을 수 있는 기준이 뭔데?"

"그걸 알면 우리가 지금 이러고 있겠니?"

맞는 말이었다. 옆에서 척준이 나서서 말을 거들었다.

"시험 말고 점수가 있긴 해. 봉사 점수로 매점에서 물건도 사니까."

시현이 당장 매점으로 가겠다고 하자 고인물도 따라나섰다. 갑자기 밤 산책이 땡긴다면서 시현에게 휴 잭맨이 되라고 또 요구했다. 시현은 이를 악물고 그들을 끌었다.

매점은 근정전을 지나 사정전 쪽에 있었다. 왕이 정사를 돌보는 편전에 매점이 있었고, 매점 아주머니는 상벌위원회에서 봤던 할머니 선생님이었다.

"근데 저 선생님은 누구야? 상벌위원회 때 김 선생님이라고 했던 것 같은데."

"저분이 바로 내 롤모델이잖아. 거상 김만덕."

단풍은 신이 나서 설명했다. 김만덕은 기생 신분을 버리고 상업에 뛰어든 후 객주를 운영하며 제주도와 육지 사이의 유통업을 통해 막대한 부를 일궜다. 그렇게 모은 재산을 기근에 시달리는 제주도민을 살려내는 데 쾌척할 만큼 통 큰 여성이었다. 즉 이 매점은 우리나라 최초 여성 CEO가 운영하는 곳이었다. 그게 이계 학교 스케일이었다.

학생들은 자신이 쌓은 봉사 점수로 매점에 진열된 여러 물건을 살 수 있었다. 학생들이 가진 귀신폰이나 셀카봉 같은 게 모두 여기서 산 것이었다. 시현은 자신의 차례가 되자 이때까지 자신이 한 일을 손짓 발짓을 활용해 만덕 선생님에게 설명했다. 만덕 쌤은 시현의 이야기를 끝까지 경청했다.

"정리해보면, 이동하기 힘든 친구들을 위해 네가 애썼다는 말이지? 참 착하구나."

하지만 시현은 칭찬의 말보다는 좀 더 객관적인 수치를 원했다.

"제 점수는요?"

"흠, 벌을 받은 학생끼리는 서로 도와도 봉사 점수가 생기지 않는단다. 단풍, 척준, 대파랑 학생이 서로를 일부러 위기에 빠뜨리고 도와준 뒤로는 말이지. 그때 아마 텔레비전을 구하고 싶어서 그랬다지?"

시현은 처음 듣는 이야기였다. 하지만 고인물이라면 충분히 그러고도 남았다. 그걸 알면서도 밤 산책을 나오고 싶으니까 괜히 봉사 점수니 매점이니 이야길 한 거였다.

"봉사 점수가 많이 쌓이면 괴물이 될 수 있나 시험해봤던 거야."

척준이 민망해하며 대답했다. 고인물과 다퉈봤자 입만 아팠다. 시현은 다시 몸을 돌려 만덕 쌤에게 읍소했다.

"쌤, 전 꼭 괴물이 돼야만 해요. 도대체 뭘 해야 상을 받을 수 있는 거죠?"

만덕 쌤은 시현의 어깨에 손을 얹고 미소 지었다.

"학교에 도움이 되는 일을 하면 된단다. 점수는 2,002점이면 되고."

시현은 미소가 싹 사라졌다. 학교에 붙은 껌을 떼는 게 하나당 1점이었다. 그것도 뒤끝 작렬 이상 쌤에게 들키지 않는다면. 게다가 죽어서만은 제 일을 직접 하는 걸 좋아하는 귀신들 때문에 봉사 거리를 찾는 것 자체가 하늘의 별 따기였다.

"이제껏 가장 높은 점수가 어떻게 돼요?"

"어디 보자. 재인이 신입생에게 또 학교 소개를 해주었구나. 그럼 1점이 올라가니까, 399점. 이게 학교 개교 이래 최고의 점수란다."

시현은 깔끔하게 의욕이 사라졌다.

"이거 놔! 이거 놓으라고!"

갑작스러운 소란에 사정전에 모여 있던 학생들이 뒤를 돌아보았다. 시현 역시 고개를 빼서 그쪽을 보았다. 이상 쌤이 재인과 함께 걸어가고 있었다. 만덕 쌤이 매점에서 나와 그곳으로 가서 직접 물었다.

"이 선생님, 무슨 일이시죠? 이게 웬 소란입니까?"

이상 쌤이 어두운 얼굴로 말했다.

"이 녀석이 신물을 훔치려고 했습니다."

"어떻게 그런 일이 또….”

시현의 눈에 힘이 들어갔다. 이 녀석이라니? 설마 재인이? 그런데 재인의 표정이 너무 침착했다. 어떻게 이런 상황에서도 침착할 수 있는 거지?

"학교를 옮기는 데 필요한 신물을 왜 훔치려고 한 거죠? 이장우 학생, 대답하세요."

이장우라면, 문학 수업을 신청하기 위해 키오스크에서 서커스단처럼 묘기를 부리던 날, 한글 수업을 신청하던 할아버지였다. 생각해보니, 아까 놓으라고 외친 귀신의 목소리는 재인이 아니었다. 재인의 뒤에 이장우가 귀신 밧줄로 꽁꽁 묶인 채 서 있었다.

잠시 후 소식을 듣고 육포 할아버지가 사정전으로 달려왔다. 육포 할아버지는 이상 쌤으로부터 앞뒤 사정을 들은 뒤 얼굴이 굳었다.

"그럴 리가 없습니다. 이장우 학생이 왜… 제 수업에서 누구보다 열심히 공부하는 학생인데. 이장우 학생, 직접 말해보세요. 정말 신물을 훔치려고 했습니까?"

이마에 주름이 많은 이장우는 입을 꾹 다문 채 열지 않았다. 육포 할아버지가 뭔가 오해가 있는 것 아니냐고 묻자 이상 쌤이 말했다.

"목격자도 있습니다."

D-26 신물을 훔치려 한 죄

목격자는 재인이었다.

"학생회 친구들과 철학 스터디를 하러 가는 길이었는데, 집현전에서 거칠게 헤집는 소리가 들렸어요. 제가 알기론 오늘은 한글 수업도 없는 날인데 이상해서 들어가 봤더니, 이 상자를…."

재인이 이장우에게서 빼앗은 상자를 내밀었다. 모두의 얼굴이 경악으로 일그러졌다. 그때 옆에서 척준이 시현에게 저 안에 신물이 담겨 있다며 알려주었다.

이상 쌤이 껌을 붙일 곳을 찾기 위해 궁궐을 걷다가 집현전이 소란스러워서 들어가 보니, 재인과 이장우가 승강이를 벌이고 있었고, 그 즉시 귀신 밧줄을 꺼내 이장우를 묶어서 집현전으로 가는 길이라고 했다.

육포 할아버지의 얼굴이 빗금을 그은 듯이 어두워졌다.

"그래서 내 수업을 들은 겁니까? 집현전 서가에 숨겨진 이 신물 상자를 찾으려고요?"

"아닙니다, 선생님…. 그래서 그 수업을 들은 것은 결단코 아닙니다…."

"배우고 싶다고 하지 않았습니까? 배움의 기회를 귀신이 되어서나마 얻어서 행복하다고 하지 않았어요! 왜… 왜 이런 짓을….”

“배우는 것이 즐거웠습니다. 그래서 이 기쁨을 먼저 간 제 자식과도 나누고 싶었습니다.”

신물 상자를 훔친 이유는, 신물을 가져오면 흑귀 쪽으로 들어간 그의 자식을 지금이라도 해방해주겠다는 유혹 때문이었다.

“제 자식은 한순간의 잘못된 선택으로 흑귀 쪽에 넘어갔습니다. 그곳에서도 감옥에 갇혀 있고요.”

“신물이 얼마나 중요한 것인지 모릅니까? 신물이 없으면 학교를 다른 곳으로 이동할 수 없고, 그럼 여기 있는 우리 모두 흑귀에게 공격당할 수도 있습니다. 당신이 자식을 구한다고 해도 돌아올 학교가 없어질 수도 있다는 말입니다. 그걸 알면서도 자식만 생각했던 겁니까!”

“몰랐습니다. 그것까지는… 그저 죽어서도 고통받는 제 자식을 빼내고 싶어서….”

이장우는 굵은 눈물을 뚝뚝 떨어뜨리며 말했다. 시현은 신물이 학교를 옮기는 데 이용된다는 것보단 매번 학교 전체를 옮겨야 할 정도로 흑귀가 위험한 존재라는 게 더 충격이었다. 그런 흑귀한테 납치될 뻔한 일이 떠오르자 시현은 온몸에 소름이 돋으면서 털이 바짝 섰다.

이상 쌤이 흑귀가 어떤 방식으로 접근했느냐고 묻자, 이장우는 그때부터 입을 꾹 다물었다. 그것까지 밝히면 감옥에 간힌 제 자식에게 끔찍한 일이 벌어질 거라고 위협을 받은 것이다. 선생님들의 표정이 딱딱하게 굳었다.

어느새 사정전에는 모든 학생과 선생님들이 와 있었다. 술렁거리는 소리조차 없었다. 무거운 침묵이었다. 육포 할아버지는 아무 말도 하지 않았다. 그리고 재인이 들고 있던 신물 상자를 건네받은 뒤 손을 상자에 댔다. 그러자 부적처럼 붙어 있던 봉인이 사라졌다.

"학생 여러분에게 오늘 이 자리에서 확실하게 보여드리겠습니다."

육포 할아버지가 그 말과 함께 상자의 뚜껑을 열었다. 그런데 상자 안에는 아무것도 없었다. 몇몇이 혹시 신물이 투명한 거냐며 술렁거렸다.

만덕 쌤이 앞으로 나서며 신물 상자 안에 아무것도 담겨 있지 않다는 것을 다시금 명확하게 보여준 뒤 말했다.

"모두 똑똑히 보세요. 신물은 이곳에 없습니다. 이미 다른 곳으로 옮겼으니, 앞으로 더는 누구도 신물을 훔치려고 해서는 안 됩니다. 흑귀의 유혹에 넘어가서는 더더욱 안 되고요."

그 말과 함께 천천히 몸을 돌려 이장우를 바라보았다.

"신물을 훔치려고 한 것은 학교를 흑귀의 손에 갖다 바치려고 한 엄중한 죄이므로, 저번 사건 이후 학교에서 새로 정한 교칙에 따라 이 자리에서 강제 졸업을 시키겠습니다."

고인물이 흡 소리를 들이마셨다. 시현 역시 갑작스럽게 전개되는 상황에 아무 말도 하지 못했다. 주변을 돌아보니, 모두 겁에 질린 표정이었다. 영실 쌤이 공중에서 손을 크게 한 번 휘젓자 이장우의 손목에서 나온 숫자가 모두가 볼 수 있게 이장우의 머리 위에 떴다.

"현재 이장우 학생에게 남은 숫자는 6입니다. 이 숫자부터 소멸합니다."

6, 5, 4, 3, 2, 1. 숫자가 빠르게 줄어들어 결국 0으로 바뀌었다. 이장우가 두려움으로 일렁였다. 강제 졸업이란, 학교에서의 시간이 사라지는 것이었다.

만덕 쌤이 무겁게 입을 열었다.

"숫자가 사라진 이장우에게 이 자리에서 즉결심판으로 소멸을 거행하겠습니다. 이것은 3년 전에 일어났던 신물 도난 사건 이후, 빛의 세계와 정한 협정으로 바뀐 규칙입니다. 학생들 모두 알고 있을 겁니다."

"한 번만… 한 번만 용서해주세요. 다시는 이런 일이 없을 것입니다."

육포 할아버지, 만덕 쌤, 최영 장군, 영실 쌤, 백석 쌤 그리고 이상 쌤. 이장우를 둘러싼 여섯 선생님이 무겁게 고개를 끄덕이자, 잠시 후 땅이 진동했다. 그 진동은 오직 이장우가 서 있는 곳에만 해당하였다. 귀신 밧줄로 묶인 이장우는 도망가지도 못한 채 몸부림쳤다. 잠시 후 발끝에서부터 일렁이기 시작한 붉은빛이 이장우의 몸을 타고 올라가 태워버렸다. 그 자리에서 이장우는 소멸당했다. 재도 남지 않았다. 아무것도 남지 않았다.

"오늘 수업은 모두 취소하겠습니다. 학생들은 모두 각자의 방으로 돌아가세요."

육포 할아버지의 안내에 학생들이 하나둘 걸음을 옮겼다. 방금 벌어졌던 일에 충격을 받아서 다리가 휘청거려 옆 학생의 부축을 받는 학생도 있었다. 매점도 문이 닫혔고 모두가 떠났다. 대파랑, 척준, 단풍, 그리고 시현만 그 자리에 남았다.

"방금 내가 본 게 뭐야… 졸업하면 빛의 세계로 간다며… 그냥 학교에서만 쫓겨나는 게 아니었어?"

시현의 물음에 단풍이 꽉 잠긴 목소리로 입을 열었다.

"신물을 훔치려다가 걸리면 즉결로 소멸시키겠다고는 공지했지만, 정말 그럴 줄은 몰랐어. 정말로 소멸시킬 줄은…."

"여기 더 있지 말고, 우리도 방에 가자."

대파랑이 몸을 굴려서 그들의 등을 떠밀었다. 고인물과 시현이 돌아온 곳은 시현의 방이었다. 그들은 방에 옹기종기 붙어 앉았다. 방금 본 충격 때문에 친구들과 가까이 있고 싶었다. 상벌위원회에서 말하는 괴물, 동물, 사물, 식물로 변신하는 것은 그야말로 교칙이었다. 이승의 학교에서 매기는 벌점처럼. 그런데 방금 본 소멸은, 강제 전학이나 퇴학과는 비교도 할 수 없이 큰 벌이었다. 시현은 소멸의 충격에서 헤어나오지 못했다.

"우린 절대 그런 일 안 할 거니까, 너무 걱정하지 마. 우린 괜찮아."

자신도 모르게 떨리는 시현의 등을 토닥여주며 척준이 위로했다. 이내 떨림이 멈추었다. 두려움보다 척준이 위로할 때마다 선인장 가시 콕콕 박히는 게 더 아팠다. 떨림이 잦아들자 아까 본 이장우의 숫자가 떠올랐다.

"너희는 숫자가 한 자릿수로 남았다고 했지?"

"응. 넌 그래도 두 자리잖아. 큰 문제만 일으키지 않으면 벌 받는 동안 계속 그 숫자일 거야. 35였던가."

척준이 선인장 팔을 움직여 시현의 손목에 갖다 댔다. 곧이어 모두의 눈이 휘둥그레졌다. 저번에 본 것과 숫자가 앞자리부터 달랐기 때문이다.

"이거 왜 이래? 내가 뭘 했다고 벌써 26이야?"

시현은 두 눈을 의심했다. 곧이어 하나하나 되짚어보았다.

"처음 죽은 날 49 카운트다운이 시작됐겠지. 그다음 날 육포 할아버질 만났다가 바로 도망갔다 흑귀까지 봤어. 그다음 47일째 저녁에 학교에 왔을 거야. 그날 상벌위원회가 열렸고 도망치다가 꿈을 꿨어. 소녀 때문에 개고생하다 깨보니까 너희가 날 내려다보고 있었고. 46일째엔 한글 수업 들어갔고, 45일째엔 숫자에 대해 알게…. 생각해보니 그때도 이상했네. 45가 아니라 35였잖아!"

시현은 그다음도 빠르게 계산했다. 오늘 하루 정신없었지만 그래 봤자 그 후로 하루가 흘렀을 뿐이었다. 그럼 지금 숫자는 26이 아니라 44여야 했다.

"안 되겠어. 선생님께 가서 따져야지. 학교에 온 지 일주일도 안 됐는데."

시현이 벌떡 일어나자 대파랑이 또르르 굴러와 시현의 앞을 막았다.

"선생님께 말하면 안 돼."

대파랑은 심각했다. 척준과 단풍 역시 그래선 안 된다며 고개를 가로저었다.

"너희는 알고 있구나? 짐작 가는 게 있는 거지?"

시현이 이유를 재촉하자 한참 후 대파랑이 고민 끝에 입을 열었다.

"너 혹시… 아니지? 아무리 봐도 넌 그런 거랑 안 어울리는데."

"무슨 소리야, 그게?"

"우리 학교는 어떤 식으로든 스스로 목숨을 끊은 거면 못 들어와."

D-25 학교에 들어올 수 없는 경우

시현의 인생에서 첫 기억은 창문도 없는 지하 방이었다.

지하 특유의 퀴퀴한 냄새는 강력했다. 아무리 옷을 갈아입어도, 몇 번이고 씻어도 그 냄새를 없앨 순 없었다. 시현이 지날 때마다 다른 아이들은 코를 싸쥐었고 나중엔 시현과 한 공간에서 숨 쉬는 것도 참기 힘들다는 표정을 지었다. 냄새가 사람을 정의하는 시대였다.

시현도 어렸고 다른 친구들도 어렸지만, 그들은 본능적으로 알았다. 세상은 편 가르기를 좋아했고, 있는 자와 없는 자 사이는 계단처럼 충충이 나뉘어 있었고, 모두 자신의 위치에서 조금이라도 더 위로 올라가고 싶어 했다. 그리고 위로 올라가려면 누군가는 아래에 있어야 했다. 계단은 모두가 올라가기엔 좁았다.

지상은 말할 것도 없고 반지하와 지하만 비교해도 그 둘은 완전히 냄새가 달랐다. 사람들은 그걸 곰팡내라고 불렀지만, 시현에게 그 냄새는 오래된 축축한 종이 냄새였다. 그 둘은 시현에겐 달랐지만 다른 사람들에게는 결국 같았고, 그것이 의미하는 바를 어렴풋이 깨달을 때쯤 시현의 가족은 그곳을 떠났다.

어린 시절 기억은 헝클어진 퍼즐 조각처럼 뒤섞여 있었다. 어른들은 아이에게 속사정을 이야기해주지 않았다. 시현은 이유도 모른 채 짐짝처럼 옮겨졌다. 계약서에 도장 찍고 법으로 보장받은 2년을 미처 채우지도 못한 채 매번 쫓기듯이 이사를 했고, 시현의 가족이 가는 곳은 늘 지하였다. 아이들과 어울리다 혹시 말실수할까 봐 시현은 밖에 나갈 수도 없었다. 나중에 알게 된 것이지만 아빠는 도박으로, 엄마는 사채를 써서 빚이 많았다. 시현 가족을 쫓는 사람은 어디에나 있었다.

잘 살아라.

아빠는 한 통의 문자를 남겨놓고 사라졌다. 그때가 시현이 초등학교 입학을 앞둔 일곱 살 겨울이었다. 휴대전화도 끊어버리고 완벽하게 잠적해버린 아빠를 엄마는 쉽게 포기했다. 작정하고 숨은 사람을 찾느라 시간을 낭비할 필요 없다고. 하지만 그날 이후 엄마는 시간을 다른 곳에 낭비했다. 낭비는 엄마의 특기였다.

낭비의 대상은 이제 명품에서 자식으로 바뀌었다. 엄마는 시현과 눈이 마주치지 않을 때조차 시현을 비난했고 자신의 신세를 한탄하는 데에 시간을 아끼지 않았다. 양육비를 요구할까 봐 도망가버린 거라고, 엄마는 시현을 똑바로 보면서 말했다. 제힘으로는 아무것도 못 하는 널 떠안는 게 두려워서 나까지 세트로 버린 거다. 널 키우는 데에는 돈이 들고 그 돈은 아빠가 내야 하는데, 봐라. 아빠는 너 때문에 도망간 거다. 꼭꼭 숨어버린 거다.

그날 이후 엄마는 며칠에 한 번씩 집에 들어왔는데 집에서는 늘 소주를 병째 들이켰다. 술을 마신 엄마는 더 솔직해졌다. 그리고 엄마의 솔직한 속내는 어린 시현에게 상처였다. 엄마는 아빠보다 자신이 먼저 이 시궁창을 탈출하지 못한 것을 자책했다.

정신이 말짱한 어느 날 엄마는 아직 되팔지 못한 명품 몇 가지만 챙긴 후 시현을 경기도 소도시 지하에 버리고 떠났다. 아빠가 도망가고 5년 뒤였다. 시현은 울지 않았다. 언젠가 그런 날이 올 줄 알았으니까.

시현은 사회복지사에게 발견되기 싫어서 지하를 탈출해 세상 속으로 숨어버렸다. 나라가 해주겠다는 보호? 필요 없었다. 부모가 그랬듯 억지로 하는 것일 테니까. 세상을 미리 알려주겠다며 또 잔인하게 굴 테니까. 아빠가 그랬고 엄마가 그랬듯 시현 역시 도망쳤다. 당신들만 버리냐? 나도 버릴 수 있다. 세상에 외치고 싶었다.

하지만 아무리 키가 크다 해도 시현은 고작 열두 살이었고, 가끔 키에 속아 고1 정도로 봐주는 사장도 있었지만 그래 봤자 얼마 가지 못했다. 가난이 정말 무서운 이유는, 몸을 일으켜 움직이는 순간부터 잠드는 순간까지 모든 과정이 '얼마가 드는가?'로 자동환산된다는 것이다. 그래서였다. 가출팸에 들어간 건.

인터넷 채팅으로 알게 된 그들은 시현보다 죄다 오빠고 언니였다. 인생 처음으로 시현이 선택한 울타리였다. 여자지만 큰 키에 몸이 탄탄한 시현은 팸에서 인정받기 위해 팸끼리 패싸움이 붙을 땐 누구보다 거칠게 싸웠고, 도둑질할 땐 꼭 주머니가 빵빵해지도록 넣었고, 도망칠 땐 지옥에서 쫓아오는 것처럼 뛰었다.

그렇게 6년을 버텼다. 열여덟 생일에 가출팸에서 생일주, 생일 케이크, 과자로 난생처음 시현의 생일을 챙겨주었다. 시현은 감동했다. 이제껏 기를 쓰고 버틴 노력의 결과였으니까. 그들이 그려놓은 동그라미 안에 드디어 자신을 끼워줬다고 생각했다. 시현은 오랫동안 외로웠다. 그래서 너무 즐거워서 술을 마셨다. 음료수를 마셨다고 해도 결과는 달라지지 않았을 것이다. 그들은 처음부터 작정하고 시현의 잔에 수면제를 타서 췄으니까.

깊은 잠에서 깼을 땐 모든 게 달라져 있었다. 목에 유리 가루가 낀 것 같았고 사막에 내던져진 것처럼 살갗이 아팠다. 몸통에는 엉성하게 의료용 반창고가 붙여져 있었다. 팸 모두가 한마음이 되어 시현의 신장과 간을 브로커에게 판 것이다. 시현은 후들거리는 다리를 끌고 지하에 마련된 간이 수술실을 탈출했다.

먼저 도망쳤어야 했다. 먼저 그들을 사지로 몰았어야 했다. 깨달음은 항상 한 대 처맞고 나서야 왔다. 세상은 열심히만 하지 도무지 잘하는 게 없는 시현을 씹고 뱉어냈다. 진짜 이번 생은 망했다. 다시 태어나는 수밖에 없다. 오로지 그 생각뿐이었다.

그래서 그 가출팸이 자주 간다고 들었던 폐건물로 가기 위해 산에 오른 것이었다. 자신을 사지로 내몬 그들에게 복수하려고. 신나게 난장 벌이려고 왔다가 썩은 시체나 보라고. 끔찍한 트라우마가 되어 그들의 잠을 평생 빼앗고 싶었다.

"그러려고 했지만, 자살은 아니야. 어떤 아저씨를 구하려다가 이렇게 된 거라고."

"확실해? 그저 그럴 거라고 생각하는 거잖아."

단풍의 말이 맞았다. 시현은 마지막 순간의 기억이 없었다.

제대로 보호받지 못하고 죽은 아이들의 영혼을 위해서 처음 이계 학교가 만들어졌다. 그 후 나이와 상관없이 학생을 받게 된 것은 육포 할아버지가 선생님으로 오면서부터였다. 평생 일만 하다 생을 마친 백성들에게, 죽어서라도 배움의 기회를 줘야 한다고 주장했기 때문이다. 그래야 훗날 빛을 따라갔을 때 권리를 찾기 위해 스스로 일어설 수 있으며, 또한 지은 죄가 무엇인지도 오롯이 알게 될 테니.

"그러면 날 내쫓으려고 시간을 빼앗는 거야? 귀신 학교는 이래도 돼? 처음부터 내가 학교에 데려와달라고 부탁한 것도 아니잖아. 날 보호해주겠다고 해놓고 이런 법이 어딨어!"

시현은 온몸으로 억울함을 토해냈다. 잠시 후 대파랑이 무겁게 입을 열었다.

"자살한 거면 이계 학교 입학이 안 되니까 안내자가 나가질 않아."

그들은 침묵했다.

그날 시현을 데리러 간 건 육포 할아버지였다. 게다가 얼마 전 육포 할아버지는 안내자에 대해 확인할 게 있다며 재인을 따로 데려갔었다. 그런데 뭔가 착오가 있었다면? 일부러 안내자가 나오지 않은 거라면? 그래서 학교가 거부하는 건가? 이 학생은 학교에 있을 자격이 없으니까 빨리 나가라고? 시현은 아무 말도 하지 못했다.

척준이 단풍과 대파랑을 향해 은밀히 눈짓했다. 셋은 눈빛을 교환한 후 고개를 끄덕였다. 곧이어 척준이 시현에게 다가가 말했다.

"걱정 마. 비밀 꼭 지킬게."

D-24 귀신도 피할 수 없는 것

시현은 자신에게 남은 시간만 계속 보았다.

제 방에 틀어박혀 며칠째 오직 시간만 감시하는 시현을 고인물은 걱정스럽게 지켜보았다. 고인물 역시 방을 떠나지 않았다. 해줄 수 있는 일이 그것밖에 없었기 때문이다. 시현은 하루가 꼬박 지나도록 방에 틀어박혀 대화도 나누지 않고 수시로 왼쪽 손목에 오른손을 대서 시간을 확인했다. 잠은 한숨도 자지 않았다. 자고 일어나면 그 틈에 시간이 바뀌어 있을까 봐 불안했다. 속절없이 줄어가는 시간을 붙잡기 위해 시현이 할 수 있는 건 걱정 속에서 시간을 계속 확인하는 것뿐이었다.

시현이 퀭한 눈으로 앉아 제 손목만 바라보자 단풍이 나섰다.

"좀 누워. 네가 자는 동안 내가 네 손목을 틈틈이 눌러서 시간 확인해줄게."

"내가 할게."

"네가 할 수 있는 거 알아. 그래야 맘 편하겠지. 하지만 네 몸은 그렇지 않다고."

우스웠다. 축구공, 선인장, 거울, 쿼카의 몸이었지만 어쨌거나 그들은 죄다 죽은 귀신인데. 시현이 자조하듯 말했다.

"난 죽었어. 몸이 어딨다는 거야?"

하지만 단풍은 웃지 않았다. 시현을 정면으로 보며 말했다.

"이계 학교의 귀신들이 바깥 귀신들과 다른 점이 뭔 줄 알아?"

"학교에 갇혀 있다는 거?"

시현은 잔뜩 날이 선 채 공격적으로 대답했다. 하지만 단풍은 시현의 말에 상처받지 않은 듯 침착하게 계속 대답을 이었다.

"학교라고는 하지만 이계 학교가 만들어진 이유는 그게 아니야. 명문고니 대학이니 그런 데를 가려고 애들을 의무적으로 붙잡아두는 게 아니란 말이야. 공부? 수업? 해도 되고 안 해도 돼."

"날라리 학교네."

"자유로운 학교지."

시현은 시종일관 비아냥거렸고 단풍은 꼿꼿하게 진지했다.

"바깥 귀신들과 달리 이계 학교 귀신들은 각자의 개인 공간에서 안전하게 보호를 받으면서 휴식을 취해. 케바케로 음식을 먹기도 하고."

생각해보니 육포 할아버지가 최애 간식처럼 육포를 계속 먹고, 이상 쌤이 껌을 씹고, 학생들이 낮이면 방에서 의미 없는 시간을 보낸다는 게 이상하긴 했다. 그리고 학생 대부분은 죽어서도 귀신폰을 손에서 떼놓지 않았다. 귀신 주제에 별걸다 하네 싶었는데, 그게 이계 학교만의 특권 같은 거였나?

"아주 오래전에는 이계 학교 학생들도 잠을 자지 않았어. 먹지도 않았고. 근데 폭동이 일어났어. 살았을 때처럼 잠을 못 자니까 한 가지 생각에 너무 골몰하게 되고 그게 집착이 돼서 제대로 된 생각을 못 하게 되는 거지."

폭동이라는 새로운 정보가 나왔지만, 시현은 멍하니 있었다. 오랜 시간 잠을 자지 못해 온통 흐릿해서 머릿속이 빠릿빠릿 돌아가지 않았다. 모든 게 해변의 모래알처럼 손가락 사이로 빠져나가는 것 같았다.

"사람들이 말하는 악인이나 악귀 역시 다르지 않아. 한 가지에만 집착하면서 골몰하고 그래서 자신만 맞는다고 생각하고 다른 건 아무래도 상관없다고 여기는 거, 그게 무서운 거야. 지금 이계 학교가 선생님들의 보호 아래 이렇게 평화로울 수 있는 건 모두 소소한 일상의 힘이라고."

단풍은 말을 논리정연하게 잘했다. 하지만 시현도 할 말이 있었다.

"무슨 말이 하고 싶은데? 내가 악귀라도 될 거라는 거야? 그래서 감시하는 거고?"

"시현아."

"난 시간을 봐야 해. 도대체 왜 이렇게 빨리 흐르는지 알아야 한다고. 네 문제가 아니라고 그렇게 속 편하게 말하지 마."

"속 편하지 않아. 그래서 도와주겠다는 거고. 우리도 네가 이렇게 빨리 떠나는 걸 원하지 않아. 이제야 새로운 멤버가 들어왔는데 우리가 쉽게 놔줄 것 같아? 그니까 믿어. 그리고 좀 자."

시현은 단풍을 보았다. 너무 잠을 오랫동안 자지 않고 손목만 봐서 그런지 단풍의 표정이 보이지 않았다. 전에는 눈코입이 없어도 고인물이 어떤 표정을 짓는지 다 느껴졌고 또 보였는데.

옆에서 대파랑이 고개를 끄덕이며 나섰다.

"친구는 이럴 때 써먹으라고 있는 거야."

시현은 뭐라고 말하고 싶었지만, 몸이 말을 듣지 않았다. 결국 자신도 모르게 옆으로 쓰러졌고 그대로 쪽잠이 들었다. 하지만 오래 잠들진 못했다. 1시간도 채 되지 못해 깼고 가장 오래 연속으로 잔 게 2시간이 채 못 되었다. 다음 날도 그다음 날도 마찬가지였다. 꼬박 나흘이 지나도록 시현의 시간은 변하지 않았다. 계속 24에 머물러 있었다. 그리고 그동안 고 인물은 시현의 옆을 지켜주었다.

계속 24에 고정된 시간을 보다가 단풍이 흠 소리와 함께 입을 열었다.

"너에게 아무 일도 일어나지 않으면 시간은 흐르지 않는 것 같아."

시현도 느끼고 있었다. 하지만 불안은 가시질 않았고 방법도 보이지 않았다. 단풍이 다시 나서서 시현을 설득했다.

"계속 여기서 아무것도 안 하고 있을 거야? 이렇게 천년만년 시간만 지켜봤자…."

"난 남아 있겠지. 사라지지 않고 여기 계속."

시현은 말허리를 뚝 잘랐다. 네 충고는 필요 없다는 듯이. 단풍은 말없이 시현을 보다 결심을 굳히고 돌아섰다.

"그럼 여기서 우리가 할 일은 없네. 척준! 대파랑! 나가자. 우리 할 일 있잖아?"

단풍의 말에 대파랑과 척준이 무슨 소리냐고 되묻자, 단풍이 그들의 귀에 속닥거렸다. 곧이어 척준이 의미심장하게 시현을 보더니 단풍과 대파랑을 따라 방을 나갔다.

시현은 그 후로도 방에 혼자 남아 이틀을 더 버텼다. 버티다 너무 졸려서 쓰러져 잠들기도 했다. 깨서 급히 숫자를 확인해보았으나 시간은 여전히 24에 머물러 있었다. 시현은 회의가 들었다. 남은 숫자를 지키기 위해 아무것도 하지 않는게 무슨 의미가 있을까. 죽었는데도 동그라미 안에서 쫓겨날까 봐 시현은 두려워하고 있었다. 여전히 도망치고 숨고. 이쯤 징징댔으면 됐다. 시현은 몸을 일으켰다.

시현은 먼저 육포 할아버지를 찾아갔다. 그런데 육포 할아버지는 슬픈 눈으로 무언가를 보고 있었다. 시현도 그쪽을 보았지만, 시현의 눈에는 아무것도 보이지 않았다.

"저기에 뭐가 있어요?"

그제야 육포 할아버지는 옆에 시현이 온 것을 깨닫고 시현에게로 눈을 돌렸다.

"시현이구나."

"아무것도 없잖아요. 뭘 보신 거예요? 얼굴 표정이 꼭 귀신 본 것처럼…."

"귀신이라, 틀린 말도 아니지."

시현은 육포 할아버지를 보았다. 시현이 동물 변신형을 받아서 쿼카이긴 하지만, 어쨌든 시현도 귀신이고 육포 할아버지도 귀신이다. 그런데 낯 가리는 것도 아니고 특정한 귀신에게만 보이는 귀신이 따로 있다고?

"선생님들만 볼 수 있는 특별한 귀신이에요? 학생은 못 봐요?"

"이곳은 나와 인연이 깊은 궁궐이란다. 할아버지께서 정도 전과 함께 이곳을 지으셨지만 내 아버지는 이곳을 꺼리셨지. 그 유명한 '왕자의 난'을 일으키신 후 이복형제들과 정도전을 제거한 기억이 곳곳에 남아 있는 곳이니까."

시현은 역사에 문외한이라 그런 건 전혀 몰랐다. 조선의 왕 중 유일무이하게 '대왕'을 뒤에 붙일 만큼 세종이 역사적으로 뛰어나다는 것만 알았지, 가족사에 그런 아픔이 있는 줄은 잘 몰랐다.

"설마 그 모습이 보이는 거예요? 아버지 손에 죽어간 작은 아버지가?"

육포 할아버지는 말없이 바닥으로 시선을 내렸다.

"이곳에서 나는 치열하게 살았고 또 싸웠어. 그리고 많은 것을 이루어냈단다. 근정전에서 즉위한 후 이 궐내를 애정으로 돌보고 또 손보았지. 정이 많이 들었던 곳이다. 그 영광을 다시 느끼고 싶어서 그 모습이 잔영처럼 남아 있기를 바랐는데… 그런데, 여전히 아버지의 업보가 보인단다."

그래서 시현은 볼 수 없고 육포 할아버지에게만 보이는 것이었다. 시현은 이 경복궁에 아무런 연고도 없으니까. 시현의 눈에 육포 할아버지는 많이 늙어 보였다.

"그건 그렇고 날 왜 찾아온 게냐? 저번에 못 한 끝장토론이 생각난 게야?"

"아하하."

시현은 어색하게 웃으며 옆으로 몸을 뺐다. 하지만 기왕
여기까지 온 거 답을 꼭 들어야 했다. 시현은 육포 할아버지
를 올려다보며 진지하게 물어보았다.

"그날, 절 데리러 왜 진짜 안내자가 나오지 않은 거예요?"

D-23 개구멍 좀 알려줘

"안내자는 바쁜 일이 있어서 내가 대신 나간 거다. 근데 그
건 왜 묻는 거냐?"

"바쁜 일이 뭐였는데요? 비밀이에요? 학생은 알면 안 되
는 거고?"

시현을 가만히 바라보던 육포 할아버지가 부드러운 음성
으로 물었다.

"진짜 안내자가 아니라 내가 널 데리러 가서 서운했니? 널
제대로 보호하지 못해 흑귀에게 잡혀 갈 뻔해서?"

육포 할아버지는 그 일로 줄곧 시현에게 미안해하고 있었
다. 시현은 누군가가 자신에게 마음 쓰고 있다는 게 어색했
다. 상벌위원회에서 쿼카로 변신시킨 게 자신을 엿 먹이기 위
한 거라고만 생각했는데. 순간, 시현은 빠르게 줄어드는 시간
때문에 그동안 얼마나 힘들었는지 육포 할아버지에게 모든

걸 털어놓고 싶었다. 하지만 이야기의 끝이 '안타깝게도 넌 우리 학교 학생이 될 운명이 아니었구나'가 될까 봐 쉽게 입이 열리지 않았다. 시현은 조금 더 이곳에 있고 싶었다.

"그냥, 왜 저만 안내자가 아니라 학교 선생님이 데리러 나왔는지 궁금해서요. 혹시 안내자도 다른 선생님들처럼 안식년이에요?"

"안내자는 이제껏 단 한 번도 쉰 적이 없단다."

"왜요?"

"우리 안내자는 좀 특별하거든. 동에 번쩍 서에 번쩍, 여러 일을 혼자 다 처리하려고 하지. 가끔 선생님을 초빙해 오는 일정과 신입생 입학 일정이 겹치면 대신 학교 선생님이 임시 안내자로 나가기도 한단다. 이번엔 내가 자원한 거고."

가끔 있는 일이라니, 다행이었다. 그래도 시현은 확실히 하고 싶었다.

"안내자는 지금 어디 있어요?"

"지금 어디 있는지는 모른단다."

육포 할아버지가 너무도 선선히 대답해서 오히려 놀란 건 시현이었다.

"새로운 선생님을 초빙하겠다고 얼마 전 급히 외국으로 나갔으니까."

"그럼 언제 와요?"

"그건 새로운 선생님의 의지에 달려 있겠지."

선생님을 얼마나 빨리 설득하느냐에 따라 돌아오는 시기

가 결정된다는 것이었다. 저번에 육포 할아버지가 재인을 따로 부른 건 안내자가 외국으로 떠나기 전 마지막으로 연락한 게 재인이었기 때문에, 언제까지 임시 안내자가 신입생을 데리러 나가야 하는지 일정을 확인해보기 위해서였다.

"근데 갑자기 안내자에 대해서 왜 묻는 게냐?"

"아, 그게, 저도 혹시 안내자가 될 수 있나 싶어서요."

시현은 급하게 말을 지어냈다.

"미래를 꿈꾸는 것은 학생의 특권이지."

육포 할아버지는 시현의 머리를 쓰다듬었다. 시현은 어색하게 웃으며 다른 곳으로 이동했다.

하지만 아직 궁금한 게 너무 많았다. 안내자를 찾을 수 없다면 더 많은 걸 알려줄 귀신이 필요했다. 가감 없이 이계 학교에 대해서 나불나불할 수 있는 귀신이 누가 있을까? 제일 먼저 이상 쌤이 떠올랐지만 껌 붙이는 현장도 봤는데 질문을 했다가 쌤이 협박받는다고 느끼면 아주 피곤해질 것 같았다. 또 이상 쌤은 학교에 불만이 있다기보다는 백석 선생님에게 불만이 있는 것 같으니까, 아웃.

"불만이라⋯. 왜 그 생각을 못 했지?"

시현은 수업 신청도 하지 않은 채 바로 함화당과 집경당 근처에 가건물로 세워진 철학 교실로 향했다. 철학 교실 앞에 도착해서 보니 교단 앞에 사과나무가 한 그루 서 있었다. 벌을 받아서 상벌위원회에 참가하지 못했다던 선생님이 진짜 있었다. 저 선생님이라면 학교에 불만이 많을 테니 뭐든 더 말을 해주지 않을까?

"선생님은 왜 사과나무인 거죠?"

이런 질문을 한두 번 받아본 게 아닌지, 시현을 보지도 않은 채 오늘 수업해야 할 내용이 적힌 교재를 보며 사과나무 쌤이 대답했다.

"그건 너와 상관없는 일이다."

"상관있어요. 저도 학교에서 벌을 받았거든요."

그제야 사과나무 쌤은 고개를 돌려 시현을 보았다. 한참 만에, 거의 바닥에 붙어 있다시피 키가 아담한 시현을 찾았다.

"두더지?"

"쿼카예요. 쿼카!"

"우리나라에 쿼카가 어딨다고, 두더지겠지. 살찐 두더지."

시현은 맘 상했다. 이분도 초면에 너무 솔직하시네. 하지만 시현은 자신이 쿼카인지 살찐 두더지인지 따지러 온 건 아니었다. 시현은 이쪽도 친목 도모가 아니라 비즈니스로 왔다며 바로 원하는 질문을 했다.

"이계 학교는 학생들을 보호해준다면서 왜 49일이라는 시간제한을 둔 거죠?"

"그걸 왜 나한테 묻는 거냐?"

"다른 선생님들은 대답 안 해줄 것 같으니까요."

"나는 왜 해줄 거로 생각하는 거지?"

"선생님도 저처럼 벌을 받았잖아요. 이계 학교 따위 엿 먹으라는 심정으로 기밀 같은 걸 알려줄지도 모르니까요. 선생님인데 특혜는커녕 동물도 아니고 식물이면 진짜 센 거 한 방 맞은 거잖아요. 그런데도 학교에 충성을 바칠 것 같진 않아서요. 만약 그렇다면 진짜….”

“진짜 뭐?”

“좀 너무….”

시현이 대답을 망설이자 사과나무 가지가 떨렸다. 머릿속에서 온갖 단어가 떠오르며 상상의 나래를 펼치는 게 느껴졌다. 시현은 오히려 그 점을 노렸다.

한참 후 사과나무 쌤이 냉정하게 말했다.

“인간일 때도 영원불멸이 없는 것과 같은 거겠지. 끝이 있기에 소중한 것을 아는 법이니까.”

시현은 아무 말도 하지 못했다. 당연한 말이었고 무적의 논리였다.

“네가 그 오자마자 벌을 받았다는 신입생인 것 같은데, 너는 학교에 들어온 지 얼마 안 됐으니 한참 남았을 텐데?”

시현은 아무 말도 하지 못했다.

“이제 질문 끝났으면 나가봐라. 곧 수업을 시작할 테니.”

“무슨 수업인데요?”

시현을 쳐다보지도 않고 사과나무 쌤이 교재를 정리하며 말했다.

“들어봤자 너는 못 따라올 수업.”

시현은 곧바로 맨 앞자리에 떡 앉았다. 사과나무 쌤이 수업 신청을 안 하지 않았느냐고 시현에게 묻자 시현은 당당하게 청강하러 온 거라고 삐졌다.

"한글 선생님은 청강 된다던데 여긴 안 되나 봐요?"

그게 사과나무 쌤의 심기를 건드렸다. 그렇게 시현은 수업을 듣게 되었다. 잠시 후 재인을 비롯한 학생회 학생들이 들어왔다. 시현을 본 재인은 깜짝 놀란 얼굴로 친구들과 무리 지어 앉았다. 시현은 자연스럽게 재인의 옆자리로 가서 앉았다.

"지금부터 '신이란 무엇인가' 철학 수업을 시작하도록 하겠습니다. 이번 시간에는 유신론을 나가죠. 최소한 하나 이상의 신이 존재하고 그 신들은 세계를 창조하고…."

사과나무 쌤은 여러 개의 가지 끝을 써서 동시다발적으로 칠판에 필기했다. 나뭇가지를 자유자재로 다루는 걸 보니 확실히 선생님은 선생님이었다. 칠판이 하얀 글씨로 빼곡하게 채워져 갈수록 시현의 머리도 덩달아 하얘졌다. 불 속에서 숨을 쉬는 것 같았다. 산소가 희박했고 답답했고 그래서 쓰러질 것 같았다. 철학 쪽은 영 이해가 되지 않았다.

표정을 보아하니 다른 학생들은 모두 이해한 눈치였다. 시현은 자신만 외따로 섬이 된 것처럼 이 수업에서 고립되어 있었다.

"이제 심화를 들어가죠. 유신론 입장에서는 최소 하나 이상의 신이 존재하고, 그 신들이 세계를 창조, 유지, 인도하고 다스리며 세계의 외부에 사는 인격적 존재라고 믿습니다. 대표적 인물이 누가 있을까요?"

"뉴턴이요."

"복습을 잘해왔군요, 재인 학생. 계속해서 범신론의 대표적 인물로는 아인슈타인이 있는데…."

범신론, 불가지론, 무신론, 이신론, 비신론, 반신론 등 끝도 없는 '론'들이 이어졌다. 시현은 대충 고개를 끄덕이면서 옆자리의 재인에게 복화술로 말했다.

"개구멍 위치 좀 알려줘."

"밖은 위험해."

재인은 부지런히 공책에 필기하면서 딱 거절했다. 그렇다고 포기할 시현이 아니었다. 신물을 훔치려다가 걸려서 남은 숫자를 빼앗기고, 그 자리에서 바로 소멸까지 당한 이장우의 모습이 계속 눈앞에 아른거렸다. 학교 바깥의 그림자가 위험한 존재인 걸 알지만, 그렇다고 학교 안에서 제멋대로 줄어드는 시간만 보며 끙끙댈 순 없었다. 남은 시간이 없다면, 더더욱 그 안에 자신이 어떻게 죽었는지 그 이유를 빨리 밝혀야 했다. 벌을 받았는데도 제멋대로 시간이 줄어드는 이유가, 왠지 제 죽음과 관련 있다는 감이 왔기 때문이다.

수업이 끝난 후, 시현은 인적이 드문 곳으로 가서 재인에게 자기 시간을 보여주었다.

"23밖에 안 남았다고? 넌 왜 이렇게…."

"빠르지? 나도 알아. 그사이 시간이 또 줄었네. 봐서 알겠지만, 난 이 학교에서 며칠 안에 강제 졸업 당할 수도 있어. 갑자기 죽었을 때처럼 여기에서 역시 또 아무 준비 없이 내쳐지고 싶지 않아."

그러니 좀 도와달라고, 시현이 말했다. 재인은 말없이 시현을 보았다. 재인의 고민은 오래 걸리지 않았다.

"개구멍 위치는 매번 변해."

"귀신 학교라 그런가, 구멍도 이상하네. 혹시 이상 쌤이 순찰하면서 개구멍이 보이면 바로 다 막는 거야? 그럼 학생들이 또 뚫어놓고?"

"개구멍은 학교 관리인이 책임지고 관리해야 하는 게 맞긴 한데, 저번에 봤듯이 이상 쌤은 뭘 열심히 하는 분이 아니야. 개구멍 관리도 그래. 그리고 개구멍은 학생들이 만드는 게 아니야."

"그럼 혹시 선생님들이?"

재인은 시현의 엉뚱한 생각이 재미있다며 슬며시 웃은 뒤, 대답했다.

"나도 잘은 모르는데, 저절로 만들어지는 것 같아."

재인이 시현을 보며 물었다.

"우리 학교가 이동하는 건 알지?"

D-22 개구멍 통과하기

"저번에 들었어. 근데 이동을 왜 하는 거야?"

시현은 눈에 힘을 빡 주고 물었다. 그런 것쯤은 당연히 예상했다는 듯이 평온하게 반응하고 싶었지만, 자꾸만 몸이 먼저 반응했다.

"학교를 노리는 흑귀 때문에. 땅과 건물 기운에 따라 몇 달에서 몇십 년 정도는 한 장소에 있을 수 있지만, 오래되면 학교 위치가 노출될 위험이 커져. 그래서 학교를 숨기기 위해 선생님들이 논의해서 새로운 장소로 이동을 하는데, 너무 여러 번 옮겨서 그런지 언젠가부터 학교를 둘러싼 가장자리에 개구멍이 생기기 시작한 거야. 선생님들도 쉬쉬하는 문제지만 눈치가 빠른 학생들 몇몇은 이미 알고 있어."

흑귀는 역시 위험했다. 하지만 바이러스 무서워 컴퓨터를 안 할 수는 없다. 흑귀고 뭐고 나가긴 해야 했다. 시현은 손목의 시간을 다시 확인했다. 재인과 이야기를 나누었을 뿐인데 그사이에 또 22로 줄었다. 시간이 없었다. 시현은 새어 나가는 시간을 막으려는 듯 방어적으로 팔짱을 꽉 끼고 물었다.

"그럼 고치면 되잖아?"

"아까도 말했듯이 개구멍 위치는 늘 변해. 막는다고 해도 얼마 지나지 않아 또 생기고. 뭐가 문제인지 쌤들도 아직 찾지 못했어."

어차피 해도 안 된다! 그것이 학교 관리인으로서의 태만을 합리화해주는 것 같았다. 학교를 몰래 나가려는 시현으로서는 이상 쌤의 그런 태도가 아주 만족스러웠지만.

"개구멍을 찾는 방법은 쉬우면서도 어려워. 선생님 눈을 피해서 학교 가장자리를 계속 돌면 반짝 빛나는 부분이 보일 거야. 그 빛을 통과하면 돼. 문제는 빛이 나타났다가 금방 사라지는 데다가 어디서 나타날지 모른다는 거지."

"근데 개구멍은 담벼락에만 생기는 거야?"

"글쎄, 다른 곳에 개구멍이 생길 수 있다고 생각해본 적은 없는데."

"개구멍은 학교를 나가려고 찾는 거니까 담벼락에 생기는 게 당연한데, 내가 가끔 이렇게 생각이 없어. 그니까 모르는 사람 구하겠다고 설치다 이렇게 됐지."

자조 섞인 시현의 말에, 재인은 시현을 물끄러미 보다가 어렵게 말을 꺼냈다.

"말해줘야 하나, 말아야 하나 계속 고민했는데, 진짜 나갈 거라면 네 눈으로 직접 보는 게 나을 것 같아."

재인은 조끼 주머니에서 주소가 적힌 종이와 함께 나침반 시계를 꺼내서 주었다.

"이게 없으면 길을 잃는 거지?"

"응. 귀신이 자신이 죽은 곳 주위에만 있는 이유가 그거야. 멀리 못 가게 하기 위해서인지 안내자가 찾기 쉽게 하려는 건지 모르겠지만, 이거 없이는 원하는 곳에 가기 힘들 거야. GPS 기능은 제거했으니까 그 점은 걱정하지 말고. 그리고 이 주소는 그 아저씨가 사는 곳이야. 약속한 거니까 알려주긴 하는데, 난 네가 거기 안 갔으면 좋겠어."

"왜?"

"세상에는 꼭 알지 않아도 되는 것들이 있으니까."

재인은 특유의 서늘한 눈빛으로 말했다. 하지만 시현은 결

185

심을 바꿀 생각이 없었다.

"생각해볼게. 내가 진짜 원하는 게 뭔지."

나침반시계도 주소도 개구멍 위치도 넘겼으니 다 됐는데도 재인은 주저했다.

"혹시 걸리더라도, 물론 안 걸리길 바라지만, 비밀은 지킬 거지?"

"내 몸에서 가장 무거운 부분이 입이야. 믿어도 돼."

재인은 고개를 끄덕인 뒤 자신을 기다리는 학생회 친구들에게로 갔다.

그때부터 시현은 궁궐 가장자리 담벼락을 돌았다. 곧이어 전방 5미터 앞에 빛이 보였다. 시현은 곧바로 뛰어갔지만 쿼카의 다리는 짧았고 1미터를 남겨두고 빛이 사라졌다. 그 후로 서른 번 넘게 시도했지만, 개구멍에 도착하기도 전에 빛이 사라져버렸다. 이건 재인도 예상치 못한 문제였다. 오직 시현처럼 짧은 다리에만 해당하니까.

"으아아!"

너무 화가 났다. 원래의 모습이었으면 이런 건 일도 아닌데. 화가 나서 발을 구르는데, 문득 풀밭에 쓰러진 날 보았던 소녀가 떠올랐다. 쿼카의 짧은 다리로는 우사인 볼트처럼 빠른 소녀를 도저히 따라갈 수 없으니 편리하게 자동으로 묶인 것 같았다. 시현은 문득 그 소녀라도 소환해서 도움 좀 받고 싶었다. 말도 안 되는 생각이었다. 절실했지만, 간절하다고 모든 게 이루어지는 건 아니었다.

"어디 빛이 번쩍일지 대충 감이라도 와야… 아!"

시현은 곧바로 바닥에 발톱으로 벽을 축소화해서 그렸다. 그리고 빛이 나는 곳을 순서대로 적었다. 그러자 규칙이 보였다. 중간중간 선생님들이나 학생이 지나가면 괴상하게 생긴 돌짐승 조각상 뒤에 몸을 숨겼다. 몸이 작은 게 이럴 땐 아주 유리했다. 하지만 7시간 동안 그 작업에만 매달린 탓에 시현은 점점 지쳐갔다.

그때, 저 끝에서 누가 걸어왔다. 영실 쌤이 직접 만든 귀신 전용 와이파이를 점검하며 구시렁거렸다.

"답문이 안 오는 게 요것 때문에 그런 게 아닐 텐데, 하여 간에 이상 때문에 귀신폰은 내가 괜히 만들어서. 광선검 만들 시간도 부족한데."

살았을 때 해시계나 측우기처럼 시대를 앞서간 물건을 만든 장영실이라면, 광선검도 조만간 볼 수 있을 것 같았다. 영실 쌤이 다른 쪽 통신 장비를 점검하러 간 후에야 시현은 다시 담벼락으로 나왔다. 그리고 한참 만에 규칙을 발견했다. 왼쪽 오른쪽 오른쪽 위 위 위 아래 아래 왼쪽 오른쪽 오른쪽. 완벽하진 않지만, 그다음 빛이 나올 예상 지점을 1미터 오차 내외로 줄였다. 꼬박 하루 동안 489개의 빛을 관찰한 끝에 드디어 시현은 개구멍을 통과했다.

학교 밖으로 나오자 시현은 다시 원래의 몸으로 돌아왔다. 길어진 팔다리를 보니 눈물 나게 감격스러웠다. 곧이어 본능적으로 손목을 눌러 확인해보았다. 그런데 숫자가 뜨지 않았다.

"학교 밖으로 나오면 숫자가 줄어드는 게 멈추나?"

진짜 그런지 아닌지는 알 수 없지만, 요 며칠 너무 숫자의 변화에 쫓기다 보니 조금은 한숨 돌리고 싶었다. 시현은 습관적으로 손목을 다른 손으로 꾹 누르며 걸었다.

광화문 앞에 세워진 해태 동상이 시현의 눈을 사로잡았다. 밤에도 조명까지 쏘는 걸 보면 엔간히 귀한 대접 받는 것 같았다. 부리부리한 눈에, 커다란 몸집에, 툭 튀어나온 송곳니까지 위협적으로 생긴 게 아주 마음에 들었다.

"기왕 동물로 바꿀 거면 저런 걸로 좀 해주지. 하여간에 상상력이 없어, 상상력이."

시현은 세종대왕 동상을 향해 구시렁거렸다. 조금 더 걷자 이순신 동상이 보였다.

"이순신 장군이 상벌위원회에 있었으면 진짜 내가 쿼카 따위로 변하진 않았을 텐데. 그분이라면 나를 수중 괴물 같은 대단한 걸로 만들어줬을 거야."

시현은 이순신 장군이 체육 선생님이라면 어떨까 상상을 해보았다. 문득 이상 쌤과 백석 쌤이 떠올랐다. 문학이라 그 정도 갈등이지 만약 이순신 장군이 체육 선생님으로 초빙됐으면 최영 장군과의 사이에 혈투가 벌어졌을 수도 있단 생각이 들자, 가슴이 미친 듯이 뛰었다. 시현은 고개를 돌려 학교를 돌아보았다. 개구멍으로 몰래 나와서도 학교 생각이었다. 내 코가 석 자고, 언제 졸업으로 내쳐질지도 모르는 판국에 말끝마다 '우리 학교는…' 하는 찐따 모범생처럼 굴고 싶진 않왔다. 시현은 곧바로 이동했다.

엄마가 자신을 버리고 떠났을 무렵, 지하 방을 나와 밤거리를 걸었을 때가 떠올랐다. 지금도 그때처럼 두려웠다. 시현은 계속 걸었다. 다른 사람들이나 풍경은 전혀 눈에 들어오지 않았다. 자신의 고민만으로 꽉 찼으니까. 자퇴하듯이 학교를 완전히 나오면 그다음은 어떻게 되는 걸까. 학교에서는 또다시 나를 찾기 위해 누군가가 나올까? 그렇게 내가 중요한 학생일까? 아니면 벌이 끝나지 않았다는 본보기를 보여주기 위해 끝까지 날 추적하려나? 설마 잡혀서 소멸당하는 건 아니겠지?

설사 누군가 나온다고 해도 GPS를 제거한 나침반시계도 있으니 찾기 힘들 것이다. 이대로 학교로 돌아가지 않을 수도 있다. 어디든 갈 수 있겠지. 돈이 없어도. 나이와 상관없이. 그리고 무엇보다 숫자가 줄어들까 봐 더는 초조해하지 않아도 되고. 그렇게 영영 이곳을 떠돌며 빛을 따라가지 않는다면? 이렇게 어둠이 내린 거리를 계속 돌아다닐 수 있는 건가. 그건 좋은 걸까, 나쁜 걸까. 좋은 거든 나쁜 거든 무슨 상관이야. 어차피 죽었는데. 자신이 죽었다는 사실이 시현의 머릿속에 가득 찼다.

시현은 눈을 내려 종이에 적힌 주소를 보았다. 곧이어 시현의 생각을 읽었는지 나침반시계의 침이 움직였다. 시현은 그곳을 향해 성큼성큼 걸어갔다.

4부

나가자

D-21 당연한 감정

시현은 남자의 집 앞에 도착했다.

종이에 적힌 주소와 맞는지 한 번 더 확인한 뒤 곧이어 801호 문을 통과했다. 불은 꺼져 있었지만, 달빛이 베란다 창문으로 은은히 스며들어 사물의 윤곽을 파악할 수 있었다. 지독한 냄새가 집 전체에 가득했다. 어린 시절 시현을 지배하던 그 냄새와는 달랐다. 그런데도 자꾸 자신의 과거가 겹쳐졌다.

재인은 이 주소를 왜 가르쳐준 걸까. 혹시 그 아저씨가 죽었나? 시체를 두 눈으로 확인하라고? 그래서 이 주소를 가르쳐줘야 할지, 말아야 할지 머뭇거렸던 걸까. 발소리가 날 리없지만, 시현은 자신도 모르게 조심조심 안쪽으로 걸었다. 코너를 돌자 부엌 겸 거실이 나왔다. 아일랜드 식탁에 남자가 멍한 눈으로 앉아 있었다. 그 모습을 확인하는 순간 시현은 긴장이 풀려 다리가 휘청했다.

"살아 있었구나, 아저씨!"

남자를 본 시현의 감정은 말로 설명할 수 없었다. 죽지 않았다니 정말 다행이었다. 하지만 마음을 꿰뚫는 의문이 있었다. 그럼 왜 나만 죽었지? 거실 바닥엔 빈 술병과 먹다 만 컵라면이 여기저기 뒹굴고 있었고 냄새는 지독했다. 그중 가장 냄새가 지독한 건 남자였다. 모든 숨구멍에서 술을 뿜어내는 것 같았다.

"근데 왜 이러고 있어요? 여기서 여태 술이나 마시고 있던 거예요?"

시현은 남자가 못 들을 걸 알면서도 화를 냈다.

"다른 사람은 몰라도 아저씬 날 볼 수 있어야 하는 거 아닌가. 이렇게 내가 아무것도 아니라고? 난 아저씨 때문에 죽었는데?"

시현이 내뿜는 한기 때문에 조금 추운지 남자의 입에서 새어 나오는 숨이 하얬다.

그때였다. 누가 문을 두드렸다. 바깥에서 문을 한참 두드려도 남자는 반응이 없었다. 시현이 문을 통과해서 나가보니, 복도에 사람이 하나 서 있었다. 산에서 본 경찰, 표 경위였다.

"배승호 씨, 안에 계시는 거 다 알아요."

남자의 이름은 배승호였다. 생각해보니 시현은 이름도 모르는 사람을 구하려다가 죽은 것이었다. 표 경위에게서는 술냄새가 조금 났다. 불향이 배인 곱창 냄새도. 며칠째 잠을 못

잔 듯 눈 밑이 어두웠다. 표 경위는 문밖에서 말을 이었다.

"전화를 안 받으셔서 왔어요. 불도 꺼져 있는 거 보니 안 계신 것 같기도 하지만…"

표 경위는 말꼬리를 흐렸다. 경찰의 감일까. 안에 사람이 있다고 생각하는 것 같았다. 표 경위는 눈이 뻑뻑한지 마른 손으로 얼굴을 비비며 말을 이었다.

"신문할 때 사고사가 아니라 살인 아니냐고, 배승호 씨가 난간으로 그 애를 밀어버린 건 아니냐고 몰아붙인 거 마음에 걸려서요. 경찰 짬밥 먹은 지 꽤 됐는데도 아직도 이렇게 촌스럽네요. 그건 경찰 업무일 뿐이었는데 사과나 하러 오고."

시현은 스스로 제 죽음을 알아내야 한다고 생각했고, 분명 죽음의 이유에는 배승호가 있다고 생각했다. 하지만 경찰이 그동안 계속 수사를 해왔을 거라고는 전혀 생각하지 못했다. 아무도 나를 신경 쓰지 않는다고 생각했는데.

"그 이후 자살 시도를 하셨다고 들었어요. 신고가 들어왔더라고요."

시현은 곧바로 문을 통과해 배승호에게로 갔다. 술잔을 잡은 배승호의 손목에 희미하게 자상이 그어져 있었다. 자상은 얼마 되지 않아 아직 붉었다. 기억을 되짚어 보니 시현을 꽉 붙잡고 살려고 했을 때는 배승호의 손목에 자상이 없었다. 죄책감이든 뭐든 배승호는 그날 이후 또 죽으려고 한 것이었다.

"휴대전화가 계속 꺼져 있어서 직접 왔어요. 조사 결과 그 아이는, 오늘 아침 실족사로 처리됐습니다. 그러니까 너무 깊이 맘에 담아두지 마세요. 산 사람은 또 살아야죠."

표 경위는 대답 없는 문을 오래도록 쏘아보다가 떠났다. 터덜터덜 복도를 걸어가는 소리가 울렸다. 그 소리가 사라진 뒤로도 시현은 말이 없었다. 실족사라는 것이 왠지 믿어지지 않았기 때문이다. 배승호 역시 술잔만 내려다볼 뿐, 말이 없었다. 한동안 방 안에는 정적만이 가득했다. 먼저 입을 뗀 건 시현이었다.

"죽으려던 아저씨를 살렸는데 아저씨는 또 자살하려고 한 거예요? 그때 건물에서 떨어지려던 게 실패해서 이번엔 칼로? 하, 진짜 기분 엿 같네."

죄책감 때문이라는 가능성은 버렸다. 그래야 배승호를 더 맘 놓고 미워할 수 있으니까. 시현은 다시 분노에 사로잡혔다. 시현은 배승호에게 바짝 다가갔다. 내 얼굴 좀 보라고, 내가 얼마나 분한지 볼 순 없어도 어떻게든 느끼라고. 옆에 귀신이 있는지조차 모르는 배승호는 대답이 없었다. 당연한데, 이런 건 당연해서는 안 되는 거였다.

"이게 말이 돼? 난 뭘 위해 죽은 건데? 내가… 왜….'"

시현은 고개를 떨어뜨렸다. 눈시울이 붉어졌지만, 눈물이 흐르지는 않았다. 너무 화가 나서 뿜는 불같은 열에 눈물이 말라버렸다. 시현은 배승호를 정면으로 보았다.

"나 때문에… 내가 거기 가지만 않았어도…."

아일랜드 식탁 위로 배승호의 눈물이 뚝 떨어졌다. 시현은 한발 물러섰다. 역시 죄책감 때문이었나. 내 죽음 때문에?

"이런다고… 내가 아저씰 용서할 것 같아요?"

시현의 목소리는 떨리고 있었다. 같이 울고 싶어질까 봐 두 주먹을 꽉 쥐었다.

"아무리 그래도, 난 죽었어. 아저씬 살았고. 왜 나 같은 게 누군가를 살릴 수 있을 거라고 생각한 건지 후회돼. 너무 화가 난다고! 아직 못해본 것도 많고 하고 싶은 것도 많은데… 난 억울해!"

시현은 사자후처럼 온몸으로 고통을 내질렀다. 그때 시현의 등 뒤에서 낮은 목소리가 화살처럼 날아왔다.

"다행이군. 바보는 아니라서."

시현은 소리가 들린 쪽으로 고개를 돌렸다. 발코니 쪽에서 나는 소리였다. 곧이어 발코니 한쪽에 앉아 있던 흑귀가 몸을 일으켰다. 흑귀는 발코니에서 거실로 나오며 시현에게 한 발 한 발 걸어왔다.

"생면부지인 사람을 구하려고 설치길래 바본 줄 알았지. 당연히 화가 나야지."

시현은 대꾸하지 않았다. 흑귀는 언제든 자신을 꼼짝 못하게 만들 수 있는 존재니까. 시현은 그날 재인이 조언해준 대로 흑귀의 눈을 피하며 뒤쪽으로 몸을 움직였다. 그리고 당연히 가져야 할 합리적 의심을 했다.

"네가 왜 여기 있어? 설마 날 쫓아온 거야?"

흑귀는 고개를 숙였다. 풋 웃음소리도 희미하게 들렸다. 시현을 비웃는 것이었다.

"지구가 자신을 중심으로 돈다고 생각하는 타입인가. 하긴, 인간은 모두 자신밖에 모르지. 살아서나 죽어서나. 그게 인간다운 것이기도 하고."

"대답해."

"널 계속 쫓아다닌 건 아니지만, 네가 이곳으로 올 거란 건 알았다."

흑귀는 친절하면서도 서늘하게 말했다. 흑귀의 이중성은 목소리와 어조의 괴리에서도 잘 드러났다. 시현은 흑귀와 자신 사이의 거리를 가늠해보았다. 흑귀는 시현에게서 스무 걸음 정도 떨어져 있었다. 학교에서의 남은 시간과 상관없이 바로 이곳에서 시현의 시간이 끝날 수도 있었다. 일촉즉발의 상황이었다.

시현은 불안함을 감추려 계속 질문을 던지며 도망갈 루트를 훑었다.

"날 기다렸던 거야?"

"모든 인간은 과거의 집착을 버리지 못하니까."

"원하는 게 뭐야?"

"모든 것."

생각지도 못한 대답이었다.

"내가 간 그 학교는 정말 너한테서 학생들을 보호하는 거야?"

흑귀는 시현을 두고 원을 그리며 말을 이었다.

"너희끼리 서로를 학생이라고 부른다지? 우습군. 실은 모두가 노예인데."

이 목소리, 어디서 들어본 적 있었다. 하지만 언제인지 기억이 잘 나지 않았다. 시현은 가위로 오리듯 흑귀의 형태를 따라서 눈을 돌렸다. 하지만 흑귀는 말 그대로 어두운 그림자일 뿐이었다. 원래 그림자란 빛이 어디 있느냐에 따라 그 모습이 아주 크게 보이기도 하고 또 작게 보이기도 했다. 그러므로 지금 보는 흑귀의 실루엣은 실제 모습이 아닐 수도 있었다. 그럼 시현이 믿을 건 목소리뿐이었다.

"분명 아는 목소린데, 너! 내가 아는 귀신이야?"

D-20 빨리 학교

"날 안다고? 네놈이 나를⋯."

흑귀는 혼잣말처럼 시현의 말을 곱씹었다. 시현은 그 말의 화살 끝이 어디로 향할지 긴장한 채 흑귀를 보았다. 하지만 곧 흑귀는 말도 안 된다며 비웃은 끝에 말을 이었다.

"네가 필요하다."

"왜?"

"너는 내 일을 방해했으니까. 더는 네놈이 아무것도 못 하게 만들 것이다."

흑귀가 말한 '필요'는 "우리 회사는 당신 같은 인재를 필요로 합니다" 같은 '필요'가 아니었다. 제물로 바치거나 아니면 감옥 같은 곳에 가두는 데 필요하다는 말로 들렸다.

"웃기시네."

시현의 거침없는 반응에 흑귀가 움찔했다. 시현은 보란 듯이 팔다리를 움직였다.

"보여? 내가 자유롭게 움직이는 거? 저번엔 내가 좀 쫄았는데 지금 보니까 너 힘도 없네. 그 사고다발지역 도로 아니면 맥도 못 쓰나 봐?"

"그 영감이 네 손목에 붓을 찍어서 그런 거다."

생각해보니 육포 할아버지가 시현에게 달려와 손목에 붓을 찍은 후 흑귀는 흔적도 없이 사라졌었다. 붓으로 찍힌 점은 시현을 보호해주는 표식이었다.

"하지만 상관없다. 학교에서 멀어질수록 점 역시 흐릿해지니까. 대화는 여기까지."

흑귀가 서서히 손을 들었다. 그러자 발가락이 마비되는 게 느껴졌다. 시현은 본능적으로 한걸음 물러섰다. 그러자 마비가 순식간에 풀렸다. 뒤쪽으로 움직인 것이 신의 한 수였다. 나침반시계를 보지 않아도 알 수 있었다. 뒤쪽이 학교 쪽이었다. 시현은 무작정 뒤돌아 뛰어서 집 밖으로 나갔다. 그리고 나침반시계를 꺼냈다. 마음으로 생각만 해도 나침반이 움직인다는 걸 알았지만 마음이 너무 급해 소리가 터져 나왔다.

"학교. 빨리 학교로."

침이 움직이기 시작했다. 시현은 나침반이 가리키는 방향으로 곧장 뛰었다. 흑귀는 맹렬하게 추격하며 주변에 있는 사물을 시현의 앞으로 날려서 앞길을 막았다. 몸은 그것들을 통과할 게 뻔했지만, 살아 있을 때의 기억 때문에 시현은 본능적으로 몸을 움직여 피했다. 그러면서 점점 속도가 뒤처졌다. 흑귀는 그걸 노린 것이었다. 에라, 모르겠다. 시현은 눈을 질끈 감고 미친 듯이 달렸다. 벽이니 사람이니 온갖 것을 통과하는 느낌이 났고 고통과 울렁증이 뒤섞여 토할 것 같았지만 그러거나 말거나 계속 뛰었다. 학교가 가까워질수록 시현은 더 빨라졌다.

이쯤이면 됐다 싶을 때 시현은 눈을 떴다. 시야의 끝에 궁궐이 보였다. 건물이고 사람이고 다 통과해서 직선 주로로 가니 엄청나게 빨랐다. 아까 여기까지 걸어오는 데 걸렸던 시간과는 비교도 되지 않았다. 시현은 질주에 더 박차를 가했다.

학교로부터 열 걸음쯤 가까이 왔을 때였다. 뒤에서 난데없이 비명이 들렸다. 흑귀에게서 나오는 소리였다. 뒤를 돌아보니 학교에 가까워질수록 흑귀의 몸이 번쩍였다. 마치 몸이 붕괴하려는 것처럼 보였다. 하지만 기대와 달리 흑귀의 몸은 붕괴하지 않았다.

자꾸 뒤를 돌아보면서 시간을 지체할 수는 없었다. 시현은 일부러 궁궐 벽을 가깝게 해서 뛰었다. 시현은 지금 제 몸이 너무 소중했다. 긴 다리를 움직여 큰 보폭으로 빨리 뛸 수 있다는 것에 감사하며 시현은 쭉쭉 내달렸다. 하지만 궁궐 벽을 쭉 돌아도 빛이 보이지 않았다. 시현은 뛰고 또 뛰었다. 빛을 찾아야 한다. 제발 빛을!

그때 빛이 저 멀리 반짝 보였다. 눈으로 가늠해보니 잘하

면 될 것 같았다. 시현은 이를 악물고 달렸다. 점점 빛이 약해
지고 있었다. 비명이 절로 나왔다. 흑귀도 시현의 바로 뒤에
서 온 힘을 다해 시현을 바짝 뒤쫓고 있었다.

아슬아슬하게 개구멍을 통과해 학교 안으로 돌아왔다. 학
교로 돌아오자마자 시현의 몸은 다시 쿼카로 돌아왔다. 하지
만 그건 허리까지였다. 그 아래는 몸이 들어오지 못했다. 바
깥에서 흑귀가 다리를 잡은 게 분명했다. 엘리베이터에 다리
가 끼었을 때처럼 구멍은 완전히 사라지지 않고 버텨주었지
만, 언제까지 버틸지 알 수 없었다. 시현은 안으로 들어오려
고 안간힘을 썼지만 흑귀의 힘은 엄청났다.

"포기해! 나한테 무릎 꿇어!"

"으으…."

시현은 궁궐 벽을 붙잡으려 애쓰다 앞발톱이 부러졌다. 흑
귀는 시현을 점차 밖으로 잡아끌었다. 그때 저쪽 끝에서 뭔가
움직이는 게 보였다. 지푸라기라도 잡는 심정으로 시현이 크
게 소리쳤다.

"도와주세요!"

이젠 끝났구나 싶은 순간, 시현의 손 위로 끔찍한 고통이
느껴졌다. 고개를 들어보니 선인장이었다. 척준은 가시 박힌
선인장 팔로 시현의 앞발을 찍어누르며 꽉 잡았다.

"뒤에서 널 누가 잡고 있어?"

"흑귀야!"

"지금 난 거울이라 비녀를 뽑을 수가 없어. 대파랑 네가 나

서야 해."

단풍이 대파랑에게 소리쳤다. 어느새 옆으로 다가온 대파
랑이 단풍과 눈짓을 주고받았다. 곧이어 거울이 몸을 빙그르
르 돌려서 그 반동으로 축구공을 뻥 찼다. 시현은 소녀가 화
살을 피했을 때처럼 고개를 숙였다. 그러자 시현의 머리 위
담벼락에 축구공이 꽂혔다. 대파랑이 개구멍의 경계를 제 몸
으로 벌리며 버티는 동안, 단풍이 달빛을 거울로 반사해서 그
림자를 공격했다. 거울의 빛 반사를 피하느라 시현을 잡은 손
힘이 살짝 약해졌지만, 흑귀는 끈질겼다.

두 번째 반격이 시작되었다. 척준이 선인장 팔에 꽂혀 있
던 가시를 뽑아 개구멍을 향해 날렸다. 가시가 개구멍을 통과
하자마자 긴 검으로 변했다. 문제는 검의 방향이었다. 흑귀는
검 끝이 아니라 손잡이 부분에 얼굴을 맞았다. 그것만으로도
위력이 강했는지 흑귀는 비명을 지르며 뒤로 떨어져 나갔다.
뒤이어 대파랑이 밖을 향해 손을 뻗어 선인장 가시를 잡았
고, 대파랑과 시현은 학교 안으로 무사히 들어왔다. 아슬아
슬하게 개구멍이 그들 뒤로 닫혔다.

"흑귀였어! 흑귀가 학교 바로 앞까지 왔어!"

"와아! 진짜 흑귀는 개구멍 안으로 못 들어오네?"

"흑귀가 저렇게 집요한 건 처음 봐."

고인물 셋이 흥분한 어조로 말했다. 괜히 고인물이 아니었
다. 방금 밖으로 끌려갈 뻔했을 때 그들이 본능적으로 자신의
모습이 지닌 강점을 이용해 흑귀를 떼어낸 걸 보면… 아! 허

술한 줄 알았는데 전혀 그렇지 않았다.

시현은 마음을 진정시킨 후 물었다.

"근데 너희는 어떻게 이쪽으로 온 거야?"

"방에 다시 갔는데 네가 없어서 한참 찾았거든. 근데 흑귀
가 저렇게 집착하는 건 처음 봐. 우리도 예전에 흑귀와 마주
친 적 있는데 그땐 학교 주변으로 오니까 고문받는 것처럼 아
파하고 소리를 지르더니 더는 접근 못 하던데."

시현이 학교에 가까워져오자 흑귀가 비명을 지르며 번쩍
였던 걸 떠올렸다. 그런데도 흑귀는 고통을 참고 시현을 붙잡
았다. 어떻게든 시현을 손에 넣기 위해서.

"흑귀가 너한테 원하는 게 뭐래?"

대파랑이 시현에게 물었다. 시현도 흑귀에게 물어본 것이
었다. 흑귀의 마지막 말이 떠올랐다.

"내가 흑귀의 일을 방해했고, 그래서 그놈은 이제 내가 아
무것도 못 하게 만들겠다더라고. 나는 잘 모르겠는데 내가 뭔
가를 했나 봐."

"우리가 그때 산 아래에서 너 잡기 전에 흑귀랑 무슨 일이
있었던 건데?"

"아무 일도. 너희가 본 게 다야. 그냥 다짜고짜 날 마비시
키면서 다가왔어."

시현은 몸을 일으켰다. 아직 다리가 후들거렸지만 가야 할
곳이 있었다.

"어디 가?"

"이런 일까지 생겼는데 이번엔 자세히 물어봐야지."

D-19 세상에 나쁜 질문은 없다

한참을 헤맨 끝에 시현이 육포 할아버지를 찾은 곳은 대전 앞 석상 부근이었다. 그곳에는 선생님들이 다 몰려 있었다. 육포 할아버지는 시현 일행을 보자마자 먼저 이쪽으로 걸어 왔다. 그들이 그쪽으로 가까이 가지 못하게 하려는 것이었다.

"지금은 바쁘니까 나중에….."

"저는 어떻게 죽은 거죠?"

육포 할아버지는 준엄한 눈빛으로 시현을 보았다. 곧 육포 할아버지는 다른 선생님들에게 잠시 갔다 오겠다며 양해를 구한 후 시현을 데리고 한쪽 구석으로 갔다.

"그건 이 학교를 졸업하는 날 알 수 있을 거다. 학교에서는 네가 그 기억을 대면하기까지 너를 준비시키는 거고."

육포 할아버지는 허리를 낮추고 시현의 어깨를 꽉 잡아준 후 돌아섰다. 그러니까 준비 잘하라는 격려였다. 하지만 시현은 그런 추상적인 대답으로는 만족할 수 없었다. 시현은 육포 할아버지 등 뒤에 대고 다급하게 물었다.

"저번에 흑귀가 저를 왜 원했던 거예요? 제 죽음과 관련 있는 거 아니에요?"

"흑귀는 모두를 원한단다."

그건 흑귀도 했던 말이었다. 시현이 원하는 게 뭐냐고 물었을 때 그의 첫 대답은 '모든 것'이었으니까. 흑귀의 목표는 귀신들이 이계 학교로 오는 것을 막는 것이다. 그들 쪽으로 데려가려고. 하지만 고인물의 말에 의하면 흑귀는 아까 위험을 감수하면서까지 궁궐 근처까지 바짝 추격해서 시현을 데려가려고 했다. 시현은 고민했다. 그 이유가 뭘까. 단지 시기의 문제인가. 아니면 내가 문제인가.

　시현이 어두운 얼굴로 고민하자, 육포 할아버지가 걱정스러운 눈으로 물었다.

　"혹시 무슨 일이 있는 게냐?"

　시현은 뒤쪽을 보았다. 좀 떨어진 곳에 재인이 서 있었다. 재인 외에도 학생회 임원들이 여럿 보였다. 재인은 시현이 말할까 봐 불안한 눈빛으로 이쪽을 살피고 있었다.

　"아니요. 그냥, 과거가 떠오르지 않는 게 신경 쓰여서요."

　"과거의 감정에서 벗어나라고 네 모습도 바꿨는데 아직도 아픈가 보구나."

　육포 할아버지가 이렇게 신경 써줄 때마다 시현은 모든 걸 다 털어놓고 싶었다. 하지만 학생과 선생은 다르다. 아무리 선생이라고 해도 역시 어른이고, 시현은 어른이라면 누구도 믿지 않았다. 이제껏 힘겹게 살아온 인생이 시현에게 준 뼈아픈 교훈이었다. 시현은 부러 화제를 돌렸다.

　"근데 선생님들 다들 뭐 하시는 거예요?"

　묻고 보니, 지금 모두 모여 있는 이유가 혹시 흑귀가 궁궐 근처까지 왔다는 걸 알게 돼서 그런 건 아닌지 시현은 가슴이 콩닥거렸다.

"선생님들끼리 지금 회의 중이다."

"저기 재인이도 있잖아요. 학생회 애들도."

"학생회는 학생들을 안정시켜야 해서….”

육포 할아버지는 말을 줄였다. 시현은 그제야 깨달았다. 육포 할아버지는 시현에게 말하고 싶어 하지 않았다. 그럼 이쪽도 고분고분 대응하긴 싫었다.

"어차피 곧 졸업하면 알게 될 거 제가 어떻게 죽었는지 지금 말해주세요.”

"네가 준비되면….”

"과거가 뭐라고 감춰요? 마지막을 알면 빡 돌아서 여길 개판으로 만들까봐서요? 어차피 알아봤자 고치지도 못할 거, 뭐 대단한 과거라고 꼭꼭 숨겨두냐고요.”

"과거를 대면하는 것은 바르게 고치기 위한 게 아니다.”

시현을 내려다보는 준엄한 시선과 단호한 말에서는 왕의 위엄이 느껴졌다. 시현은 쫄지 않기 위해 코를 쓱 들이마셨다. 과거를 고칠 수가 없는데 애초에 '바르게'란 수식어도 말이 되지 않았다. 시현은 말발에서 밀릴 것 같으니까 괜히 머릿속으로 수식어나 꼬투리 잡았다. 이걸 어떻게 그럴듯하게 포장해서 입 밖으로 뱉을까 고민하는데 저쪽에서부터 영실 쌤이 종종걸음으로 뛰어왔다.

"이 선생님, 여기는 모두 확인했으니 다른 곳으로 가시죠.”

육포 할아버지는 알겠다고 고개를 끄덕인 후 시현에게 육포를 하나 주었다. 우는 아이 사탕 줘서 달래는 건가. 어차피 씹어 봤자 귀신이라 맛도 못 느끼는데.

"세상에 나쁜 질문은 없다. 모든 질문은 무언가를 치열하게 고민한 흔적이니까. 그러니, 더 질문하렴."

"네?"

방금까지 이상한 얘기 한다는 식으로 면박 줘놓고는 이게 무슨 소리람. 시현은 황당한 표정으로 육포 할아버지를 올려다보았다.

"모든 답은 네가 쥐고 있으니까."

육포 할아버지는 의미심장하게 말을 남기고 영실 쌤을 따라갔다. 아이 씨, 이 할아버지가 대체 뭐라는 거야. 더 물어봤자 아무 소용 없다는 걸 되게 그럴듯하게 포장한 거 아냐? 시현은 육포를 손에 쥔 채 학생회와 선생님들이 멀어지는 모습을 보았다. 걸어가며 이상 쌤이 재인에게 물었다.

"너희가 그걸 본 곳이 또 어디지?"

"그게 집현전 쪽인데…."

"그리로 가보자."

그걸 본 곳? 설마 빛? 개구멍을 말하는 건가? 시현은 대화에 끼어들고 싶었지만, 학생회와 선생님들은 금세 멀어졌다. 곧이어 시현 뒤로 바짝 다가온 고인물은 세상 바쁜 척 움직이는 그들을 보며 자기들끼리 속닥거렸다.

"다들 왜 저래? 학교에 무슨 일 있는 거 맞지?"

"요즘 철학 수업 쌤 빼고 다들 난리잖아. 선생님들이 부쩍 바빠졌다니까."

"학교를 옮기려는 거 아니야? 이제 슬슬 때 되지 않았어?"

궁궐로 학교를 옮긴 지 얼마나 됐는지 척준이 선인장 팔을 까딱이며 세려고 하자, 대파랑은 옮겨야 할 때가 된 것 같으니 굳이 셀 필요 없다고 은근하게 말렸다. 산수에 약한 척준은 숫자를 세는 것만으로도 많이 힘들어했다. 고인물의 대화 중간에 가로채듯 시현이 끼어들었다.

"학교를 옮기는 것 때문이라면 이미 학생들도 다 아는 거잖아. 근데 뭐가 저렇게 비밀스러워?"

"그렇지. 그리고 학생회가 왜 선생님들이랑 같이 있냐고. 분명 뭔가 있어."

하지만 그 이유는 여전히 알 수 없었다. 권력에서 소외된 것들끼리 머리를 모아 봤자 추측만 난무하고 기분만 상할 뿐이었다. 곧 척준이 시현에게 물어왔다.

"너 방금 쌤한테 흑귀 만난 이야기도 했어?"

"못 했어. 내 마지막부터 물어보려고 했는데, 거기서 꼬이다가 대화가 끝나버려서."

"잘했어, 잘했어. 생각해 봐. 너 학교 들어오기 싫다고 난리 피워서 지금 그 모습인데 개구멍으로 나가서 흑귀까지 봤고 또 흑귀가 쫓아와서 아까 그 난리를 쳤다는 걸 알게 되면 어떻게 될 거 같아?"

시현의 머릿속으로 화살표가 죽죽 그어졌다.

"설마 사물?"

D-18 본능적으로 빛을 향해

"아마도 그렇겠지."

척준은 한숨을 크게 내쉬며 말을 이어갔다.

"식물도 건너뛰고 바로 사물일 거야. 그리고 우리도 널 도 와주고 그걸 이야기 안 했다고 또 벌 받으면, 그때 우린 진짜 사물이 되겠지."

"지금도 사물이잖아. 이 모습은 가짜야, 그럼?"

"모호한 경계지. 너 생각해봐. 축구공이 말할 수 있어? 거 울이 움직일 수 있어?"

"아."

진짜로 완전히 사물처럼 되는 것이었다. 스스로 움직일 수 도 없고 말도 할 수 없다니 그럼 사물 안에 갇힌 영혼이 되는 건가? 대체 언제까지? 시현은 상상만 해도 진저리가 쳐졌다. 그들 역시 생각만 해도 소름 끼치는지 몸을 떨었다.

시현은 흑귀에 대해 다시 골몰했다.

"선생님 중에 흑귀에 대해 잘 알고 있는 게 누굴까?"

"내가 죽었을 때도 흑귀는 있었어. 그러니까 화랑인 나보 다 오래된 것 같은데."

대파랑의 대답에 바로 시현이 연이어 물었다.

"여긴 역사 수업 없어?"

"있지. 역사 선생님이 한반도 지도 그리는 걸 네가 한번 봐야 하는데. 내가 잊고 있던 애국심을 한반도 섬 하나하나에 그려 넣는다니까. 그리고 야담을 많이 아셔서 학교 교과서에 안 나오는 뒷이야기도 해주시는데, 진짜 끝내줘."

"나도 쑤니 쌤 수업 진짜 좋았는데. 이 세상에 귀신 이야기는 화장실 수만큼 엄청나게 많다. 그러니 너희는 자부심을 가져라. 캬아."

대파랑과 척준이 엄지척을 하며 역사 수업을 치켜세웠다. 그들의 시선은 모두 단풍에게로 향했다. 넌? 하고 묻듯이. 단풍은 고개를 끄덕이며 인정했다.

"나도 좋아해. 역사란 죽음, 전쟁, 고통, 비밀로 가득 차 있으니까. 문학 쌤은 그걸 얼굴로 녹인다면 역사 쌤은 그걸 입으로 풀거든. 말발이 아유, 신들렸어."

"그럼 역사 쌤한테 가자. 그분은 뭔가 알고 계시지 않을까?"

"안 돼. 그 쌤 올해 안식년이야."

학생들은 위험하다고 학교 밖에도 잘 못 나가게 하면서 선생님들은 흑귀가 판치는 시국에도 안식년은 꼬박꼬박 챙긴다는 생각에 시현은 부아가 났다.

"이번에 그동안 쌓아둔 거 한 번에 몰아서 가셨거든. 여름에 가시면서 10년 동안 세계 곳곳을 파보겠다고 하셨으니까 아마…."

"10년? 그렇게나 길게?"

"그래서 빨리 졸업하기 싫다니까. 선생님들이 뻑하면 이렇게 수업을 감질나게 하니까. 우리야 학생이라 기다릴 수밖에 없고. 아, 그 쌤 진짜 끝내주는데."

역사 선생님에게 물어보는 건 포기했다. 다른 선생님은 어떤가 싶어서 하나씩 찔러보자, 고인물은 자신들이 아는 정보를 총동원해서 하나씩 알려주었다. 미술 선생님, 경제 선생님, 가정 선생님은 안식년이었고, 도덕은 폐강 논의 중이었다. 10년 전 도덕 선생님이 은퇴한 이후로 후임을 구하지 못했기 때문이다. 그리고 이계 학교 내에서도 귀신이 되어서까지 도덕적으로 살라 운운하는 게 맞지 않는다고 이상 쌤이 딴지를 건 것이다. 그렇게 따지면 죽은 귀신들에게 과학과 문학, 경제 등이 무슨 소용이냐 싶었지만 어쨌든 도덕 선생님과 보건 선생님은 몇 년째 모집 중이었다.

시현과 고인물은 대화를 나누면서 아까 선생님들과 학생회 임원들이 있던 곳으로 가보았다. 별다른 건 없고 석상이 있을 뿐이었다. 아무것도 없는데 왜 여기 있었을까. 아웃사이더 노릇은 힘들었다. 권력의 핵심에서 멀리 있다는 건 온 세상이 자신에게 "안 돼!" 싸인을 보내는 것과도 같았다.

시현과 고인물은 긴장이 풀려서 그곳에 털썩 앉았다. 다른 건 몰라도 하늘이 탁 트여 있어서 경치를 보기에 아주 좋은 자리였다. 밤하늘 별이 밝았다. 하지만 그 역시 시간이 지나자 점점 희미해져갔다. 또 하루가 시작되고 있었다.

하늘을 올려다보며 척준이 물었다.

"네 과거의 마지막 순간이랑 흑귀가 관련 있는 걸까?"

"딱히 그럴 것 같진 않은데 그게 아니라면 진짜 모르겠거든. 너희는 너희가 어떻게 죽었는지 알아?"

시현의 물음에 셋은 고개를 저었다.

"우리도 너랑 같아. 짐작은 가지만 정확히 몰라. 마지막 단계까지 가지 않았으니까."

고즈넉한 밤 분위기에 젖어 단풍은 자신의 과거를 이야기하기 시작했다. 전쟁으로 인해 기근이 극심해서 사람 고기를 먹는 게 당연시되던 날들이었다. 내장과 골수를 노리고 어린아이나 노인 등 약자를 골라 죽이기도 했다. 길가에 즐비한 시신들에서는 살점을 발견할 수 없었다. 모두 다 살을 발라내서 뼈가 환히 드러나 있었다.

"그래서 내 발로 기생이 되었어. 살아남으려고."

살기 위해서라면 못 할 게 없던 시절이었다고 단풍은 그때를 회상했다.

"청루에서 난 잉어 같았어. 화려한 빛깔로 오염된 물에서 썩 잘 살아가는 물고기. 그게 기생의 운명이야. 그래서 난 내 마지막이 궁금하지 않아."

그들 사이에 침묵이 내려앉았다. 시현의 시선은 그 옆에 앉은 대파랑에게로 향했다. 하지만 대파랑은 오래도록 아무 말도 없었고 시선도 하늘에 닿아 있을 뿐이었다. 대파랑은 자신의 과거에 대해 함구했다. 평소 수다스러운 그답지 않아서 차마 물어볼 수가 없었다. 무거운 침묵을 깨고 척준이 한숨을 쉬며 자기 이야기를 풀었다.

"난 안 봐도 뻔해. 분명 전장에서 죽었을 거야. 내 마지막 기억이 한창 검 들고 싸우는 장면이었거든."

"아닐 수도 있잖아. 기억이 거기서 끊겼을 뿐이지. 어떻게 죽었는지 안 궁금해?"

"이미 오래된 일인데 알아서 뭐해. 그냥 지금을 즐기면 되지, 뭐."

척준은 그렇게 대답하면서 대파랑의 어깨를 제 어깨로 툭 쳤다. 그건 대파랑이 늘 하던 말이었다. 대파랑은 어, 그렇지 하면서 석연찮은 어조로 응답했다. 누구나 숨기고 싶은 게 있는 법인데 괜한 얘기를 물은 것 같다고, 시현은 생각했다.

잠시 후 대파랑은 억지로 힘을 쥐어짜내듯 바닥을 통통 뛰었다.

"맞아! 귀생 별거 있어? 즐기면 되지!"

그것이 그들이 죽어서도 오래도록 살아남은 방법이었다. 진지하게 일을 받아들이면 그건 중요한 일이 되고, 그러면 기대를 하고 노력을 하고 그것이 잘못되었을 때 상처를 받게 된다. 상처를 받지 않기 위해 그들은 이제껏 모든 것을 농담으로 일관하며 견뎌온 것이었다. 시현은 묻고 싶었다. 그래서 정말 한 번도 상처받지 않았느냐고.

"어차피 노예 같은 삶이었어. 끝나서 다행이지, 뭐."

노예? 단풍의 말을 듣는 순간 머릿속에 퍼뜩 스치는 게 있었다.

"그 목소리 어디서 들었는지 알 것 같아."

시현은 흑귀가 꿈에서 본 소녀와 관련 있는 것 같다며 몸을 일으킨 후 장소를 옮겼다. 후원에 도착하자마자 팔을 뻗어 풀밭을 가리키며 말을 이었다.

"아까 흑귀가 나한테 자기 일에 끼어들지 말라고 했어. 더는 내가 아무것도 하지 못하게 만들겠다고."

"풀밭에 쓰러졌을 때 본 것과 흑귀의 말이 관련 있다는 건 말이 안 돼. 넌 그 이상한 꿈에서 한 게 없잖아. 다들 널 보지도 네 말을 듣지도 못했다며?"

"나도 그게 이상한데, 다시 거기로 가보면 알 수 있지 않을까?"

시현은 슬라이딩하듯 풀밭 위로 미끄러졌다. 몇 번이고 반복해도 아무 일도 없었다. 보다 못한 단풍이 한마디 하려고 시현 쪽으로 다가왔다.

"내가 볼 땐 아무래도 네가 흑귀 때문에 정신적 충격이 좀…."

"어? 빛이다!"

시현은 본능적으로 빛을 향해 거침없이 뛰었다.

D-17 사방이 어둠

사방이 어둠이었다.

'저기요, 아무도 없어요?'

소리가 울렸다. 사방이 막혀 있었다. 시현은 다시 무덤으로 돌아온 것이었다. 학교에 온 첫날 풀밭에 쓰러져서 이곳으로 이동했다. 그 후 다짜고짜 뛰는 걸로 시작해 그 마지막이 결국 무덤이었다. 그럼 꿈인 듯 꿈이 아닌 것 같은 세계 속에서 그전의 상황이 이어지는 걸까? 시현은 이곳에서의 마지막 기억을 소환해보았다. 탈출했다가 죽기 직전까지 맞고 다시 무덤으로 끌려온 소녀가 있었다. 그리고 할머니, 할아버지, 아줌마, 아저씨도. 벽에는 횃불이 있었고 소녀는 말했다.

또 죽고 싶지 않아.

소녀와 보이지 않는 끈으로 매어져 있었는데 만일 이번에도 같다면, 불길했다. 그때로부터 시간이 많이 흘러서 횃불의 기름이 다해 불이 꺼진 거라면 소녀는….

'저기, 여기 있어? 그사이 얼마나 시간이 흐른 거야? 있으면 대답 좀….'

그때 갑자기 바깥에서부터 소리가 들려왔다. 시현은 소리가 나는 방향으로 고개를 돌렸다. 작은 공간 전체를 뒤흔드는 떨림이 있었다. 얼마 지나지 않아 한쪽 벽에 구멍이 뚫렸고 그곳으로부터 작지만 밝은 빛이 새어 들어왔다. 시현은 눈을 가늘게 뜨고 손차양을 한 채 유심히 그쪽을 보았다. 구멍은 점점 더 넓어졌다. 시현은 빛이 들어오는 쪽을 향해 발을 내디뎠다. 우두둑 소리와 함께 섬뜩한 느낌이 났다. 뭔가 부러졌다. 자세히 보니 뼈였다. 화들짝 놀라 옆으로 피하다가 누군가와

216

부딪쳤다. 고개를 돌려보니 맙소사, 소녀였다. 소녀는 다리를 모으고 두 팔로 제 다리를 감싸고 앉은 채로 빛이 커지는 걸 멍하니 보고 있었다. 그리고 천천히 시현을 돌아보았다.

"너였구나. 아까부터 끙끙거린 게."

'이제 내가 보여?'

"넌 어떻게 여기 들어왔어?"

'나? 그러니까 빛을 따라서….'

"두더지인 것 같으니까 바닥? 천장? 어디든 될 수 있겠구나."

'너 왜 은근 내 말을 자르고….'

"근데 무덤에 살찐 두더지가 있었나? 너무 오래전 기억이라 잘 모르겠네."

소녀는 전과 달리 시현을 볼 수 있었지만 시현의 말을 알아듣지는 못했다. 시현의 입에서는 쥐든 두더지든 쿼카든 뭐 그런 게 낼 법한 소리가 나온 것이다. 학교와 다르다는 게 좀 이상하긴 했지만 지금 소리가 문제가 아니었다. 이 무덤에 갇힌 다른 노비들이 죽었는데 소녀만 멀쩡히 있다니.

'그사이 뭐가 달라진 거지?'

사람이 들어올 수 있을 만큼 구멍이 커졌고 곧이어 호리호리한 청년이 들어왔다. 청년은 횃불을 들고 있었다. 횃불이 무덤 안을 환하게 비추자 그제야 무덤 전체가 보였다. 모두 죽어 있었다. 소녀의 뼈는 소녀가 앉은 바로 그 장소에 있었다. 조금 남은 옷가지로 소녀란 걸 추측할 수 있었다.

'너 설마 귀신이 되어서도 이 안에 계속 갇혀 있었던 거야?'

소녀는 우두커니 앉은 채 청년이 자신을 통과해 가도록 내버려두었다. 소녀의 눈에서 눈물이 흐르고 있었다. 얼마나 오랫동안 이 안에서 울고 있었던 걸까. 청년은 소녀를 지나 곧장 관으로 향했다. 그러고는 뒤따라 들어온 키가 아주 작은 노인과 함께 낑낑대며 관 뚜껑을 들어서 옮겼다.

"아이 씨, 여기 있을 거라고 했잖아요. 이게 뭐야. 건질 게 없네."

"풍수지리상으로 여기가 아무나 묻혔을 리가 없는 곳이라고. 둘러봐, 이 시체들 뼈를. 총 다섯이잖아. 순장을 다섯이나 했다는 건 대단한 권세가였단 말이야."

"혹시, 누가 우리보다 먼저 털어 간 거 아니에요?"

"안에서 탈출하려는 흔적은 여러 군데 보이지만 뚫린 게 하나도 없네. 바깥에서 볼 때도 같았고. 마지막으로 묻힌 이후 우리가 처음이야."

"제장, 괜히 힘만 뺐네."

도굴꾼들이 구멍으로 나간 후로도 소녀는 입을 다문 채 붙박이인 것처럼 앉아 있었다. 소녀는 많이 달라져 있었다. 의지도 힘도 없어 보였다. 빛으로 뛰어들 때까지만 해도 소녀가 이런 모습일 거라고는 생각도 하지 못했다. 시현은 소녀를 보았다. 예고 없이 이 세계에 들어왔다가 내쳐진 후, 시현은 그 경험이 진짜라고 생각하지 않았었다. 꿈 비슷한, 그저 이상한 상상 같은 거라고 여겼으니까. 그렇게 생각했던 게 너무 미안했다. 지금 제 앞에 있는 이 소녀에게는 이곳이 진짜였고, 그래서 시현은 고통스러웠다.

시현은 차마 소녀를 보지 못한 채 입을 열었다.

'널 잊지 않았어. 늦어서 미안해.'

소녀는 시현을 바라보았다. 쿼카 특유의 작지만 똘망똘망한 눈을 빛내며 소녀를 올려다보며 해맑게 웃고 있었다. 경계가 풀린 소녀가 희미하게 웃으며 시현을 쓰다듬었다.

문득 시현은 대파랑, 척준, 단풍이 시현의 시간이 얼마 남지 않았다는 걸 알았을 때 방에서 함께 있어주던 게 떠올랐다. 그때 그들도 이런 마음이었을까. 안쓰럽고 뭐라도 해주고 싶지만 뭘 어떻게 해야 할지 알 수 없는 그런 마음. 제 고민에만 빠져 그때는 그들의 마음이 보이지 않았다. 저번엔 이 세계에서 처음부터 마지막까지 끌려다니느라 바빴지만 이젠 그러지 않을 것이다. 언제 또 내쳐질지 알 수 없지만 함께 있는 지금 이 순간만은, 고인물이 자신에게 해주었듯 시현도 소녀의 친구가 되어 최선을 다해야겠다고 결심했다.

정면으로 커다란 구멍이 보였다. 시현은 힘을 내서 소녀에게 말을 걸었다.

'죽었지만 아직 완전히 끝난 건 아니니까.'

하지만 소녀는 계속 일시 정지 상태였다. 말을 알아듣지 못한다는 건 알았지만 그렇다고 포기할 순 없었다. 시현은 소녀를 툭툭 쳤다. 나 좀 보라고. 스무 번 넘게 친 후에야 소녀가 시현에게로 눈을 돌렸다. 시현은 양 허리에 주먹을 딱 갖다 대고 소녀를 보며 말했다.

'나가자.'

D-16 뚱더지

"내가 뭘 안 하면 이게 또 안 끝나겠지."

소녀는 중얼거리면서 밖으로 나갔다. 시현은 소녀의 뒤를 따라 구멍 밖으로 나갔다.

아침이었다. 저 멀리서부터 해가 떠오르고 있었고 조금씩 주변 풍광이 눈에 들어오기 시작했다. 덜 마른 수채화처럼 선명하게 노랗고 붉은 산길이 펼쳐져 있었다. 지금은 가을이지만 이곳은 그 화려함에서 벗어나 있었다. 주변이 모두 무덤이었다. 사람들이 몰래 시체를 암매장한 것이었다. 잠시 후 슬금슬금 다른 귀신들이 깨어나 무덤에서 나오기 시작했다. 죽은 지 얼마 안 되었는지 귀신들은 놀란 얼굴로 두리번거렸다. 귀신들이 긴가민가하면서 환한 빛을 따라가려고 하자 소녀가 소리쳤다.

"햇빛에 닿으면 안 돼요!"

소녀의 목소리가 닿지 않은 먼 무덤에서 어슬렁거리던 귀신들은 넋 놓고 걷다가 햇빛에 온몸이 닿았고, 곧이어 둥실 떠올라서 하늘로 갔다. 하늘 끝까지 가는지는 보지 못했다. 햇살에 눈이 부셨기 때문이다. 얼굴을 찌푸리고 다시 그쪽을 보았을 때 그 귀신들은 사라지고 없었다. 반면 가까운 곳에 있던 귀신들이 소녀의 목소리를 듣고 이쪽을 보며 물었다.

"그럼 어떻게 되는데?"

"더는 이곳에 있지 못해요. 완전히 다른 곳으로 가게 될 거예요."

시현은 소녀의 대답에 실망했다. 무대 뒤 백스테이지에 가면 많은 비밀을 알게 되는 것처럼 소녀에게서 뭔가 더 들을 수 있지 않을까 기대했는데. 몇몇은 소녀의 말을 듣고 소녀가 서 있는 무덤가로 모였다. 정확히 말하면 무덤 옆 큰 나무 그늘이었다.

"여기 너밖에 없는겨? 시체가 총 다섯 구인디?"

"다른 분들은 오래전에 모두 떠났어요. 무덤 속은 칠흑 같아서 빛을 따라간 건지 아니면 다른 어디로 간 건지는 저도 모르겠어요."

"너는 그럼 계속 저 안에 있었던 거여?"

"나갈 수가 없더라고요. 전엔 그렇지 않았는데."

"근디 넌 누구여?"

우리나라 사람들이 생면부지의 사람만 보면 이름과 나이를 묻는 건 시대를 초월한 행태였다. 호기심이 많아서인지 경계심이 많아서인지 그 질문은 죽어서도 끈질기게 이어졌다. 한편, 소녀는 입을 다물었다. 조금 전까지 나불나불 잘도 말해놓고는 이름 물어보니 입을 싹 다물자, 귀신들이 소녀를 보는 표정이 달라졌다. 정체를 숨기다니 왠지 미덥지 못하다고 생각한 것이다. 귀신이 소녀를 두고 하나둘 다른 곳으로 떠나려고 하자 마지못해 소녀가 조그맣게 말했다.

"풀싹이요."

"풀… 뭐? 그런 것도 이름으로 쓰나?"

시현도 같은 생각이었다. 이름이 어쩐지 새가 푸드덕거리는 것 같으면서 풀싹거리는 느낌이 강했다. 한편, 귀신들은 소녀를 앞에 두고 자기들끼리 티격태격했다.

"우리나라 사람 맞어?"

"맞겠지. 아닌가. 근데 자네는 왜 말투가 그런가."

"난 남쪽 지방이 고향이여. 살아보겠다고 올라왔다가 여기서 고꾸라진 거지, 뭐."

남자 귀신들이 대화를 섞는 동안 소녀는 한쪽에 서서 그 모습을 바라보았다. 그런데 그 눈빛이 좀 묘했다. 하나의 감정으로 단정 지을 수 없이 복잡하게 얽힌 눈빛이었다. 시현은 설마 하는 생각에 소녀를 향해 물었다.

'너, 저 아저씨들 알아?'

시현이 낑낑대는 소리가 들리자, 귀신들을 보며 소녀가 혼잣말했다.

"진짜 미워하기 힘든 아저씨들이야."

왠지 그 목소리에서 묘한 향수가 느껴졌다. 아저씨들은 모르지만 소녀는 알고 있었다. 그게 뭔지 궁금해서 여러 가지 추측을 하는데 불쑥 아저씨가 말을 걸었다.

"가만들 있어 봐. 저쪽 처자 이름이 아까 뭐라고?"

"풀… 자라잖아. 경자, 미자 할 때 그 풀자. 뭘 푼다는 거여."

"푸가 아니라 플. 근데 프을이 뭐여?"

귀신들은 또 자신들끼리의 이야기에 빠졌다. 보고 있자니
고인물이 떠올랐다. 목소리도 나이도 대화 내용도 다르지만
자신들끼리 이야기하고 결론 내리고 또 맞장구치는 모습이 꼭
고인물 같았다.

한편, 소녀는 머리를 긁적이며 이래서 이름을 말하지 않으
려고 했던 건데 하며 중얼거렸다. 이름이 특이한 사람은 살아
서나 죽어서나 난처한 처지가 변함없었다. 잠시 후 소녀는 화
통하게 말했다.

"그냥 편하게 푸싸라고 부르세요."

소녀의 이름은 푸싸로 결정되었다. 발음하기 어렵다는 이
유로 이름을 그렇게 막 바꿔도 되나 싶긴 했지만, 생각해보면
자신이 지은 것도 아닌 이름에 집착해서 고지식하게 평생 꼭
똑같이 써야 할 의무는 없었다.

"말끝이 없으니 편하긴 한디 그렇게 막 바꿔 불러도 괜찮여?"

"저도 이 이름 안 쓴 지 오래되기도 했고, 이름이란 게 자기
것이긴 해도 자신이 부르는 것보다 남들이 불러주는 일이 훨
씬 더 많잖아요. 그리고 제가 여기에 있다는 것 자체가 이미
제 진짜 이름이 들통 났단 뜻이니까 저는 괜찮아요."

곧이어 모인 귀신들이 하나씩 자기 이름을 댔다. 말총과 말
똥은 서로 형제 관계였고, 개순은 북쪽 출신, 그리고 돌콩과
이팝은 남쪽 출신이었다. 푸싸보고 이름이 이상하니 어쩌니
하더니 그들도 절대 밀리지 않았다. 소녀도 그렇고 아저씨들

도 그렇고 이름에서부터 신분이 느껴졌다. 일상에서 볼 수 있는 무척 친숙한 이름이었다.

"너도 이름이 있니?"

푸싸는 몸을 굽힌 후 시현을 향해 다정하게 물었다. 뒤이어 아저씨들이 주거니 받거니 하며 시현을 두고 즉석 품평회를 열었다.

"뭐여, 저건. 두더지도 귀신이 있어?"

"귀신 확실혀? 그냥 동물이라 우리가 뵈는 게 아니고?"

"고양이들이 귀신을 본단 말이 있긴 하지만 저건 고양이가 아닌 것 같은디."

"인간도 죽으면 귀신이 되는데 동물이라고 다를 게 있간."

자기들끼리 한참을 쑥덕인 후 입을 다물고 모두 시현의 대답을 기다렸다. 이렇게 주목받는 건 여전히 어색하고 부끄러웠다. 시현은 수줍게 대답했다.

'시현이요.'

침묵이 흘렀다. 시현을 자세히 보려고 허리를 굽혔던 귀신들이 몸을 바로 세웠다.

"아무리 그래도 그렇지, 동물이랑 말이 통할 거라고 생각하다니 미친 거지."

"요 두더지는 뭘 먹다 죽은 건지 뚱뚱하니까 뚱더지라고 합시다."

다들 괜찮다며 말똥의 말에 고개를 끄덕였다. 푸싸, 말총, 말똥, 개순, 돌콩, 이팝 그리고 뚱더지. 어느 하나 평범한 귀신은 없었다.

D-15 너도 나랑 같은 거지?

"저는 가볼 곳이 있어요."

소녀는 귀신들을 향해 말을 이었다.

"햇빛을 따라가면 위험한 건 아까 말씀드렸죠? 이승에 계
속 있으려면 낮에는 무조건 그늘로만 이동해야 해요. 물론 준
비되신 분은 지금이라도 햇빛을 따라가셔도 되고요."

푸싸는 안내 사항을 전한 뒤 꾸벅 인사를 하고 가려고 했
다. 시현도 자연스럽게 푸싸를 따라갔다. 이젠 다른 귀신들
눈에 다 보이는데 질질 끌려가면 모습이 볼썽사나울 것 같았
기 때문이다. 그때 무덤을 살펴보던 이팝이 밖으로 나오며 물
었다.

"저 무덤 양식을 보니까 족히 삼백 년은 넘었는디 누굴 찾
으려고? 이미 자네가 아는 사람들은 다 죽고 없어져부렸을
텐디."

시현은 깜짝 놀라 푸싸를 보았다. '설마 아니겠지' 싶던 생
각이 차츰 '만약 그렇다면'으로 바뀌었다. 푸싸가 왜 그 자세
로 있었는지 그제야 이해가 되었다. 죽고 나서 제발 그 오랜
시간 동안 의식이 없었기를 바랐지만 그건 시현의 바람일 뿐
이었다. 소녀의 눈은 시현과 달랐다. 대파랑, 척준, 단풍, 그

리고 재인에게서 보던 눈빛과 닮아 있었다. 세상의 모든 풍파를 겪은 듯한 눈이었다.

"제가 찾는 건 산 사람이 아니에요."

푸싸는 귀신들에게 이승에서 잘 지내다가 올라가라고 이야기해준 뒤 그늘만 골라 디뎌서 마을 쪽으로 내려갔다. 시현도 뒤따랐다. 푸싸는 조금 걷다가 멈춰서 뒤를 돌아보았다. 푸싸와 시현 뒤로 모두가 일렬로 서서 따라오고 있었다.

"왜 따라오세요?"

"지금 마을로 가는 거지? 나도 같이 가자고."

"그려. 나도 산속에 멀뚱히 있긴 싫어. 내 가족들도 좀 보고 잡고."

말뚱과 말총의 말에 다른 귀신들이 고개를 끄덕였다. 푸싸는 잠시 고민하다가 그럼 조심히 따라오라며 앞서 걸었다.

마을은 산에서 멀지 않았다. 마을 가까이 내려오니, 장이 선 날이라 저잣거리에 사람들이 북적였다. 문제는 높은 건물이 없다 보니 햇빛을 피해 이동하는 게 쉽지 않다는 것이었다. 결국 모두 해가 질 때까지 기다리기로 했다. 해가 지자마자 푸싸는 다시 움직였고 마을에 도착한 뒤 귀신들은 각자 가족이 있는 곳으로 흩어졌다. 푸싸는 계속 움직였고 시현 역시 푸싸를 따라갔다.

푸싸가 도착한 곳은 마을에서 가장 큰 집이었다. 한눈에 봐도 권력가의 집이 분명했다. 푸싸는 발을 멈춘 뒤 뒤돌아서 시현을 보았다.

"너도 이제 네 갈 길 가. 여기부턴 위험해."

푸싸는 다시 뒤돌아 걸었고 시현은 또 딸려가듯 뒤따랐다. 푸싸는 세 걸음도 못 가 다시 발을 멈추고 시현을 돌아봤다. 아까와 달리 눈빛이 매서웠다.

"내가 지금 두더지랑 놀아줄 시간이 없거든. 네가 단단히 오해한 것 같은데 나한텐 먹을 것도 없어."

'날 뭘로 보고… 내가 좀 뚱뚱하다고 먹을 것만 생각한다는 거야?'

"왜 자꾸 낑낑대. 사람이 길들인 두더지인가. 어쨌든, 오늘 밤 지나고 햇빛이 보이면 바로 따라가. 동물들 귀신 안내자도 따로 있을 거야."

'너 방금 안내자라고 했어? 네가 그걸 어떻게 알아?'

이계 학교로 이끌어주는 게 안내자 아니었나? 혹시 '안내자'라는 건 시대를 초월해 내려온 거였나? 시현은 물어보고 싶은 게 많았다. 시현이 적극적으로 푸싸에게 들러붙자 푸싸는 시현을 자세히 보았다.

"네 행동을 보면 꼭 내 말을 알아듣는 것 같아. 기억 속에 넌 없는데…."

푸싸는 옆으로 크게 뛰어 움직여보았다. 불시에 움직여서 시현은 준비할 새도 없이 보이지 않는 줄에 매인 풍선처럼 딸려 갔다.

"너! 그 자식이 보낸 거야? 날 염탐하래? 날 여기 가둬둔 것도 모자라서 이젠 뒤에 꼬리까지 붙여?"

‘내가 뭘 해? 누가 누구 꼬리래!’

아깐 반려동물처럼 다정하게 이름도 묻더니, 이젠 숫제 꼬리 취급이었다.

그때였다. 그들의 옆으로 말을 탄 사내가 지나갔다. 말이 뛰면서 튄 작은 돌에 푸싸가 맞았고, 곧이어 시현 역시 그 고통이 바로 느껴졌다. 한쪽 눈이 따끔했다. 시현이 눈을 가리고 아파하자, 역시 한쪽 눈을 감은 푸싸가 손으로 눈두덩이를 문지르다가 시현을 보았다.

“설마 너, 나 때문이야?”

‘뭔지 모르지만 이게 나 때문은 아닌 것 같다.’

시현이 한쪽 눈을 찡그리자 푸싸가 시현의 오른쪽 눈을 두 손으로 크게 벌렸다.

“티끌이 없어. 근데 아프다는 건, 나랑 연결되어 있구나?”

푸싸는 그제야 눈치챘다. 시현을 본 지 한나절이 지나서 알아챘으니 눈치가 빠르다고 말하기는 어려웠다.

“나랑 고통이 연결된 걸 보면 첩자는 아닐 거고, 설마 너도 여기 갇힌 거야?”

‘여기가 어딘진 모르겠지만… 잠깐, 너 갇혀 있는 거였어?’

“근데 여긴 나를 엿 먹이려고 만든 저주일 텐데, 네가 왜….”

저주라니, 생각지도 못한 전개였다. 조금씩 퍼즐이 맞아들어갔다. 푸싸가 처음 봤을 때 한 말, 또 죽고 싶지 않아서란 말이 이해되었다. 푸싸는 이곳에서 계속 죽음을 반복하고 있던 것이다.

그때였다. 멀리서부터 말을 탄 사내가 또 달려오고 있었다. 여긴 말이 왜 그렇게 많아! 시현이 불평하려는 순간 푸싸가 시현을 밀어내고 그 앞으로 뛰어들었다. 시현은 말이 아까 도굴꾼처럼 푸싸를 통과할 줄 알았다. 귀신이니까. 하지만 다음 순간 몸의 뼈가 다 부서지는 것 같은 충격이 왔다.

'아우, 아파. 여긴 또 어디야?'
눈을 떠보니 다시 어둠이었다. 얼떨떨해서 뭐가 뭔지 알 수 없었다. 그때 누군가가 팔을 뻗어 시현의 꼬리를 잡았다.
"뚱더지 너 맞지?"
'무덤이야? 아까 분명히 마을이었는데…'
시현은 말을 하다가 멈추었다. 여기가 푸싸가 속한 저주의 공간이고 자신이 푸싸와 연결된 거라면 지금 이 상황이 말이 됐다. 푸싸는 죽어서도 또 죽을 수 있었다. 그리고 시현은 푸싸가 죽으면 같이 죽고 함께 다시 생이 시작되었다. 조금 기다리자 예상대로 무덤에 구멍을 뚫는 소리가 났고 도굴꾼 부자가 들어왔다. 푸싸는 그들이 관을 살피는 사이 시현과 함께 밖으로 나갔다. 아직 밤이었다.
"아깐 미안해. 하지만 확인해야만 했어. 너도 고통이 끔찍했지?"
괜찮다고 쿨한 척하기엔 고통이 생생했다. 하지만 생각해보면 시현이 느낀 건 푸싸도 느끼니까 푸싸도 똑같이 고통스럽고 힘든 게 분명했다.

"이유를 모르겠어. 네가 왜 나와 연결된 건지."

시현은 푸싸와 함께 멀리서 해가 떠오르는 것을 지켜보았다. 곧이어 몇몇 귀신들이 빛이 몸에 닿자 하늘을 따라 올라갔고 말총, 말똥, 돌콩, 개순, 이팝 귀신들이 임시매장된 흙 아래에서 기어 나왔다. 푸싸는 그들을 보며 머리를 가로저었다.

"저들까지 내 일에 끼어들게 할 순 없어."

푸싸는 곧장 마을로 내달렸다. 푸싸는 그늘만 쏙쏙 디디며 능숙하게 움직였다. 시현이 햇빛에 닿을 뻔하게 되자 푸싸가 재빨리 시현을 안았다. 그리고 자신의 등에 붙으라고 한 뒤 달렸다. 업힌 자세는 볼썽사나웠지만 대신 달릴 때 훨씬 안정감이 있었다. 푸싸가 도착한 곳은 다시 권세가의 집이었다. 자꾸 여기 오는 데는 이유가 있었다. 찌르르 수염 끝이 떨리는 게, 시현도 감이 왔다.

'그 집이구나? 널 순장시킨 놈.'

D-14 방법을 바꿔보자

"이제부터 정신 똑바로 차려야 해. 여기가 그 자식 집이야."

시현은 고개를 끄덕였다. 푸싸가 비장하게 말을 이었다.

"더는 당하고만 있진 않겠어. 내가 먼저 선수 쳐야지."

푸싸는 담벼락을 타넘어 안으로 들어갔다. 다른 귀신들이 귀신 학교에 들어갈 때와 다르게, 푸싸는 뻔히 문이 있는데도 대문을 통과하는 대신 자객처럼 담을 넘는 길을 선택한 것이었다. 시현은 푸싸라는 소녀가 이상한 건지 이 시공간이 이상한 건지 알 수 없었다. 따져보면 죄다 이상했다. 근데 그래서 신나기도 했다. 푸싸와 함께 휙 담을 타넘을 때, 시현은 오래전에 멈춘 심장이 다시 뛰는 기분이었다.

푸싸가 시현을 등에 달고 달려간 곳은 집 안쪽에 세워진 사당이었다. 사당 앞에 도착하자 시현은 푸싸의 등에서 내렸다. 키가 작아서 그런지 시현의 눈높이에서 바라본 사당은 거대해 보였다. 시현은 입을 벌리고 천천히 그쪽으로 걸어갔다. 자신이 왜 그런 걸 느낄 수 있는지는 모르겠지만, 그 주변으로 귀기가 느껴졌다.

"어이가 없네. 설마 했는데 사당까지 만들었어? 뭐 대단한 분 나셨다고?"

푸싸는 사당을 보자마자 욕을 우다다다 쏘았다. 그러고는 소매를 걷고 앞으로 나서다가 순간 발을 멈추었다. 그리고 아래를 내려다보았다.

"젠장, 이곳에도 진을 쳐뒀을 줄이야."

푸싸를 따라 발밑을 내려다보니 동그란 원 안에 알아볼 수 없는 문양이 거미줄처럼 얽혀 있었다. 아슬아슬하게 멈춘 푸싸와 달리 사당의 위용에 넋이 나간 시현은 푸싸보다 앞서 걸었고 그 바람에 한쪽 발이 진 안에 들어갔다. 진을 밟은 오른발부터 서서히 느낌이 왔다. 흑귀를 본 날처럼 몸이 굳는 느낌이 시작되었다. 끔찍했다.

'굳어가고 있어. 마비되고 있다고!'

그 즉시 푸싸는 재빠르게 움직였지만 어떻게 해도 피로 그려진 진을 깰 수 없었다.

"치사한 새끼, 이걸 함정으로 준비해둬?"

곧이어 푸싸의 눈에 결의가 차올랐다. 몸을 낮춘 뒤 시현에게 말했다.

"미안해. 근데 어쩔 수가 없어."

미안하다니! 어쩔 수가 없다니! 시현은 푸싸가 자신을 버리고 갈까 봐 조마조마했다.

'야, 너 왜 그래. 너랑 난 묶여 있다고. 날 두고 너만 살려고?'

푸싸는 뒤로 갔다. 푸싸의 눈은 위를 보고 있었다. 시현도 푸싸의 시선을 따라 눈을 위쪽으로 옮겼다. 그곳에는 풍경이 미풍에 달랑거리고 있었다. 푸싸는 거침없이 나무 기둥을 발로 차고 올라가 위에 걸린 풍경을 잡아챈 뒤 그것으로 제 심장을 찔렀다.

다음 순간 또 어둠이었다.

죽으면 다시 무덤으로 돌아오는 것이었다. 마치 플레이어가 죽으면 게임이 리셋되는 것처럼. 곧이어 시현의 등 뒤로 또 손길이 다가왔고 안도의 숨소리가 들렸다. 시현은 말이 없었다. 푸싸도 마찬가지였다.

순장되기 전 푸싸가 무덤에서 또다시 죽고 싶지 않다고 했던 말이 떠올랐다. 그런데도 시현이 붙잡히는 걸 막으려고 푸싸는 또다시 죽음으로 뛰어든 것이다. 어쩔 수 없이 선택해야 할 순간이 왔을 때 푸싸는 주저하지 않았다. 고맙다는 말로는 다 표현할 수 없었다. 푸싸와 시현은 어둠 속에서 계속 침묵했다.

한참 후 도굴꾼들이 구멍을 뚫었고 푸싸와 시현은 다시 밖으로 나왔다. 또 밤이었다. 푸싸가 차마 시현과 눈을 마주치지 못한 채 멀리 시선을 두고 말했다.

"바꿔보려고 했어. 아무리 여기가 저주받은 시공간이어도 내가 먼저 그 자식을 잡으면 뭔가 바뀔지도 모른다고 생각했는데. 그 자식이 안치된 곳에 자신 외에 다른 귀신이 못 들어가게 진을 쳐놨을 줄은 생각도 못 했어. 제 아비 무덤에 가노들을 순장시킬 때도 일부러 벽화를 그려서 속였던 만큼 준비가 철저했던 놈이니 이런 건 당연한 거였는데. 내 잘못이야."

시현은 말하지 않았다. 어차피 자신의 말은 푸싸의 귀에 낑낑으로 들릴 테니까.

"날 죽여서 너까지 죽게 만든 건… 그렇게 하지 않으면 점점 마비 증세가 네 머리끝까지 올라가서 결국은 네가 그놈한테 먹힐 테니까 그걸 막으려고 그랬던 거야. 넌 그걸 안 겪어봐서 무슨 소린지 모르겠지만."

'나도 알아. 느낌이 똑같았어. 혹시 그놈인가. 그 흑귀가 여기에 있는 건가.'

푸싸는 시현의 말이 끝나고도 한참을 바라보았다. 자신은 시현의 말을 못 알아듣지만, 시현은 자신의 말을 알아들을 수 있다는 것을 푸싸는 그제야 깨달은 것 같았다. 아무리 동물의 언어라고 해도 시현이 기가 막힌 타이밍에 대답했으니까.

"이곳은 그의 저주가 먹히지 않을 때를 대비해 임시로 만들어놓은 곳 같아. 목적은 나를 굴복시키기 위한 거고. 그래서 순장 전 살아 있을 때로 돌아갔을 땐 여러 번 죽어 가며 길을 알아냈어. 지금도 그러려고 했는데, 이젠 나 혼자가 아니니까. 너까지 나와 똑같은 고통을 더 겪게 할 순 없어."

아침이 다시 밝아왔다. 귀신들 몇몇이 또 하늘로 갔고 임시매장된 귀신들이 흙 위로 기어 나왔다. 푸싸는 귀신들을 바라보며 시현에게 말했다.

"방법을 바꿔보자."

푸싸는 저벅저벅 귀신들을 향해 먼저 걸어갔다. 그늘에 있던 귀신이 햇빛으로 나가려고 하자 햇빛에 닿으면 다른 곳으로 가게 될 거라고 말했다. 저번과 똑같았다. 그러자 말총, 말똥, 개순, 돌콩, 이팝 귀신이 큰 나무 그늘로 왔다. 어차피 일어날 일이라며 푸싸는 제 소개를 먼저 했다.

"저는 푸싸예요. 여기 제 옆에 이 두더지는 뚱더지라고 부르시면 돼요."

"귀신끼리 서로 통성명하자는 건가? 우리도 이름을 소개해야 되는겨?"

"아직 서로 모르시죠? 얼른 하세요."

귀신들의 통성명이 끝날 때까지 푸싸는 손가락으로 제 허벅지를 피아노 치듯 빠르게 톡톡 움직였다. 간단한 소개가 끝나자마자 푸싸가 빠르게 말했다.

"마을로 내려가고 싶으시죠? 가서 말총이랑 말똥은 부모님마저 돌아가신 걸 확인하게 될 거예요. 너무 화가 날 거고 그때 그놈이 오죠. 그놈이 제안할 거예요. 귀도를 만들자고. 개순이랑 이팝 아저씨도 마찬가지예요. 가족 옆을 맴돌고 도와줄 수 없는 현실에 절망하다가 역시 말총이랑 말똥을 만나서 같이 귀도가 될 거예요."

귀신들은 입을 벌린 채 푸싸를 보았다. 잠시 후 돌콩이 푸싸를 향해 물었다.

"나는?"

"돌콩 아저씨는 마을에 내려가서 주막 앞을 어정거리며 넋을 잃고 보다가 뒤에 구름이 걷히면서 내리쬐는 햇볕에 온몸이 닿아서 갑자기 하늘로 올라가요."

"그거이 네가 어케 알간?"

그들을 대표해서 개순이 묻자 푸싸가 담담하게 말했다.

"저는 아주 오래전에 모두가 어떻게 될지 봤어요. 아저씨들 모두 귀도가 되고 싶어 하셨어요. 물론 돌콩 아저씨도 예상치 못하게 빛에 닿지 않았다면 그랬을 거고요."

푸싸는 말을 잠시 멈추었다가 이었다.

"그때는 귀도가 되어서 흑귀 편으로 넘어간 아저씨들이 원망스러웠어요. 아무것도 모르고 헤매던 나를 아저씨들이 그놈이 쳐놓은 진으로 데려갔으니까. 그래서 내가 붙잡히도록 만들었으니까."

시현은 너무 놀라서 푸싸를 보았다. 하지만 푸싸는 시현을 보지 않은 채 귀신들을 향해 말을 이었다.

"다들 저기 제 뼈가 있는 무덤 보셨죠? 도굴꾼 출신인 이팝 아저씨는 알겠지만 삼백 년 된 거잖아요. 그럼 제가 얼마나 잔뼈가 굵은지 대충 아시리라 믿습니다."

푸싸는 이제 좀 사기꾼 같아 보였다. 도대체 뭘 하려는 거지?

"어쨌든 그 흑귀가 아저씨들을 매수하기 전에 제가 먼저 움직이려고 해요. 귀도 그까짓 거 우리가 만들어보자고요!"

"귀…도? 아까부터 귀도, 귀도 하는데 그게 뭐여?"

푸싸가 배에 힘을 딱 주고 말했다.

"귀신 도적단이요."

D-13 설마 여기서 계속

"시방 이거 우리한테 복수하려는 거여?"

푸싸가 손을 내저으며 말했다.

"아니에요. 아저씨들은 제가 흑귀 밑에서 오랜 시간 고통스러워하는 걸 보고 귀도가 된 걸 후회하셨어요. 그리고 다시 절 구해서 밖으로 빼주셨어요."

귀신들은 모두 말이 없었다. 그래서 이 귀신 아저씨들을 봤을 때 복잡한 표정이었구나. 시현은 조금 알 것 같았다. 그때 말총이 나섰다.

"도적단이면, 누구 걸 훔치는 건데?"

"부정부패로 재산을 모으고 여러분을 장기판 말처럼 썼다가 죽인 권세가들이죠."

"우린 귀신들이여. 재물을 모은다 해도 어디다 써? 저승 갈 노잣돈으로 쓰나?"

"산 사람들에게 몽땅 나눠줄 거예요. 우리처럼 허무하게 죽지 않도록, 그들이 조금이라도 더 행복하게 삶을 누릴 수 있도록."

이미 죽은 사람이 산 사람을 위해서 도적질까지 한다고? 시현은 귀신들이 거부할 거라고 생각했다. 누구 좋으라고 죽어서까지 그 고생을 한단 말인가. 하지만 아저씨들은 시현과 생각이 달랐다. 그들의 눈에 슬픔이 어려 있었다. 곧이어 이 팝이 울 것 같은 얼굴로 미소 지었다.

"난 할 거여. 이렇게 죽은 목숨이지만 내 새끼들은 다른 세상에서 살아야지. 천하에 무서운 게 없어서 꼴리는 대로 사는 놈들한테 무서운 게 있다는 걸 보여줘야지."

그들은 귀도가 되었다.

'귀도 이거 꼭 해야 해?'

시현은 오늘도 푸싸에게 물었다. 귀도는 쉬운 일이 아니었다. 고인물 수행비서처럼 이동할 때보다 백만 배는 더 힘들었다. 귀도를 하겠다고 동의한 귀신들은 이승의 물건을 하나도 쥘 수가 없었다. 죽은 지 얼마 되지 않았을 때 나뭇가지를 쥐어서 무기처럼 사용했던 시현은 특이한 경우였다. 다른 귀신들은 기괴한 모습으로 부잣집 창고지기를 겁줘서 쫓아냈고 그런 능력조차 없는 귀신들은 그저 '잘한다 잘한다' 응원할 뿐이었다. 꼭 동네 응원단 같았다. 실질적으로 힘든 일은 모두 시현과 푸싸의 몫이었다.

그런데 점점 귀도가 되려고 찾아오는 귀신이 늘어갔다. 제 죽음이 얼마나 억울한지 밝힌 다음 귀도가 되어서 세상을 더 정의롭게 만들고 싶다고 말만 하면 누구든 가입 완료였다. 푸싸는 강해 보였지만 안타까운 귀신을 보면 마음이 약해지는 타입이었다. 그렇게 책임져야 할 귀도가 많아질수록 푸싸는 얼굴이 퀭해져갔다.

'널 저주하려고 만든 공간에서 왜 산 사람들을 위해 애쓰는데? 그리고 귀신들은 살아 있는 가족에게 쌀 조금이라도 줬으면 싶어서 귀도로 들어오는 거라고. 백성이라고 다 어수룩하다고 오해하면 곤란해. 다 계산기 두드려보고 귀도 하는 거라니까?'

"너 요즘 화가 부쩍 늘었어. 너도 알지?"

두 발을 방방 구르는 시현을 보고 푸싸가 말했다. 시현도 알고 있었다. 귀도가 문제인 척 말했지만 실은 제 안의 불안 때문이었다. 시현이 이곳에 들어온 지 어느덧 한 달이 넘었다. 그사이 귀도는 스물일곱 집을 털었고 천 명이 넘는 백성들에게 곡식을 나눠주었다. 그리고 시현은 자신에게 남은 시간을 어느덧 뛰어넘었다. 학교에서의 시간은 이미 끝난 게 아닐까? 그래서 나갈 방법도 찾지 못하고, 그 목소리가 흑귀인 지 확인도 못 한 채 남겨진 걸지도.

"네가 왜 화내는지 나도 알아. 말만 귀도지 저들은 아무 힘 도 없어. 그놈이 만든 귀도는 흑귀 명령에 따라 산 사람들을 죽일 만큼 무서운 힘이 있었는데. 실은 나, 혼자는 너무 힘들 어서 함께 맞서려고 귀도를 만든 거야. 근데 우리랑 달리 저 들은 여전히 돌멩이 하나 들지 못해. 왜일까."

'난 알 것 같아. 그리고 너도 이미 알지 않아?'

"음, 흑귀와 달리 내가 저들에게 끔찍한 짓을 시키지 않아 서일까. 그래서 저들은 계속 아무 힘도 없는 평범한 귀신인 걸 거야. 하지만 그렇다 해도 난 저들을 사악한 귀도로 만들 고 싶진 않아. 그럼 방법은 하나네. 이건 처음부터 오롯이 내 싸움이었어. 나 혼자 하는 게 맞아."

곧 푸싸는 휴식을 취하던 귀도들을 모두 공터에 불러 모았 다. 수가 오십이 넘었다.

"오늘부로 귀도를 해산할게요."

푸싸의 선언에 모든 귀신이 놀랐는데 특히 초기 멤버는 그 충격이 더 컸다.

"오랫동안 생각한 일이에요. 여기 있는 분들 가족에게 반 년 치 먹을 양식을 이미 드렸어요. 그러니 여러분들도 이제 자신이 원하는 걸 하세요. 빛을 따라가고 싶은 분도 있을 거 고 가족을 더 지켜보고 싶은 분도 있을 테니까."

다들 말이 없었다. 한참 후 이팝이 나섰다.

"푸싸, 네가 우리 몫까지 고생한 거 우리도 모르지 않아. 미안하고 고맙게 생각혀. 우리가 더 잘할겨. 열심히 하면 물건도 쥘 수 있지 않겠어? 다들 노력해보자고!"

모두 고개를 끄덕이며 더 열심히 훈련하겠다고 나섰다. 시현은 이해가 되질 않았다. 왜 이렇게까지 계속하려는 거지? 귀도라고 해봤자 그저 다 같이 뭉쳐 다니는 것밖에 없는데. 시현은 말없이 귀신들을 바라보았다. 시현이 학교를 그리워하는 건 고인물과 선생님들과 수업과 학교의 모든 것이 이제껏 가진 적 없는 무언가를 주었기 때문이었다. 소속감. 그토록 들어가고 싶었던 동그라미. 어쩌면 자신이 학교를 원하는 것처럼 그들도 귀도라는 동그라미에서 함께 하고 싶은 걸까.

푸싸의 눈가가 떨렸다. 푸싸도 그들에게 귀도가 그런 의미일 줄 몰랐다.

"솔직하게 말할게요. 여러분을 이용하려고 했어요. 여럿이면 흑귀한테 맞설 때 더 쉬울 테니까. 흑귀랑 맞짱 뜨는 게 제 계획이에요. 근데 여러분들은 힘이 없어서, 그냥 저 혼자 하는 게 빠를 것 같아요. 그니까 이쯤에서 끝내자고요."

푸싸는 일부러 더 모질게 말했다. 귀도 중 몇몇이 갑작스러운 통보에 눈물을 보였지만 푸싸는 이를 악물고 돌아섰다. 그리고 귀신들을 남겨두고 뒤돌아 마을로 내려왔다. 걷는 내내 푸싸는 말이 없었다.

얼마 후 푸싸가 도착한 곳은 첫날 왔던 바로 그 집이었다.

"성공할 수도 있지만 또 죽을 수도 있어."

일이 잘못되면 또다시 죽을 것이고 푸싸와 연결된 시현은 그 고통을 똑같이 겪어야 한다는 말이었다. 솔직히 시현은 두려웠다. 귀신이라도 고통만은 생생했으니까. 고통을 나누면 반이 된다는 말, 기대하지도 않고 믿지도 않았다. 하지만 만약 자신이 겪는 고통이 푸싸의 고통을 나누고 있는 거라면….

알게 된 지 얼마 되지 않았고, 서로를 완전히 알지 못하고, 심지어 말도 통하지 않지만, 시현은 푸싸를 믿었다. 그리고 푸싸 역시 자신을 믿어주기를 바랐다. 시현은 푸싸를 바라보며 제 뜻을 밝혔다.

'우리 해보자.'

D-12 함정

"야, 타."

푸싸가 몸을 낮추자 시현은 점프해서 푸싸 등 뒤에 딱 붙었다. 왠지 자신도 영웅이 된 느낌이었다. 캡틴 고스트의 망토처럼. 곧이어 푸싸는 힘차게 달려 도움닫기 해서 화려하게 담을 타고 넘었다. 역시 등에 매달려서 움직일 때 느껴지는 바람은 엄청나게 신났다. 근데 생각해보니 좀 이상했다.

'무슨 노비가 이렇게 액션에 강해? 너 노비가 아니라 자객이었어?'

"나도 알아. 내가 좀 멋지지?"

푸싸는 시현이 낑낑대자 고개를 끄덕이며 엄지를 척 올렸다. 여전히 대화는 통하지 않았지만 푸싸와 시현은 파트너였다. 그리고 하나의 목표를 향해 달리고 있었다. 흑귀!

푸싸는 담을 넘어 들어간 뒤 가볍게 뛰어서 사당과 가까운 사랑방으로 갔다. 사람이 없는 사이 푸싸와 시현은 초를 쓰러뜨렸다. 불이 잘 옮겨붙게 하려고 불길 쪽으로 방석과 책 등을 불쏘시개처럼 넣어주었다. 불이 아주 활활 타올랐다.

"불이야! 부, 불이야!"

하인이 소리치자 집안 곳곳에서 사람들이 나오기 시작했다. 몇몇 사람들이 우물에서 물을 퍼 와야 한다며 똑똑한 말을 했지만, 그것을 행동으로 옮기는 사이 불은 더 번지고 있었다. 우물은 사랑방에서 가장 먼 곳에 있었다. 사람들이 우왕좌왕하는 사이 불은 순식간에 사랑방을 다 태운 후 바닥으로 연결된 나뭇가지를 따라 사당에 옮겨붙었다.

"곧 나올 거야. 준비해."

푸싸의 예상과 달리 불로도 진은 지워지지 않았고, 사당이 다 타들어 가도록 아무도 밖으로 나오지 않았다.

'흑귀는 지금 여기 없어.'

"이 사당은 페이크였나? 그런 거면 여기에 진을 왜 쳐놔. 이 진은 분명 그놈 솜씨인데. 여기가 은신처 맞을 텐데."

'흑귀잖아. 분명 이건 함정이라고.'

불타버린 사당을 바라보던 푸싸는 허리를 펴고 몸을 뒤로 돌렸다. 푸싸의 시선이 산 쪽으로 향했다.

"설마."

시현은 푸싸가 그랬던 것처럼 옆에 있던 큰 나무를 다다다 올라가서 푸싸의 등으로 뛰었다. 그리고 푸싸의 어깨를 꽉 잡았다.

'빨리 가!'

푸싸는 시현이 등에 올라타자마자 바로 뛰었다. 푸싸는 전력을 다해 뛰었고 얼마 지나지 않아 다시 산으로 올라왔다. 귀도들은 그들이 마지막으로 본 그 자리에 모두 모여 있었다. 시현은 그들을 보고 안도했다. 푸싸는 숨을 몰아쉬며 말했다.

"헉헉, 다들… 괜찮아요? 여기 혹시…."

"기다리고 있었다."

흑귀였다. 귀도 뒤쪽에 흑귀가 있었다. 어두워서 잘 보이지 않았던 것이다. 목소리를 듣는 순간 시현은 확신했다. 자신을 잡으려고 했던 21세기의 그 흑귀가 맞았다. 그가 여기 왜 있는 걸까. 그리고 이들과는 무슨 일이 있었던 거지? 시현이 상황을 파악하기 위해 생각을 거듭하는 사이, 푸싸의 눈은 오직 다닥다닥 붙어 있는 귀도들에게 꽂혀 있었다. 바닥에 진이 그려져 있어서 그들은 움직일 수가 없었다.

"여긴 진이 없었는데…."

푸싸의 눈에 흑귀와 유독 가까이 다붙은 귀도 하나가 보였다. 사흘 전 무리에 들어온 귀신이었다. 귀도가 되겠다고 하면 그 마음만 믿고 무조건 받았던 게 기어이 문제를 일으켰다.

"그들을 풀어줘!"

"이들은 다 나의 것이다. 너도 알지 않느냐? 자식이든 물건이든 그 무엇이든 노비의 것은 모두 주인의 것이다. 그리고 너는 내 노비지."

시현은 푸싸가 죽었을 때가 떠올랐다. 이 흑귀는 살았을 때도 '노비'를 운운했었다.

"웃기시네. 누가 누구 거래? 오늘 아침에 그자들이랑 손절했어. 난 귀도를 해체했고 저들은 나와 전혀 상관이 없어. 저들은 자유로운 귀신들이라고!"

"상관이 없다고?"

흑귀는 제 옆에 있던 귀신의 목을 한 손으로 졸랐다. 귀신은 켁켁거리며 발버둥 쳤지만 잠시 후 고통과 함께 죽었다.

"상관이 없겠군. 이자는 배신자니까."

푸싸는 주먹을 꽉 쥔 채 흑귀를 노려보았다. 흑귀는 고개를 치켜들고 말했다.

"이들은 너와 달리 물건을 만질 수조차 없지. 쓸모가 없어. 근데 궁금하지 않았나? 이들이 내가 만든 귀도와 달리 왜 아무런 힘이 없는지."

"내 사람들은 달라!"

"이미 그 답을 알고 있나 보군. 힘을 얻는 방법이 뭔지 알면서도 고군분투하며 버틴 건가? 신념을 위해 힘을 포기한다? 철없는 이상주의자답군. 너처럼 현실을 모르는 낭만주의자들에게 치료약은 현실이다. 그리고 현실은 고통이지."

흑귀는 머리 위로 손을 들어 크게 휘둘렀다. 그러자 진이 붉게 빛나기 시작했다. 갑자기 움직임이 가능해지니 다리에 힘이 풀린 개순이 쓰러질 뻔한 걸 옆에 있던 말총이 잡아주 었다.

"이제 제대로 시작해볼까?"

흑귀는 커다란 진의 안쪽으로 한 발 더 들어갔다. 그리고 손에 잡히는 대로 귀신을 잡았다. 이팝이었다. 흑귀는 특기인 마비시키는 기술을 사용한 후 이팝의 몸에 불을 붙였다. 이팝 은 끔찍한 비명을 질렀다. 이제 그들도 고통을 느낄 수 있었 다. 푸싸처럼. 그리고 시현처럼. 그 고통은 까맣게 재가 될 때 까지 계속 이어졌다.

"난 너를 잘 알지. 너는 강한 놈이야. 그래서 몇 번이고 다 시 죽어도 또 제 사람들을 살리기 위해 노력했지. 또다시 죽 는 게 아무리 끔찍해도, 오랜 시간의 영겁 속에 갇혀 있어도, 네 정신은 무너지지 않았어."

그래서였나? 언젠가부터 일생을 반복하지 않고 무덤에서 죽고 난 뒤로 재설정된 것이? 이곳은 푸싸를 무너뜨리기 위 해 지독하게 굴고 있었다.

"그래서 방법을 바꾸기로 했다. 더는 널 죽이는 게 의미가 없으니."

끝이 곧 시작으로 이어졌다. 개순도 똑같이 죽어갔다. 뒤 이어 말총도.

"그만해. 그만해…."

"무릎 꿇어라. 나에게 복종해."

"이건 나만의 문제가 아니잖아. 그래서 네가 나한테 집착하는 거잖아!"

흑귀는 귀신을 죽이는 것에 집중했다. 짧게는 며칠, 길게는 한 달 넘게 함께했던 귀신들이 한 명 한 명 고통스러워하며 죽어갔다. 푸싸가 이 상황을 끝내기 위해 스스로 목숨을 끊으려고 하자 흑귀가 말했다.

"이번에 죽으면 네 처음은 모든 귀신이 진에 갇힌 순간부터 시작할 것이다."

푸싸는 흑귀를 보았다. 남은 귀신들이, 자신 때문에 귀도가 된 저들이 고통을 받으며 사라져가는 걸 봐야만 한다. 귀도를 하자고 하지 않았더라면, 빛을 따라가라고 조언해주었다면 모든 게 달라졌을까. 이제는 확인할 수 없는 일이 되어버렸다.

"제발… 제발… 그만해….'

푸싸의 눈에서는 하염없이 눈물이 흘렀다.

5부

흑귀는 반드시 온다

D-11 너한테 그 소녀는

시현의 눈에도 눈물이 흐르고 있었다.

축구공, 선인장, 거울이 걱정스럽게 시현을 내려다보고 있었다.

"혹시 날 흔들어서 깨웠어?"

시현은 몸을 일으키며 뾰족하게 받아쳤다. 고인물은 짠 듯이 고개를 저었다. 그곳에 있는 동안 고인물이 보고 싶었고 어쩌면 시간이 끝나서 다시는 친구들을 못 볼 수도 있단 생각에 힘들었다. 하지만 지금 시현은 온통 두고 온 푸싸 걱정뿐이었다.

"그럼 저번에도 날 흔들어서 깨운 게 아니었어? 그냥 나스스로 돌아온 거야?"

"우린 혹시 네가 잘못될까 봐 여기서 계속 널 지키고 있었어. 네 손목도 중간중간 확인했는데 시간은 자꾸 줄어들고 넌 깨지 않고, 초조해 죽는 줄 알았다고. 그런데 갑자기 네가 스스로 깬 거야. 네가 원해서 깬 것 같진 않지만."

"다시 돌아가야 해. 가서 내가 옆에 있어줘야 해."

시현은 몸을 일으킨 후 야구에서 홈으로 슬라이딩하듯 풀밭 위로 미끄러졌다. 그곳으로 가려고 몇 번이나 시도해봤지만 되지 않았다. 도대체 지난번과 다른 점이 뭐지? 순간 시현의 머리를 스치는 게 있었다. 빛이 있었다. 궁궐 후원인 이곳에서 빛을 반사할 수 있는 건 오직 거울인 단풍뿐이었다.

"내가 그곳으로 건너가기 전엔 단풍 네가 내 뒤에 있었어. 그래서 달빛이 네 거울 면에 반사되면서 작은 빛이 보였고. 맞지?"

"네가 상벌위원회에서 나왔을 때 널 따라오긴 했었어. 넌 눈치채지 못했지만."

그곳으로 가기 위한 열쇠 역할은 단풍이 거울 몸으로 반사하는 빛이었다.

"달빛을 반사해서 풀밭에 비춰줘!"

시현의 부탁에 단풍은 뒤로 크게 물러섰다. 대파랑 역시 온몸을 좌우로 가로저었고, 척준은 선인장 팔을 이용해 시현의 손목을 가리켰다.

"우리 말 듣고 있어? 그곳으로 간 동안 네 시간이 빠르게 흘렀다니까!"

척준이 선인장 팔로 시현의 오른쪽 손목을 눌렀다. 시현은 가시 때문에 따끔했지만, 숫자를 확인하는 순간 너무 놀라 아픔은 잊혔다. 그사이 시간이 많이 줄어 있었다.

"일단 딴 데로 좀 가자. 갑자기 네가 또 거기로 가버리면 곤란하니까."

고인물은 넋이 나간 시현을 등 떠밀어서 빈 교실로 이동했다.

"내가 쓰러진 후 정확히 얼마나 시간이 흐른 거야?"

"6시간 정도?"

현실에서의 1시간 동안 그곳에서 숫자가 하나씩 줄어든 셈이었다.

"도대체 안에서 무슨 일이 있었던 건데?"

고인물은 시현을 도와주고 싶어 했다. 그러기 위해선 그곳에서 무슨 일이 있었는지 이해해야 했다. 세계는 다르지만 푸싸도 고인물도 모두 시현의 친구였다.

"그 애 이름은 푸싸야."

시현은 안에서 겪은 일을 이야기했다. 다시 들어갔을 땐 무덤이었고 이미 그 속에서 소녀는 300년이 넘는 시간을 견뎠다고. 그리고 예전과 달리 자신을 알아봤다고.

"흠, 푸싸가 인간일 때는 귀신인 널 보지 못했지만 푸싸 역시 무덤에서 죽어서 귀신이 된 후엔 널 볼 수 있게 된 거 아닐까?"

시현도 단풍의 말에 동의했다. 대파랑이 옆으로 다붙으며 진지하게 물었다.

"시간대가 언제야? 거기 달력은 없었을 거고, 그럼 왕이 누구였어?"

"물어볼 생각조차 못 했어. 아마 천 년 전쯤 같아. 삼국 시대쯤?"

"그럼 푸싸 걔가 나보다 귀신으론 선배겠네."

"너도 신라잖아."

"난 통일신라야."

논의 끝에 푸싸와 흑귀 모두 그들을 넘어서는 엄청나게 오래된 귀신이란 것에 동의했다. 단풍은 다시 본론으로 돌아가 명쾌하게 정리했다.

"푸싸 걔는 거기 갇혀 있는데, 흑귀가 자꾸 걔보고 자기 밑으로 들어오라고 하고, 걔는 죽음을 반복하면서까지 혼자 버티고 있다는 거지?"

시현은 고개를 끄덕였다. 문제는, 푸싸의 싸움에 왜 자꾸 시현이 끼는지였다.

"내 생각에 이건 함정이야. 생각해봐. 넌 그 푸싸를 잡아둔 저주의 공간으로 소환될 때마다 시간이 팍팍 줄어."

대파랑의 말에 동의하며 척준이 단호하게 결론 내렸다.

"너한테 그 소녀는 위험해."

지금도 소녀는 고통스러울 거다, 그사이 또 무슨 일이 생길지 모른다며 시현이 격하게 이야기했다. 그러자 대파랑이 한숨을 짧게 쉰 후 말했다.

"넌 온통 그곳으로 다시 가려는 생각뿐이구나. 정 그러면 넌 네 일 해. 우린 우리 일 할 테니까."

고인물은 작당 모의 후 먼저 문으로 걸어갔다. 척준이 불안한지 시현에게 덧붙였다.

"우리가 다시 너 찾으러 갈 때까지 아무 짓도 하지 마. 알았지?"

"어차피 쟨 나 없인 아무것도 못 해."

단풍이었다. 목소리 크기로 보건대 시현 들으라고 한 소리였다.

고인물이 교실을 나간 후 시현은 손목을 다시 확인했다. 숫자는 11이었다. 간신히 두 자릿수를 유지하고 있었다. 하지만 시현의 마음은 온통 풀밭 너머의 세계로 향해 있었다. 그들의 고통을 차마 모른 척할 수 없었다. 시현은 곧장 방으로 가서 손거울을 챙겨 들었다. 단풍만 거울은 아니니까.

달빛이 내리는 후원은 고즈넉했다. 시현은 은은하게 비치는 달빛에 거울 조각을 잘 맞춰서 빛을 반사했지만, 시현이 보았던 빛은 만들어지지 않았다. 벌을 받은 귀신, 즉 특별한 거울 빛으로만 푸싸에게로 가는 구멍이 열리는 것 같았다.

"아! 단풍!"

몇 시간이 지나도록 초조하게 풀밭 주위를 어슬렁거렸지만, 단풍의 말대로 시현은 아무 짓도 할 수 없었다. 시현은 단풍을 찾으러 가기 위해 길을 나섰다.

그런데 집현전 앞이 소란스러웠다. 무슨 일이냐고 묻자 시현이 상벌위원회에서 나왔을 때 시현에게 가장 먼저 귀신폰을 들이댔던 학생이 말했다.

"학생회장이 상벌위원회 들어갔어. 개구멍 때문이라던데,

좀 있으면 나올 거야."

"재인이는 뭐로 변할까? 동물? 사물? 식물?"

"신입생도 대박이었는데 이젠 학생회장마저 상벌위원회라니, 요즘 완전 꿀잼."

곧이어 집현전의 문이 열렸다. 그런데 그곳에서 나온 건 뜻밖에도 고인물이었다. 시현은 급히 뛰어가서 낮은 목소리로 그들에게 물었다.

"개구멍 일로 재인이를 일러바친 게 너희야?"

"신입생인 널 데리러 학교 밖으로 재인이 나왔을 때를 말하는 거 맞지?"

시현은 아차 싶었다. 개구멍 위치를 알려준 게 재인이라고 고인물에게조차 이야기하지 않았는데, 순간 헷갈린 것이었다. 대파랑이 또르르 몸을 굴리며 말을 이었다.

"우린 걔가 벌을 받을까 봐 도와줬어. 시현이 학교로 올 때 구해주려고 그런 꼼수를 쓴 거니까 선처를 베풀어달라고. 어쨌거나 재인이 선생님 허락도 없이 맘대로 개구멍으로 나갔던 건 처벌감이야."

"하지만 그건 이미 처벌하지 않기로 했었잖아?"

시현이 묻자 이번엔 단풍이 한숨을 팍 쉬며 대답했다.

"그렇다고 하더라고. 대파랑이 학생회장 특혜 아니냐, 이렇게 편파적이면 상벌위원회 투명성이 손상된다며 고급어휘를 남발했는데도 안 먹히더라니까. 그래서 다 끝난 줄 알았는데, 글쎄! 이상 쌤이 개구멍에 대해 갑자기 집요하게 물어보는 거야. 개구멍으로 밖에 나가도 길을 잃을 텐데 나침반시계가 따로 있는 거냐? 어떻게 바로 시현을 찾았느냐? 개구멍 위치를 혹시 다른 학생에게 말한 적 있느냐?"

"그래서?"

"재인이 그때부터 입을 닫아버렸어. 그래서 그것에 대한 상벌위원회로 바뀌었지."

잠시 후 재인이 집현전에서 나왔다. 그 모습에 학생들은 모두 한숨을 쉬었다.

"왜 그냥 나와? 회장이라고 특혜받은 거야?"

"쟤는 결국 아무 벌도 받지 않은 거잖아? 뭐야."

학생들은 모두 몹시 실망한 얼굴이었다. 다음 선거를 앞둔 재인은 근래 학생들에게 인기가 많이 떨어졌다. 표정 없이 뚜벅뚜벅 걸어온 재인이 고인물을 쏘아보았다. 그러자 대파랑이 축구공 몸을 좌우로 흔들며 얄밉게 말했다.

"왜애? '교칙을 어긴 건 돌아가서 달게 받을게요.'라고 네가 말했잖아?"

"너희 되게 깜찍한 쇼를 준비했더라? 개구멍 일로 지금 사물, 식물, 동물로 변하면 선거에 어떤 식으로든 영향을 미치니까, 그런 처벌만은 거둬달라고 간곡히 말하는데, 감동해서 눈물 날 뻔했어."

재인이 비꼬았다. 이 모든 게 결국은 선거 때문이었다. 뒤이어 육포 할아버지가 집현전에서 나와 학생들에게 논의 결과를 발표했다.

"지금부터 김재인 학생의 선거 유세를 금지합니다. 하지만 후보는 유지할 수 있으니 학생들은 참고하길 바랍니다. 그리고 이승 쪽에서 궁궐 보수 공사가 있어서 우리의 공간에도 조금 변화가 있으니, 학교 담벼락 쪽은 학생 모두 절대 가지 않도록 합니다. 담벼락을 배회하다 적발될 시 바로 상벌위원회가 열릴 겁니다."

뒤이어 최영 장군이 집현전에서 나오며 구시렁거렸다.

"고작 선거 유세 금지가 뭐야. 쿼카는 웃기기라도 했지."

학생들이 동의하듯 키득거렸다. 시현은 모두 흩어진 후 대파랑에게 바짝 다가가서 비아냥거렸다.

"너 학생회장에 너무 집착하는 거 아니야? 꼭 이렇게까지 해야겠어?"

"그런 거 아니야."

"아니긴 누가 봐도 그런데."

"학생회장에 나가는 건 내가 아니라고."

대파랑의 말에 시현은 고개를 단풍에게로 돌렸다. 단풍은 고개를 저었다. 그럼 설마 척준? 시현의 시선에 척준도 아니라고 부인했다.

"아니, 그럼 학생회장 나갈 것도 아니면서 재인이를 왜 물 먹인 거야?"

대파랑이 시현 앞으로 또르르 굴러와 말했다.

"이번엔 시현이 네가 무조건 학생회장이 돼야 하니까."

D-10 다시없는 기회

"장난치는 거지? 내가 왜?"

시현은 몸을 뒤로 빼며 물었다.

"벌을 받았는데도 시간이 제멋대로 줄어들잖아. 네가 학생 회장이 되면 재인이 고놈처럼 오래 있을 수 있을 거야. 우리 빼고는 학교에서 재인이 제일 오래됐다니까?"

대파랑에 이어 단풍이 바통을 받았다.

"넌 자꾸 그 푸싸란 애한테 가려고 하는데, 그건 네가 시간을 벌어놓은 이후에 생각해. 어떻게 해서든 너한테 남은 시간만이라도 빨리 멈춰야 한다고."

그러니까 이 모든 게 다 '시간' 때문이었다. 시현은 그들이 이야기하는 동안 손목을 만져보았다. 10이라는 숫자를 보자 가슴 언저리가 뻐근해졌다. 이제 한 자릿수로 들어가기 직전이었다. 대파랑이 그런 시현의 속내를 눈치채고 더 다붙어서 설득했다.

"시현아, 저번에도 말했듯이 이번엔 확률이 높아. 아까 상벌위원회 앞에 모인 학생들 분위기 봤지? 재인이 걔가 최근 학생회장 일에 소홀하니까 불만이 많다고. 다들 뉴페이스가 나오길 기다리고 있어. 근데 우리가 재인이 선거 운동까지 막았으니, 이건 백퍼 돼. 진짜 너니까 내가 양보한 거야."

고인물은 시현을 학생회장으로 만들려는 행동에 당당했다. 하지만 이건 너무 갑작스러웠다. 시현은 그들의 야심 찬 계획에 공감도 이해도 가지 않았다.

"선거 운동이야 뻔하지. 해봤자 피켓 들고 배꼽 인사하고 노래 틀고 그러는 거잖아."

대파랑이 착착 좌우로 몸을 흔들며 대답했다.

"노노. 핵심은 선거 운동원이야. 선거 운동을 하면 봉사 점수를 얻을 수 있거든. 재인이 그놈은 영악해서 자신에게 투표하지 않을 것 같은 학생에게 선거 운동원을 제안해. 그럼 걔들이 누굴 뽑겠냐? 문제는, 선거 운동원 비율이 전체 학생의 60퍼센트라는 거야."

"말도 안 돼. 선거원 수 제한 같은 거 없어?"

"없어, 여긴. 전년도 학생회장은 다음 선거 때 그 공로로 전해보다 한 명씩 선거원 수를 늘릴 수 있거든."

결과적으로 선거원으로 활동한 학생들은 선거가 끝날 때마다 그 봉사 점수로 매점에 가서 원하는 물품을 마음껏 얻을 수 있으니, 이런 기브 앤 테이크 관행이 뇌물이 아니라고 보기도 어려웠다.

"이건 다시없는 기회야. 학생회장이잖아! 학교에 꼭 필요한 귀신이 되는 거라고!"

고인물이 흥분해서 말했지만, 시현은 그래도 싫다며 고개를 가로저었다. 하지만 시현이 학생회장을 원하는지 아닌지는 고인물의 관심사가 아니었다. 고인물이 볼 때 지금 시현은 딴 데 정신이 팔려서 제대로 된 사리 분별을 하나도 못 하고 있었다. 그러니 '고인물'이자 '이 구역 토박이'인 그들이 나설 수밖에 없다는 태세였다.

"후보 등록도 마쳤으니까 이젠 우리가 나서야지. 자, 열심히 한번 뛰어보자고!"

고인물은 시현을 학생회장으로 만들기 위해 당사자를 쏙 뺀 채 저희끼리 동분서주했다.

대파랑은 말 그대로 진짜 뛰었다. 한창 움직이기 좋아할 때인 어린이 귀신들 표를 얻기 위해 축구공인 제 몸을 희생했다. 보기만 해도 근육통이 밀려올 정도로 축구가 빡셌지만 대파랑은 즐겼다. 모두 공만 보며 뛰는 통에 엄청나게 주목받자, 이게 바로 귀생이라며 뛰는 내내 신나게 소릴 질러댔다.

한편, 단풍은 봉사 점수를 미끼로 자신을 끌어줄 팔힘 좋은 귀신을 꾀어낸 뒤, 학교를 돌아다니며 찬조 연설을 했다. 그때마다 학생회 간부 자리가 많이 비어 있다는 걸 어필했다. 이동 중에 시현이 보이면 단풍은 시현을 지목하며 외쳤다.

"저 녀석이 학생회장이 된다면 이건 혁명입니다. 벌 받은 학생이 회장이 되다니 이거야말로 우리 학교에 부는 새로운 바람이 될 거라고요! 여러분 괜찮아요! 더 놀아요! 하고 싶은 걸 고삐 풀고 합시다!"

시현의 의지와 상관없이 학생들 사이에서 퀴카의 인기가 치솟았다. 이렇게 단풍이 찬조 연설을 하는 동안 척준은 그 뒤에서 선거 운동원들과 함께 신장개업 상점 앞 풍선 인형처럼 팔다리를 신나게 흔들어댔다. 배경음악은 코요태 노래 메들리였다.

도저히 그 모습을 눈 뜨고 볼 수 없어서 시현은 후원으로 도망갔다. 혼자 있을 곳이 필요했다. 그런데 가까이 가서 보니 풀이 누렇게 죽어 있었다. 시현은 충격으로 머리가 하얘졌다. 설마 아니겠지 싶으면서도, 풀밭이 곧 푸싹이면 어쩌나 싶어 온갖 생각이 뜨겁게 휘몰아쳤다.

"어떻게 이런 짓을!"

그때 새로 바람을 빵빵하게 넣은 대파랑이 럭비선수처럼 잔뜩 어깨에 힘을 주며 후원 쪽으로 왔다. 시현은 대파랑에게 가서 따졌다.

"너희가 제초제 뿌렸어?"

"지금 우리를 의심하는 거야?"

대파랑은 펄쩍 뛰었고 척준은 놀란 표정을 지었다. 단풍이 앞으로 나서서 풀밭을 유심히 본 후 대파랑에게 악마의 속삭임처럼 사악한 얼굴로 말했다.

"또 '우리'래. 잰 널 의심한 거야."

"야! 내가 네 시간 지켜주려고 얼마나 생고생을 했는데. 겨우 이게 우리 우정이냐?"

그러자 단풍이 중얼거리며 고개를 가로저었다.

"저 모지리. 찐우정이니까 묻는 거잖아. 진짜 의심했으면 묻지도 못했지."

그러자 대파랑이 진짜 그런 거냐며 시현을 보았다. 시현은 대답이 좀 궁색해졌다. 학생회장에 당선시키려고 풀밭에 제초제를 뿌렸을지 모른다고 생각한 자신이 너무 쓰레기 같았다. 시현이 어물거리자 단풍이 그 미묘한 머뭇거림을 눈치챘다. 단풍이 대파랑과 척준을 향해 말했다.

"애정 결핍이냐? 지금 우리 사이 몇 도인지 알려줘? 진짜 징그럽게들 왜 이래."

단풍의 일침에 대파랑과 척준은 머쓱하게 몸을 돌렸다. 절대 '애정 확인'이나 '우리 사이'에 대해서 질척거리듯 궁금한 건 아니었다며 발뺌했다. 시현은 그런 그들을 보며 잠시나마 오해했던 스스로가 부끄러웠다. 단풍이 말을 이었다.

"근데 누군진 몰라도 제초제라니, 진짜 신박하다. 네가 꿈이니 소녀니 뻘짓으로 시간 낭비하는 거 막으려면 이것도 괜찮은 방법인데, 왜 우린 그 생각을 못 했지?"

"원래 우리가 한 가지 일에 집중하면 다른 건 잘 안 보이잖아."

"엄청난 집중력이지. 그럼, 그럼."

대파랑과 척준은 자신들 뒤로 후광이 뿜어져 나오기라도 하는 것처럼 폼을 잡았다. 잠시 후 그들은 현재 스코어를 확인하며 시현에게 보고했다. 아주 유리하게 앞서나가는 것 같다는 심증만 잔뜩 전해준 채 또 바쁘다면서 길을 재촉했다.

"이제 곧 해 뜨는데 어디 가게?"

"방마다 돌아야지. 일대일 전담마크."

대파랑은 시현에게 같이 갈 거냐고 물었다. 시현은 몸을 돌려 등을 보이고 앉았다. 예상했다는 듯 시현을 두고 고인물은 다음 장소로 이동했다. 그들은 시현을 학생회장으로 만드는 게 목적이 아니라 꼭 선거 운동 자체에 빠진 것 같았다. 심심

하고 평화로운 이계 학교에 선거는 한 번씩 활기를 불어넣어 주었다.

하지만 시현은 그들처럼 들뜨지 않았다. 하루 사이에 갑자기 죽어버린 풀밭에만 마음이 쏠렸다. 풀밭이 죽은 거면 푸싸의 고통도 끝난 것일까? 저주에서 해방된 걸까? 아니면 다른 세계로 넘어가는 연결 고리만 끊어진 걸까? 온갖 생각이 가슴에서 휘몰아쳤다.

그때 시현의 뒤통수로 비수처럼 재인의 말이 날아와 꽂혔다.

"학생회장이 그렇게 되고 싶었어?"

D-9 네가 아직 거기 있다면

"내가 원해서 한 게 아니야."

모든 걸 고인물 책임으로 떠밀 생각은 없었지만, 시현도 할 말이 있었다.

"고인물이 계획한 거야. 날 위해서."

"그건 나도 알아. 하지만 너희는 친구잖아. 다 한통속이지."

친구라는 말과 한통속이라는 말이 어떻게 하나로 묶일 수 있는지, 정말 어이없었다. 이제까지 자신이 보던 재인이 맞나 싶었다. 모두에게 친절하던 건 제 밥그릇을 빼앗지 않을 때까지만이었나? 시현은 재인을 향해 삐딱하게 말했다.

"정말 넌 알 수가 없는 애다. 어쩔 땐 되게 친절했다가 또 아닐 땐 이렇게 얼굴 싹 바꾸고. 대체 나한테 왜 이래?"

"몰라서 물어?"

"어장 관리야? 아니면 나랑 밀당해?"

시현은 되는대로 막 뱉었다. 자신이 한 것도 아닌 일로 이런 대접을 받는 것에 짜증이 독처럼 올랐다. 재인은 미간에 힘을 준 채 대답했다.

"반은 맞고 반은 틀려. 밀어내는 중이야."

이런 상황에서 재인의 대답은 어쩌면 당연할 수도 있는 건데도, 시현은 머릿속이 하얘졌다. 그 말이 무엇을 의미하는지 곱씹어볼 힘도 남아 있지 않았다. 불편한 침묵이 이어졌다. 침묵이 길어지자 재인은 시현의 표정을 살폈다. 자신이 한 말이 어떤 포물선을 그리며 퍼져나가는지 살피는 것이었다. 생각해보면 재인은 늘 다른 귀신들이 어떤지 살폈다. 처음엔 그게 세심한 배려라고 생각했는데, 이젠 의문이 들었다. 생각의 흐름을 바꾸자 재인도 전과는 다르게 보였다.

"학생회장에 출마한 게 네가 원해서 하는 게 아니라면, 지금이라도 네가 원하는 걸 해. 그럼 되잖아."

"내가 원하는 걸 하려면 걔들 도움이 필요해. 그래서 지금 걔들은 선거 운동해야 한다면서 일부러 날 피해 다니는 거고."

"네가 진짜로 원하는 게 뭔데? 저번에 내가 주소랑 개구멍 알려줘서 그 아저씨 만나고 오지 않았어? 그때 네 죽음을 못 밝힌 거야?"

"죽음을 밝히려다가 내가 죽을 뻔했지. 거기서 흑귀가 날 딱 기다리고 있더라고."

"…난 진짜 몰랐어. 그건 절대 내가 그런 게 아니야…. 혹시 그래서 나한테 복수하려고 학생회장 나간 거야?"

"아니라니까. 못 믿겠으면 확인해봐. 난 진짜 아니야."

"확인해봤어. 네 서명이 있던데? 고, 시, 현."

서명 위조였다. 시현은 자신이 안 그랬다는 걸 증명할 방법이 없었다.

"너 시간 별로 안 남았잖아. 단풍 찬조 연설 때 보니까 그 얘긴 쏙 뺐더라. 그래서 학생회장이 되려고 날 뒤에서 물 먹인 거잖아."

"똑똑히 말해둘 테니까 잘 들어. 난 학생회장 관심 없어. 남은 숫자가… 아, 젠장, 또 줄었네. 9밖에 없어. 근데 지금 와서 시간을 멈출 수 있다는 거? 그런 기적은 바라지도 않아. 선거일이 되기도 전에 난 학교에서 끝날 수도 있다고."

재인은 설마 하는 표정으로 시현을 보았다.

"저번에 개구멍을 알려줄 때만 해도 그 정도는 아니었잖아."

"그러니까 지금 고인물이 하는 행동이 잘하는 건 아닌데, 날 여기 어떻게든 붙잡아두고 싶어서 애쓰는 거야. 그걸 아니까 나도 뭐라고 못하는 거고. 네가 우리를 원망해도 이해하는데, 아, 씨, 이해는 무슨. 내 맘대로 되는 것도 하나 없는데. 그냥 넌 네 일 해. 난 내 일 할 테니까. 뭘 하든 시간은 갈 거고 난 곧 사라질 거야."

시현은 몸을 돌렸다. 그런데 재인이 질문으로 시현을 붙잡왔다.

"왜 사라지는 걸 기정사실로 받아들여?"

너무 당연한 걸 물으니 이쪽도 아주 당연하게 대답하는 게 매너였다.

"자살하려던 아저씨를 도와주다가 나만 죽었어. 그것도 억울한데 학교에서의 시간도 제멋대로 줄어들고 있고. 여기서 내 맘대로 되는 건 없어. 내가 사라지는 것도 당연한 이치겠지."

그때 멀리서 누가 오는 소리가 들렸다. 재인은 몸을 돌려 떠나기 전 말했다.

"네가 원하든 원하지 않든 지금 너랑 나는 경쟁자야. 우리가 한 프레임 안에 잡히는 건 이상할 테니까 오늘은 여기까지만 하자."

재인은 돌아서서 가버렸다. 시현도 재인을 잡지 않았다. 재인이 멀어지는 모습을 보며 시현은 생각했다. 어쩌다 사이가 이렇게 됐는지. 처음엔 이렇지 않았는데.

"경쟁자면서 친구일 순 없는 거겠지."

시현은 쓸쓸하게 자조했다. 재인은 고인물과는 달랐다. 고인물은 자기들이 먼저 괴물이 되려고 애쓰면서도 끈끈한 친구였지만, 재인은 학생회장 선거 후보 등록조차 인정하지 않았다. 하지만 시현은 재인의 오해를 풀고 다시 친구가 되자고 애쓸 여유가 없었다. 등 위에 얹힌 문제가 산더미였으니까.

시현의 시선은 다시 풀밭으로 향했다. 풀밭에 등을 대고 누워봐도 아무것도 느껴지지 않았다. 물리적으로는 어떤 신호도 없었지만, 시현의 맘속에 각인된 장면은 계속 영사기처럼 돌아가고 있었다. 푸싸의 마지막이 마음에 걸렸다. 도와달라고 말도 하지 못하고 눈물만 흘리던 모습. 시현은 배를 만져보았다. 수술 봉합 상처가 없었다. 이 몸에는 자신이 얼마나 아프게 살아왔는지 그 흔적이 하나도 없었다. 상처가 없어서일까. 시현은 그 일에 대해서 까맣게 잊고 있었다. 하지만 푸싸는 달랐다. 계속 그 고통의 시간을 반복하고 있었다.

'또… 죽고 싶지 않아.'

처음 그곳으로 넘어갔을 때의 푸싸의 음성도, 몇천 번이고 몇만 번이고 포기하지 않고 싸웠던 푸싸의 모습도 떠올랐다. 무엇을 위한 것인지는 모르겠지만 푸싸는 외롭게 싸우고 있었다.

그때 풀밭의 끝에 아직 살아 있는 풀이 몇 가닥 보였다. 해는 떠오르고 있었고 궁궐은 조용했다. 시현은 해가 제 몸에 닿기 전에 뒤로 물러섰다. 시현의 마음과 달리 오늘따라 하늘은 햇볕이 너무 쨍쨍했다.

"가을볕이 뜨겁다더니 이 정도였어? 어이, 적당히 좀 해!"

시현은 하늘을 향해 괜히 화를 냈다. 하지만 시현이 말한다고 해가 쫄 리 없었다. 가랑비라도 내렸으면 좋겠다 싶었지만 구름 한 점 없는 하늘에 햇볕은 계속 내리쬐고 있었다. 이미 죽은 풀밭은 강렬한 볕에 말라비틀어져 갔다. 안 되겠다 싶어서 시현은 끙끙대며 주전자를 가지고 왔다. 해그늘이 길어지길 기다린 후 달이 뜨자마자 살아남은 풀 위로 물을 뿌려주었다.

"혹시 네가 아직 거기 있다면, 지금 내 말이 들렸으면 좋겠다. 나는 꼭 다시 갈 거야. 날 믿어. 그리고 버텨. 흑귀한테 절대 무릎 꿇지 마. 넌 강한 애니까."

시현은 작고 통통한 쿼카의 두 손으로 풀포기를 정성껏 심었다.

D-8 흑귀는 반드시 온다

풀을 심는 시현의 머리 위로 거대한 그림자가 졌다.

뒤를 돌아보니 최영 장군이 떡하니 서 있었다. 그리고 그 양옆으로 호위무사처럼 여러 학생도. 최영 장군의 한쪽 팔에 대포알처럼 피구공이 들려 있었고 가슴 중간에는 호루라기 목걸이도 매달려 있었다. 후원에서 체육 수업이 잡혀 있었던 것이다.

"옆에 주전자는 뭔가?"

"그게, 풀이 죽어 있어서 살려보려고요."

"누가 나의 신성한 수업 교실에 감히 이딴 짓을!"

누렇게 죽은 풀밭을 본 최영 장군은 몹시 화를 냈다. 그러자 겉모습 나이는 최영 장군과 비슷해 보이는 학생이 풀을 만져보고 말했다.

"제초제를 쓴 것 같습니다. 그게 아니라면 이렇게 갑자기 풀이 죽을 리가 없습니다."

제초제라면, 누군가가 일부러 풀밭을 노린 것이었다. 시현은 생각이 복잡했다.

"역시 음모다!"

시현은 최영 장군의 말에 일리가 있어 보였다. 누가 했든 자신과 푸싸를 떨어뜨려놓으려는 음모였다. 하지만 고인물은 아니라고 했고 그럼 대체 누가. 시현이 머릿속으로 계산기를 두드리며 원한 관계를 되짚어보는 사이 최영 장군이 불쑥 말했다.

"이도 그 자식이 날 엿 먹이려고 장영실과 짠 게 틀림없다."

"설마요."

옆에 있던 학생들의 입에서 본심이 튀어나왔고 그건 시현도 백퍼 천퍼 동감이었다. 하지만 최영 장군은 음모론을 이어갔다.

"그 녀석의 조상이 날 죽였지. 녀석은 지금도 날 죽이려고 해."

선생님들끼리 목숨 건 원한에 복수혈전이라니, 이 학교는 너무 내 취향이라고 시현은 생각했다. 시현은 이곳에 더 있고 싶었다. 최영 장군의 일생에 대해서 속속들이 더 알고 싶었다. 도대체 그 오래전 그들에게 무슨 일이 있었는지.

최영 장군이 학생들을 향해 기합을 넣었다.

"제군들! 오늘 수업은 이 죽은 풀을 다 뽑고 새로운 풀을 심는 것으로 대체한다!"

모든 풀을 뽑으면 푸싸는? 푸싸도 과연 괜찮을까?

"자, 잠깐만요!"

"자네는 내가 새 풀을 심는 것에 반대하는 건가? 저렇게 모욕적인 풀밭을 내가 계속 보고 있어야 한다고 생각하는 건가!"

"아니요."

미리 입력되어 있던 것처럼 빛보다 빠르게 대답했다. 장군의 도화선은 극단적으로 짧았으니까. 대답이 늦는다고 긴급 병영 체험을 시킬 것 같았다. 그럼 연병장 다섯 바퀴 정도는 기본으로 토 나오도록 뛸 것 같았고.

"저도 돕고 싶습니다. 그런데 제가 최영 장군님의 수업을 위해 미리 와서 온종일 살린 저 풀 몇 가닥은 남겨두면 안 될까요? 그사이 애정이 많이 가서요."

"저 풀은 죽지 않고 살아남았으니 굳이 뽑을 필요는 없겠지. 하지만 자네는 새 풀을 심는 것보다 더 중요한 일을 나와 의논해야 하네. 함께 저쪽으로 가도록 하지."

최영 장군은 학생들에게 새 풀을 심고 거름을 주라고 시킨 후 시현을 다른 곳으로 데리고 갔다. 학생들과 멀찌감치 떨어진 곳에서 장군은 은밀히 물어왔다.

"이도 그놈이 요즘 무슨 일을 벌이고 있지? 자네는 이도 그놈이 처음으로 나가서 데려온 학생이지 않나? 뭔가 아는 게 없나?"

그러니까 최영 장군은 시현을 스파이 삼으려는 것이었다.

"저는 스파이가 못 돼요. 첩자를 원하시는 것 같은데 제가 그때까지 여기에 있으리란 보장이 없거든요."

"흠, 자네도 들었나 보군. 하긴 요즘 학교가 시국이 좋지 않긴 하지."

시국? 아니, 갑자기 웬 시국? 아무래도 최영 장군은 시현이 한 말을 369 게임을 하듯 대강 이해하고 자기 생각을 말한 것 같았는데, 그걸 대놓고 지적할 수 없으니 시현은 대충 맞춰주기로 했다.

"요즘 학교가 어떤데요?"

"요즘 학교가 어떻긴, 아주 개판이지."

시현이 기대한 대답은 아니었다. 문득 고인물이 방에 갇혀 있을 때 시현에게 해준 이야기가 떠올랐다. 학교 선생님들에 관한 가십이었다. 최영 장군의 수업은 분명 체육인데 자꾸 학생들에게 검술과 화살 등 전투를 가르치려고 들어서 학생들 불만이 많았다. 마땅히 쓸 곳도 없는데 자꾸 국가대표를 키우는 것처럼 스파르타식으로 강하게 훈련하려 하니까. 사과나무 쌤이 하는 철학 수업처럼 몇몇 마니아적인 학생들이 최영 장군의 체육을 꾸준히 신청해서 폐강은 되지 않고 면면히 이어져오고 있긴 했지만, 도덕처럼 곧 폐강되어야 한다고 다들 원성이 자자했다.

고인물은 지금의 체육 수업을 거부한 지 오래였다. 그들은 현재의 체육을 폐강하고 새로운 체육 선생님이 오기만 기다리고 있었다. 시현은 누구보다 체육 수업을 하고 싶어 하는 척준에게 물었다.

"진짜 체육 선생님다운 선생님이 오려면 우리처럼 귀신이

어야 하잖아. 혹시 누구 생각해놓은 사람 있어?"

"난 손흥민이 체육 선생님으로 올 때까지 여기서 붙박이로 기다릴 거야."

그게 고인물이 졸업하지 않으려는 이유 중 하나였다. 생각해보면 어차피 귀신 된 몸, 끈덕지게 몇십 년이고 몇백 년이고 잘만 기다리면 바깥세상의 명사가 이곳에 직접 선생님으로 올 테고 그럼 그때부터 함께 동고동락할 수 있었다.

어쨌든, 그때는 고인물이 하도 너스레를 떨어서 최영 장군이 이상한 선생님이구나 했는데, 다시 생각해보니 현재 안식년이 아니어서 학교에 있는 선생님들을 시대별로 정리해보면 최영 장군이 가장 오래된 선생님이었다. 이건 기회였다. 게다가 학생들의 옷차림이 조금 남달랐다. 체육 수업인데 훈련용 갑옷을 입었고 허리에는 목검을 차고 있었기 때문이다. 순간 찌르르 수염 끝이 떨렸다.

"최영 장군님 수업에선 어떤 걸 배우나요?"

최영 장군의 기분이 갑자기 또 틀어질까 봐 시현은 '장군님'을 꼭 강조했다.

"위원회 반발이 심해서 이름만 체육으로 했을 뿐이다. 이 수업에서 나는 학교를 보호하기 위해 귀신들을 훈련하지."

"흑귀로부터 학교를 보호하기 위한 거죠?"

"이제야 제대로 질문을 할 줄 아는 녀석을 만났군."

최영 장군은 신이 난 눈동자로 처음 자신이 흑귀를 만났을 때 이야기를 풀었다.

"오래전, 내가 죽은 후 그가 나를 찾아왔었지. 나와 함께 큰일을 도모하고 싶다고 제안하더군. 아주 간발의 차이로 안내자가 뒤이어 도착했고, 나를 서로 데려가기 위해 한판 격전이 붙었는데, 치열한 접전 끝에 결국 흑귀가 이겼지."

"네? 근데 왜 학교로 오셨어요?"

"흑귀는 나와 비슷했지. 오만하고 제 생각이 옳다고 믿고 나아가는 면이 인정하기 싫지만 나와 닮았어. 흑귀가 나에게 요구한 건 한 가지였지. 자신에게 충성할 제2, 제3의 흑귀를 양성해달라고. 그런데 안내자는 달랐어. 학교로 와서 자신을 훈련해서 강하게 키워달라고 하면서 더 많은 학생을 나 최영처럼 만들어달라고 했지."

그래서 승패와 상관없이 안내자를 따라 이계 학교로 온 것이었다. 너무도 최영 장군다웠다. 최영 장군의 수염 역시 미세하게 떨리고 있었다. 시현은 그걸 놓치지 않았다.

"그럼 체육 수업에서 하는 훈련은 모두 흑귀에게 맞서기 위해서인가요?"

최영 장군은 고개를 끄덕이며 말했다.

"너도 흑귀를 만나보지 않았느냐. 흑귀는 반드시 여기로 올 것이다."

D-7 사과나무 쌤

드디어 선거일이 오고야 말았다.

재인은 사흘 동안 잠잠하다가 모습을 드러냈다. 재인이 먼저 단상 위로 올라갔다.

"이제껏 그래왔듯이 저는 계속해서 학교를 위해 그리고 여러분들을 위해 모든 걸 바치겠습니다."

그게 끝이었다. 자신감이었다. 화려한 말이나 요란한 선거 운동 없이도 너에게 지지 않는다는 선전포고 같았다. 지난 과거가 그것을 증명하고 있지 않으냐, 네가 결코 쓰러뜨릴 수 없는 아성이다! 시현에게는 그렇게 들렸다.

뒤이어 시현의 차례가 왔다. 시현은 고개를 돌려 고인물 쪽을 보았다. 똥 싼 놈 따로, 치우는 놈 따로라는 말이 목구멍까지 차올랐지만, 꾹 참았다. 시현이 선거 운동에 전혀 나서지 않았는데도 고인물의 거침없는 활동으로 지지층이 은근히 있었다. 선거 운동원을 비롯한 몇몇 학생들이 피켓을 들고 앉아 있었다. 시현은 제발 자신이 단상 위로 올라갈 때 저걸 요란하게 흔들며 이름을 부르지 않기를 바랐다.

그동안 시현의 시간은 가지 않았다. 방에만 있던 것도 아니고 여기저기 돌아다니고 할 일을 했는데도 그랬다. 조금 전 마지막으로 확인한 시간은 7이었다. 선거가 개표되고 결과가 발표 나기까지는 3시간이면 충분했다. 고인물 말대로 7에서 숫자가 멈춘다면 푸싸에게 돌아갈 시간이 생기는 것이다. 만약 정말로 학생회장이 된다면.

만덕 쌤이 시현을 위해 특별히 마이크도 단상에서 뽑아서 주었다. 하지만 마이크는 시현에게 너무 컸다. 시현은 조그마한 앞발을 손처럼 사용해 마이크를 잡았다.

"학생회장 후보 1번 고시현입니다. 뽑아주시면, 어떻게든 해볼게요."

시현이 마이크를 바닥에 내려놓으려고 하자, 학생회 임원이 시현을 향해 소리쳤다.

"학생회장으로서 학생들을 위해 봉사할 마음은 하나도 없는 건가요? 그리고 어떻게 된 학생회장 후보가 제대로 된 공약이 없을 수가 있죠?"

"학생회장이 되면 매점을 더 많이 짓겠다, 봉사 포인트를 현재의 두 배로 만들겠다, 이런 걸 원해요? 공약할게요. 저는 개구멍 알아요. 학생회장이 되면 그 개구멍을 모두에게 알려 줄게요."

선생님들은 난리가 났고 학생들은 웅성거렸다. 좋아할 줄 알았는데 다들 그런 건 아닌 것 같았다. 심지어 고인물도 맙, 소, 사와 망, 했, 다가 교차하는 표정으로 시현을 봤으니까.

만덕 쌤이 결국 단상 위로 올라왔다.

"여러분, 동요하지 말고 들으세요. 방금 고시현 학생이 학생회장 선거에 처음으로 출마하다 보니 이곳의 규칙을 잘 모르는 것 같은데, 그럴 일은 없습니다. 학교에 개구멍은 없어요. 모두 소문일 뿐이죠."

학생들은 그럴 리가 없다며 웅성거렸고 다시 만덕 쌤이 말을 이었다.

"설사 그 소문이 사실이라고 해도 달라지는 건 없습니다. 밖으로 학교 안내자나 선생님의 통솔 없이 함부로 나가선 안 돼요. 그러니 고시현 학생의 마지막 발언은 못 들은 것으로 하고 투표를 해주세요."

학생들은 혼란스러운 얼굴로 맨 뒷줄부터 투표장으로 향하기 위해 일어섰다.

그때 백석 쌤이 헐레벌떡 단상 쪽으로 뛰어왔다. 귓속말로 보고를 받은 만덕 쌤의 표정이 딱딱해졌다. 곧이어 무거운 얼굴로 마이크를 잡고 말을 이었다.

"투표는 연기하겠습니다. 이 시간 이후 모든 수업은 취소되었으니, 모두 자신의 방으로, 아니, 이곳에 일단 그대로 있으세요. 그리고 선생님들은 집현전으로 모여주세요."

선생님들은 황급히 자리를 옮겼다. 시현은 단상 아래로 내려와 고인물에게로 향했다.

"무슨 일이지?"

"지금부터 알아봐야지."

학생회 임원들은 학생들로부터 쏟아지는 질문과 동요를 막기 위해 정신이 없었다. 그사이 시현과 대파랑, 척준은 작은 몸집을 활용해 몰래 빠져나갔다. 몸집이 큰 단풍은 그들이 도망친 걸 들키지 않게 자리를 지키기로 했다.

집현전 앞으로 갔지만 밖에서는 선생님들이 무슨 말을 하는지 잘 들리지 않았다. 척준이 선인장 가시로 조심스럽게 창호지에 구멍을 세 군데 뚫었다. 그러자 구멍을 통해 안쪽의 상황이 보였고 소리도 더 잘 들렸다.

"계속 다른 선생님들께 연락을 돌리고 있습니다. 이번에도 잘 헤쳐나갈 겁니다."

"그땐 위치가 발각되자마자 학교를 이동했지만, 지금은 그럴 수 없지 않습니까."

모두 무겁게 침묵했다. 귀신폰으로 열심히 문자를 보내던 이상 쌤이 벌떡 일어났다.

"정 선생님과 연결됐어요!"

뒤쪽 하얀 벽에 영상이 연결되었다. 사과나무 쌤이 가지를 파르르 떨고 있었다.

"일을 어떻게 이 지경까지 몰고 간 겁니까? 흑귀가 어떻게 학교에 들어옵니까!"

"저희도 아직 그 이유를 찾고 있습니다. 들으셨다시피 학교가 위기에 처했습니다. 안식년으로 외부에 나간 선생님들께는 답이 오지 않고 있고요. 지금 학교엔 선생님이 한 분이라도 더 필요합니다. 처음 약속한 대로 수업일수만큼 봉사 점수를 받겠다고 하셔서 정 선생님의 의견을 존중했지만, 지금은 긴급 상황입니다. 결근이 없으셨던 것에 가산점을 더해서 바로 모습을 바꾸겠습니다. 선생님들 모두 동의하십니까?"

여기저기서 동의했다. 그런데 사과나무 쌤이 말도 없고 나뭇잎조차 움직이질 않았다.

"화면이 정지됐어요! 철학 교실에 무슨 일이 생긴 거예요!"

선생님들 모두 집현전 밖으로 나왔다. 하지만 수정전 근처에 세워진 집현전에서 함화당과 집경당이 있는 철학 교실까지 가려면 중간에 통과해야 할 문이 너무 많았다.

"대파랑! 넌 축구공이잖아. 빨리 갈 수 있지?"

시현의 말에 대파랑이 고개를 끄덕이듯 몸을 움직였다. 시현은 푸싸에게 그랬듯 축구공에 찰싹 몸을 붙였다. 곧이어 최영 장군이 설명 안 해도 알겠다며 철학 교실 쪽으로 축구공을 뻥 찼다. 허공을 가로질러 시현과 대파랑은 선생님들보다 먼저 그곳에 도착했다. 철학 교실을 보는 순간 시현은 헉 소리가 절로 나왔다. 철학 교실은 이미 학교의 일부가 아니었다. 개구멍처럼 커다랗게 구멍이 나 있었는데 그 안에서 흑귀여럿이 사과나무 쌤을 둘러싸고 있었다. 유리창에 실금이 가는 것처럼 온몸에 소름이 돋았다.

시현이 나서려는 순간 사과나무 쌤과 눈이 마주쳤다. 구멍의 안쪽에서도 학교가 보이는 것이었다. 사과나무 쌤은 가지 하나를 슬쩍 아래로 내려서 신호를 보냈다. 거기 그대로 가만히 있으라는 수신호였다. 대파랑과 시현은 숨죽이고 지켜보았다.

"우리와 함께 가시죠."

흑귀의 목소리는 중년 여성이었다. 사과나무 쌤은 목소리를 깔고 물었다.

"학교 위치는 어떻게 알았지? 얼마 전에 이상과 내가 개선

한 궁궐의 보호 기운이 아직 남아 있을 텐데."

"흑귀 태횰께서 직접 알아내셨죠. 들어오는 방법을 찾아낸
건 다른 문제였지만."

흑귀에게 뒤를 밟혔을 때 재인과의 비밀이고 뭐고, 사물로
변하든 말든 무조건 쌤들에게 알렸어야 했다고 시현은 후회
했다.

"땅의 기운에 의지해 학교를 옮겨 다니는 건 역시 한계가
많군."

사과나무 쌤은 가지 끝을 꽉 쥐었다. 쌤 역시 시현처럼 후
회하고 자책하는 것이었다. 사과나무 쌤은 선생님들이 도착
할 때까지 시간을 더 끌기 위해 계속 물었다.

"일부러 여길 제일 먼저 공격한 건가?"

"취약한 부분을 노리고 있지만, 어디가 뚫릴지 몰라서 궁
궐을 둘러싸고 대기 중입니다. 공격 세 번째 만에 철학 교실
로 오다니, 역시 당신은 우리와 함께할 운명인 거죠."

"자네들은 왜 나를 집요하게 노리는 거지?"

"군사 요충지로 뛰어난 수원 화성도 만드실 만큼 그쪽 방
면에 뛰어난 분이니까요."

"역시 전쟁을 준비 중이었군. 거듭 말하지만, 난 자네들과
함께하지 않겠네."

"결국엔 함께하시게 될 겁니다."

흑귀들은 사과나무 쌤을 둘러쌌다. 어둠이 블랙홀을 만들
어 그를 감쌌다. 사과나무 쌤은 그 자리에서 사라졌다.

D-6 학교 곳곳에 구멍

"정약용 선생님은 흑귀들에게 끌려갔어요."

선생님들은 모든 일이 끝난 이후에 도착했다. 영실 쌤은 우려하던 일이 벌어졌다면서 말을 잇지 못했다. 반면 이상 쌤은 시현에게 집요하게 물었다.

"정 쌤이 왜 여길 제일 먼저 공격했냐고 그들에게 물었다는 거지? 너희 둘이 거기 도착한 것도 봤고."

시현은 고개를 끄덕였다. 그러자 이상 쌤이 뒤돌아서 다른 선생님들을 향해 말했다.

"정 쌤은 마지막까지 우리에게 단서를 주고 싶었던 거예요."

"하지만 단서라고 하기엔… 막막하네요."

선생님들은 무거운 침묵으로 비통함을 누르고 있었다. 애도할 시간도 없이 남은 학생들을 지키기 위해 다시 학생들이 있는 곳으로 이동했다.

만덕 쌤은 대표로 단상에 올라가 학생에게 소식을 전했다.

"학교 어느 곳에 구멍이 뚫릴지는 그들도 우리도 알지 못합니다. 그래서 저들도 궁궐을 둘러싸고 기다리는 겁니다. 어느 부분이든 뚫리면 바로 들어오기 위해서."

철학 교실의 3분의 1은 얼룩덜룩하게 정 쌤이 사라진 흔적을 그대로 간직하고 있었다. 그 후 세 군데가 연이어 공격을 받았지만, 그곳에 학생은 없었다. 어둠으로 얼룩진 구멍들 사이로 흑귀들이 돌아다니는 게 보였다. 그들은 정 쌤에게 그랬듯 학생이고 선생이고 죄다 데려가려는 것이었다. 학생들은 두려움에 떨며 제 옆에 있는 친구와 손을 꼭 잡았다.

그때였다. 학생들이 서 있는 곳의 오른쪽 가장자리에 구멍이 뚫리면서 강력한 빛이 형성되었다. 그 구멍을 중심으로 투명한 막이 일렁였다. 대파랑이 부추겨서 시현과 셀카를 찍었던 덩치 좋은 학생이 그 막 안에 서 있었다. 덩치는 너무 놀라서 몸이 얼었다.

"빨리 뛰어라. 이곳으로 다시 들어와야 한다!"

육포 할아버지가 뛰어가며 소리쳤고 덩치는 있는 힘껏 뛰려고 했다. 하지만 서 있는 곳 주위로 엄청나게 밝은 빛이 내리쪼이고 있었다. 그건 햇빛이 아니었다. 덩치는 깜짝 놀라 다시 자신이 서 있던 곳으로 갔다. 구멍이 뚫린 걸 알지 못한 흑귀는 아직 도착 전이었다.

그때 구멍 가까이 있던 최영 장군이 안쪽으로 몸을 날렸다. 팔이 구멍 안으로 들어가자마자 하얀빛에 타들어갔다. 최영 장군은 순식간에 팔 하나를 잃었다. 숨 고를 새도 없이 뒤이어 척준이 그 속으로 뛰어들었다. 시현은 척준을 막지 못했다. 척준이 그 순간만은 선인장답지 않게 빨랐기 때문이다. 척준은 하얀빛 속에서도 몸이 타들어가지 않았다. 뜨거운지 몸 전체가 일렁거렸지만 버티고 있었다. 척준은 빛이 오는 방향을 향해 섰다. 그러자 선인장 모양을 확대한 것 같은 거대한 그림자가 그 뒤로 만들어졌다. 척준이 덩치에게 소리쳤다.

"내 그늘을 디뎌서 빨리 들어가!"

덩치는 정신없이 뛰었다. 척준이 곧이어 구멍 안으로 다시 들어오자마자 흑귀 둘이 나타났다. 흑귀는 간발의 차이로 덩치와 선인장을 놓친 걸 아쉬워하며 주먹으로 막을 빡 쳤다. 흑귀들은 학교 안으로 들어올 수 없었다. 마치 개구멍을 통과할 수 없는 것처럼.

선생님들은 덩치를 응급 처치했고 대파랑과 단풍은 시현과 함께 척준을 살폈다. 단풍이 물었다.

"다친 덴 없어? 괜찮아?"

"온몸이 타는 것 같지만 버틸 만해."

"어쩌자고 갑자기 뛰어든 거야!"

"선인장이 된 후로 빛만 보면 그쪽으로 가고 싶더라고. 그래서 몸이 근질근질할 때 조금씩 햇볕을 쬐어봤는데 괜찮더라. 그래서 구멍 속 하얀빛도 혹시 되지 않을까 싶어서."

"혹시? 잘 알지도 못하면서 무작정 뛰어든 거야? 저 빛은 햇빛이 아니야!"

"빛은 빛이니까."

척준은 단풍에게 더 혼날까 봐 무서운지 몸이 쪼그라들었다. 잠시 후 영실 쌤이 다가왔다.

"네 덕분에 도일 학생이 무사히 돌아왔다. 용기 있는 행동이었지만, 다신 그래선 안 된다. 사막에서 견디는 선인장이니 잠깐은 버틸 수 있겠지. 하지만 단풍 말처럼 저 빛은 햇빛이 아니다. 학교 보호막을 뚫고 구멍을 만드는 정체를 알 수 없는 빛이지."

"제가 도움이 된다면 한 명이라도 더 구하고 싶어요."

"우리 모두 너와 같은 마음이란다."

영실 쌤이 척준의 선인장 줄기에 붕대를 감는 동안 단풍이 말했다.

"척준 혼자 학생을 탈출시키는 건 한계가 있어요. 혼자서는 무리라고요."

"학생들이 모습을 바꾼다면요? 척준처럼 빛에 잘 견디는 모습으로 바꾸면 흑귀가 당도하기 전에 스스로 탈출할 수 있을지도 몰라요."

시현이 말하자 그들 쪽으로 다가온 이상 쌤이 반대하고 나섰다.

"너희가 뭔가 착각하는 것 같은데, 무조건 변신! 이래서 되는 게 아니라고."

"집현전에서 하면 되잖아요? 사과나무 쌤 때처럼 모두가 동의하면 되는 거 아니에요?"

"그건, 정 쌤은 원래 이미 벌이 끝난 상태였기 때문이야. 근데 애초에 고인물 좀 도와줬다고 자신을 징계처분한 게 화가 나신다면서 개근 수업 가산점을 거부하고 버티셨던 거고. 우리는 그걸 돌리려고 했던 거야. 모두 동의한다고 해서 아무 때나 변신할 수 있는 게 아냐."

선생님들 역시 무소불위가 아니라는 말이었다. 그때 축구공이 함화당 방문을 향해 날아가 창호지를 부욱 찢어버렸다.

"이러면 되는 거죠? 괴물이 안 되면 동물, 식물, 사물은 되

282

잖아요. 우리가 지금부터 모두 벌 받을 짓을 하면 되는 거잖
아요!"

대파랑의 말에 학생들이 학교 곳곳을 부수기 시작했다. 방
마다 창호지를 찢는 건 힘이 없는 어린아이들이 했고, 머리가
좀 큰 녀석들은 매점을 공격해서 물건들을 부수었다. 그 모습
을 먹먹하게 지켜보던 육포 할아버지가 나섰다.

"어린 학생과 나이가 많은 학생부터 우선 변신시켜봅시다."

그사이 영실 쌤은 통신 장비를 손보며 폰으로 연락해보았
지만, 다른 선생님들에게 긴급 상황을 알리는 데 실패했다. 회
신이 전혀 없었다. 아무래도 궁궐 밖에서 흑귀들이 신호를 차
단하고 있는 것 같다면서 영실 쌤의 얼굴이 어두워졌다.

선생님들이 집현전으로 들어가려는데 최영 장군이 이상 쌤
을 막았다.

"자네는 밖에 있게."

한쪽 팔을 잃었지만 의연하게 행동하는 최영 장군에게서는
거역할 수 없는 장군만의 카리스마가 풍겼다. 결국 이상 쌤은
뒤로 물러섰다. 잠시 후 유치원생들부터 햇볕에 강한 검은꼬
리프레리도그, 가시꼬리왕도마뱀, 턱수염도마뱀, 아메리카독
도마뱀 등으로 변신했다. 단풍이 거울로 변신한 모습을 비춰
주자, 아이들이 재미있다며 까르르 웃었다. 아이들은 상황을
전부 이해하지 못했다. 그래서 다행이었다. 유치원생들을 돌
보던 봉사 도우미도 함께 변신했다.

한편, 집현전 밖에서 이상 쌤은 초조하게 손톱을 물어뜯으

며 다리를 달달 떨었다. 시현은 미간에 힘을 주고 이상 쌤에게 물었다.

"쌤, 뭐가 있는 거죠?"

D-5 구멍을 막을 방법

"날 왜 뺀 것 같아?"

"학교 관리인이라서요?"

"널 퀴카로 변신시킬 때 집현전에 나도 있었어. 관리인이어도 나도 능력이 있다고!"

그러자 옆에 있던 단풍의 표정이 순식간에 어두워졌다.

"우리에게 벌을 주는 건 선생님들께도 힘든 일인 거야."

단풍의 추측이 맞는지 이상 쌤은 말이 없었다. 시현이 놀란 눈으로 물었다.

"그럼 학생들을 변신시키다가 선생님들이 잘못될 수도 있다는 거예요?"

"그걸 대비해서 날 남긴 거지. 이렇게 많은 학생을 갑자기 단시간에 바꾸는 건, 선생님들도 모든 걸 걸고 하는 거야."

집현전 안에서 누군가가 철퍼덕 쓰러지는 소리가 들렸다. 문을 열어보니 만덕 쌤이었다. 이상 쌤이 들어가려고 하자 만덕 쌤이 괜찮다며 손을 들어 이상 쌤의 출입을 막았다. 안에 있던 백석 쌤이 만덕 쌤을 부축해서 일으켰다. 집현전의 문이

다시 닫혔다. 이상 쌤은 궁궐 기둥을 발로 차면서 분을 삭였다. 갈수록 상황은 심각해져갔다.

"구멍이 어디 생기는지 미리 알 수만 있다면 좋을 텐데."

이상 쌤 말을 듣는 순간 시현은 머릿속에 빛처럼 스치는 게 있었다.

"저번에 개구멍으로 밖에 나가려고 담벼락을 관찰했는데… 아, 쌤, 지금 그 문제로 화내실 거 아니죠? 어쨌든 보니까 개구멍 빛에 규칙성이 있었어요."

곧바로 이상 쌤은 궁궐 청사진을 가져와 바닥에 놓고 공격의 규칙성을 담벼락에서 발견한 규칙성에 대입해보았다. 똑같진 않지만 비슷했다.

그사이 척준은 빛에 강한 선인장의 장점을 활용해 뛰어다녔지만 구하지 못한 학생이 점점 늘어갔다. 순식간에 흑귀들에게 빼앗긴 학생이 열다섯이 넘었다. 집현전에서도 우려하던 일이 터졌다. 늘 학교에서 가장 많은 일을 담당하던 만덕 쌤이 정신을 잃었고 뒤이어 최영 장군도 쓰러졌다. 마지막으로 육포 할아버지까지 모두 쓰러졌다. 사막에서 잘 버티는 동식물로 바뀌지 못한 학생들이 아직 많았다.

"결국, 이 방법은 한계가 있는 거죠?"

이상 쌤은 청사진에 눈을 박은 채 고개를 끄덕였다.

"구멍을 막을 방법은 하나야. 신물이 빨리 돌아와야 해."

지금 상황에서는 그것만이 이 난국을 헤쳐갈 유일한 방법이었다. 문제는 신물이 뭔지, 어디에 있는지, 어떻게 해야 돌아올 수 있는지 시현과 고인물은 모른다는 것이었다. 이렇게 스무고개 하듯 깜깜이로 말해서는 더 미궁에 빠질 뿐이었다.

시현은 이상 쌤을 노려보았다. 어디 으슥한 곳으로 데려가서 벽으로 몰아붙이고 협박을 해야 하나 생각이 들었다. 쿼카의 발톱에 찍혀볼 거냐? 선인장 가시로 마사지 받고 싶으냐? 아니면 저주에 걸린 것처럼 날뛰는 축구공으로 급소 백만 번 맞고 싶냐? 거울에서 들려오는 시원한 욕을 바가지째 먹고 싶은가 보네? 하지만 그 어떤 협박도 이상 쌤에겐 통하지 않을 것 같았다. 결말이 뻔한 액션에 시간을 낭비할 순 없었다.

시현이 고민하는 사이 대파랑이 나섰다.

"우리가 어딜 봐서 스파이냐고요. 배신자면 모를까. 스파이처럼 머리가 좋았으면 우리가 맨날 벌 받아서 이 모양 이 꼴로 있겠냐고요?"

"흠⋯."

흠? 그건 인정한다는 뜻인가? 시현은 이 모자란 고인물과 한통속으로 묶이고 싶지 않아 슬쩍 한 걸음 옆으로 옮겼다. 대파랑은 이상 쌤에게 더 다붙으며 말했다.

"그리고 생각해봐요. 스파이가 머리만 필요하나? 간도 커야지. 우리가 그래 보여요? 척준 쟤만 해도 무슨 무사가 간이 콩알만 해서는 녹슨 검으로 맨날 연습밖에 안 해. 실전을 해본 적이 없어. 그리고 들으셨는지 모르겠지만 신입생 데리고 오려고 갔을 때 죽은 지 얼마 안 된 시현이 쟤한테도 졌다고요. 고작 나뭇가지에. 그리고 단풍이야 알다시피 립스틱에 환장했고, 시현이 얘는….”

대파랑은 그쯤에서 생각에 잠긴 듯이 수다를 멈추었다.
어? 왜 갑자기 지목하고는 말을 잇지를 못하지? 이런 분위기
는 싫은데.

“야, 말 똑바로 해. 나는 뭐?”

“시현이 쟤는 쿼카잖아요.”

더 말해 무엇하냐는 듯한 어조였다. 굉장히 기분 나빴지만
조리 있게 반박할 시간도 아이디어도 없었다. 그래서 시현은
찝찝하게 바통을 이어받아 이상 쌤을 압박했다.

“신물이 뭔데요? 물건이에요?”

“너희가 스파이가 아니라고 해도 너희에게 그런 중요한 정
보를 알려줄 이유는 없어. 왜냐면 너희 말대로 너희는 간도
작고 잔머리도 애매한 녀석들이니까. 알려줘봤자 뭐해? 이
마당에 호기심이나 해결하라고?”

맞는 말이었다. 하여간에 대파랑은 상황만 더 꼬아놨다.
시현은 다시 물었다.

“신물이 물건이 아니라 혹시 안내자예요?”

이상 쌤은 무표정으로 시현을 보았다. 하지만 미세하게 눈
가가 움찔했다. 얘가 뭘 알고 이러나, 아니면 그냥 찔러보는
건가, 잠깐 고민하는 눈치였다. 걸려들었다.

“대파랑이 말한 것처럼 학생 중 스파이가 있을지 모른다고
생각하는 거 저희도 알아요. 그래서 정보를 공유하지 않는 것
도 알고요. 하지만 이건 중요한 문제예요.”

이상 쌤은 여전히 말이 없었다. 학생회도 모두 보고 있었다. 재인이 와서 편들었다.

"신물이 뭔지 비밀이라는 것도, 그게 도난당할까 봐 쉬쉬하고 있다는 것도 다 알지만, 집현전에서 선생님들이 다 쓰러지셨어요. 쌤도 보셨잖아요. 그리고 학생회도 세 명이나 희생됐어요. 학교 관리인이든 선생님이든 이젠 제발 제 역할을 하실 때예요."

거듭된 압박에도 이상 쌤의 입은 열리지 않았다. 재인은 이상 쌤이 들으란 듯이 한숨을 크게 내쉰 후 다른 학생들을 도우러 갔다. 하지만 그들과 멀리 떨어지지 않은 곳이었다. 이상 쌤은 재인의 뒷모습을 보았다. 재인의 말을 곱씹고 있는 것 같았다.

"아, 진짜 이럴 때 우리가 괴물이었으면 도움도 되고 얼마나 좋아. 이깟 축구공 무슨 쓸모냐고."

대파랑이 짜증을 냈다. 그때 시현의 머리에 문득 괴물 같은 동물이 떠올랐다.

"어! 그… 천… 아, 그 다리에 있는 돌로 된 괴물, 그게 신물 아니에요?"

"그건 천록이라고 신령스러운 짐승을 본뜬 거지. 신물은 학교마다 이동해야 하는데, 그 조각상은 원래 이 경복궁에 속해 있는 기본값이다."

"아."

시현은 고개를 끄덕였다. 그때 단풍이 앞으로 나서며 말했다.

"우리는 변신밖에 안 돼요? 빙의할 수는 없는 거예요?"

"아! 돌은 빛에 강하잖아요! 그리고 그 조각상은 상상의 '동물'이고!"

이상 쌤이 단풍과 시현이 무엇을 생각하는지 알아챘다.

"하지만 궁 안에 있는 천록 조각상은 고작 네 개밖에 되질 않는데."

"귀신 넷을 더 살릴 수 있죠. 이상 쌤이 빙의하는 법을 가르쳐주시기만 하면요."

"빙의는 원래 오랜 수련을 거쳐야 가능하지만, 저 조각상들은 모두 백성과 나라를 평안하게 하려는 목적으로 만들어진 것이니 어쩌면 될지도 모르겠다."

이상 쌤은 변신하지 못한 귀신 학생 중 자원을 받아 빙의하는 법을 가르쳤다.

"자칫 잘못하면 빙의된 대상에서 다시 나오지 못할 수도 있어. 그래도 할 거니?"

"흑귀에게 끌려가서 노예처럼 살고 싶진 않아요."

자원한 귀신 넷은 결의로 고개를 끄덕였다. 이상 쌤은 그들에게 자신의 눈을 만진 손으로 들어가려는 조각상의 두 눈을 어루만지라고 했다. 첫 번째 학생은 시현이 집현전에서 나왔을 때 귀신폰 카메라를 들이대며 좋아했던 귀신이었다. 이상 쌤은 첫 번째 학생에게 불안한 어조로 물었다.

"허락이 느껴지니? 들어와도 된대? 아니면, 어렵대?"

귀신 학생은 이상 쌤을 보며 눈물을 흘렸다.

"된대요. 도와주겠대요 쌤."

D-4 신물이 돌아와야

"다행이구나. 자, 이제 뒤에서부터 전속력으로 저 조각상을 향해 달려가면 된다."

귀신 학생은 이를 악물고 천록 조각상을 향해 달려서 미끄러졌다. 곧이어 귀신의 모습이 사라지면서 동시에 천록이 크게 기지개를 켜며 몸을 움직였다. 성공이었다. 그렇게 네 명의 귀신이 차례로 천록에게 빙의했고, 그들은 척준이 선인장의 특성을 이용해 뜨거운 빛을 막아냈던 것처럼 돌짐승이 지닌 특유의 힘을 발휘하여 여러 학생을 구했다. 천록 네 마리의 활약으로 연달아 열 번 넘게 공격이 실패하자 학교에 뚫리는 구멍이 조금 잦아들었다.

그사이 대파랑, 척준, 단풍과 시현은 궁궐 곳곳의 동물 조각상을 더 찾아냈다. 근정전 계단에는 봉황이 한 쌍 조각되어 있었다. 그 외에도 십이지신 중 쥐, 소, 호랑이, 토끼, 뱀, 말, 양, 원숭이, 닭도 찾아냈다. 그중 압권은 세상 풍파 다 겪은 듯 초연한 자세로 앉은 원숭이였다. 근위병 역할을 하는 해태 가족도 찾았고, 눈이 밝은 척준이 백호, 청룡, 현무, 주작, 상하월대 석수까지 숨 가쁘게 발견했다. 그리고 다행히 그들이 위치한 곳은 구멍이 뚫리지 않아 모두 빙의될 수 있었다.

한숨 돌린 이상 쌤은 시현을 향해 왔다. 시현은 칭찬을 기다리며 이상 쌤을 올려다보았다. 그런데 이상 쌤이 시현에게 한 말은 예상을 완전히 벗어난 것이었다.

"이제 와 생각해보니, 학교에 여기저기 구멍이 나기 전부터 이럴 거라는 조짐이 있었어. 그때 평소답지 않다는 걸 눈치를 챘어야 했는데."

생각지도 못한 말이었다. 그래서 시현은 까칠하게 대꾸했다.

"그게 언제부턴데요?"

"한 학생이 '안내자'도 없이 학교로 들어왔지. 왜 '안내자'가 나가지 않은 걸까?"

말투와 눈빛의 느낌이 일치하지 않았다. 그 물음의 의미가 무엇인지 생각하느라 시현은 아무 말도 하지 않았다. 참다못한 대파랑이 나섰다.

"그건 한글 쌤이 원해서 나간 거잖아요? 그리고 종종 그런 일 있었잖아요?"

"그래서 이제야 눈치를 챈 거야. 하지만 이제껏 '안내자' 대신 선생님이 나갔어도 이런 일이 벌어진 적은 없었어. 그리고 너, 흑귀도 만났었다며?"

재인은 분위기가 심상치 않자 시현을 변호하려고 했다. 시현은 손을 들어 이쪽으로 오지 않아도 된다고 막았다. 시현은 이상 쌤을 똑바로 바라보며 말했다.

"무슨 말씀인지 다 알아들었어요. 2절은 사양할게요."

시현은 그대로 돌아서서 방으로 향했다. 방 몇 군데는 구멍이 뚫려 있었지만, 시현의 방은 무사했다. 시현은 방으로 들어가자고 고인물에게 눈짓했다.

"어떻게 뚫린 입이라고 말을 고따구로 하지? 마지막 남은 샘만 아니면 진짜 내가… 아우! 그냥 반쯤 죽여놓고 올까? 아니지, 구멍으로 던져버리면 되겠네."

"이름도 이상하잖아. 잊어버려. 자기도 아는 거지. 본인이 이상한 걸."

시현은 고인물의 위로가 들리지 않았다. 아까부터 골똘히 생각하던 게 있었다. 시현은 몸을 돌려 그들에게 물었다.

"안내자 이름이 뭐야?"

"이름은 몰라. 친해지고 싶어서 전에 물어봤는데 안 가르쳐 주더라고. 안내자는 그냥 안내자라고 불러. 안내자는, 넌 못 봤겠지만 되게 이쁘거든. 단풍도 인정하지?"

대파랑의 물음에 단풍은 자존심 상하지만 어쩔 수 없다는 듯 고개를 끄덕였다.

"이뻐. 하지만 내가 거울이 아니라 원래 미모를 되찾으면…"

"응, 아니야."

대파랑이 주저리주저리 이어지려는 단풍의 말을 단칼에 잘랐다.

"근데 안내자 이름은 왜?"

"내가 꿈에서 본 그 소녀 이름이 푸싸라고 얘기했었지? 근데 실은 걔 이름이 풀싹이거든. 발음이 어려워서 그냥 푸싸라고 부르라고 했던 거고."

"뭐야, 설마 푸싼지 풀싹인지 하는 그 애가 안내자라고?"

"안내자에 대해서 아는 거 없어? 이름이 아니면 뭐 다른 거라도?"

"알려진 게 없어. 소문에 의하면 안내잔 아무도 믿지 않는대."

"왜?"

"몰라. 믿는 도끼에 발등 찍힌 적 있나?"

그 말을 듣고 시현은 푸싸가 안내자라는 추측에 더욱 확신을 얻었다.

"아까 이상 쌤 좀 이상하지 않았어? 다정한 눈빛과 다르게 입에서 나온 말은 퉁명스러웠어. 그리고 안내자라는 말을 너무 강조했잖아. 만약 그게 힌트라면?"

"근데 왜 그걸 직접 말 안 하고 그렇게 말한 거야? 시현이만 괜히 상처 주고."

"쌤은 아직 의심하고 있는 거야. 그때 우리 주변으로 학생들이 많았잖아. 분명 스파이든 뭐든 조심해야 한다고 생각했던 거지. 만약 푸싸가 안내자가 맞다면, 흑귀가 학교 안내자인 푸싸를 잡아 자신에게 굴복하게 하려고 저주의 시공간에서 고통을 주고 있는 게 말이 돼."

"그럼 푸싸를 구해 오면 되겠네?"

"응. 하지만 우리만 움직여야 해. 쌤처럼 매사 조심하는 게 좋으니까."

그들은 머리를 맞대고 계획을 세웠다. 계획이 촘촘해질수록 자신감이 차올랐다. 단풍이 자세를 잡자 달빛을 반사한 빛이 풀밭에 만들어졌다. 먼저 척준이 뛰었다. 그런데 척준이 빛으로부터 튕겨 나왔다. 대파랑도, 단풍도 시도했지만 마찬가지였다.

"왜 우린 안 되는 거야!"

대파랑이 씩씩거렸다. 단풍이 시현을 돌아보며 말했다.

"아, 왜 그걸 생각 못 했지? 이건 처음부터 오직 시현이만 되는 거였어."

"왜 나만…. 아, 나만 너희와 달라. 만약 푸싸가 안내자라면 학교에서 안내자와 나의 연결 고리는 없어. 나만 진짜 안내자를 만나지 못한 거야."

"내 생각도 같아. 예전에 안내자가 너무 아파서 다른 선생님이 신입생을 데리러 속세에 나간 적 있었는데, 그때 신입생에게 안내자가 계속 미안해했잖아. 자신이 나갔어야 했는데 못 했다고."

"그건 그냥 제 일을 못 해서 그런 거 아니야?"

"그때 그랬어. 자신이 표식을 남겼어야 했다고. 시현이 너만 안내자로부터 직접 표식을 받은 게 아니니까 네가 안내자를 필요로 하는 거야. 여기 있는 학교 누구도 눈치채지 못했는데 너만 자꾸 그게 보이잖아."

시현이 육포 할아버지와 그랬던 것처럼, 다른 세계에서 푸싸와 보이지 않는 끈으로 연결된 것도 말이 되었다. 시현이 푸싸를 필요로 하는 것이었다. 하지만 만약 그 이론이 맞다면 고인물과 시현이 같이 준비했던 건 소용이 없었다.

"그럼 그 말은, 나 혼자 들어가서 싸워야 한다는 거지?"

고인물은 고개를 끄덕였다. 그들은 다시 계획을 수정한 뒤 필요한 준비물을 천 조각에 둘둘 말아 보따리 안에 넣은 후 시현에게 건넸다. 단풍이 다시 빛을 만들었다. 시현은 푸싸를 구하기 위해 거침없이 빛으로 뛰어들었다.

D-3 네 첫 이름에 갇혀라

상황은 또 바뀌어 있었다.

진이 그려져 있었고 그 안에 귀도들 모두 인질처럼 잡혀 있었다. 푸싸는 지친 얼굴이었다. 그사이 푸싸는 몇 번이나 홀로 싸우다가 죽음을 되풀이하고 있었던 걸까. 시현은 마음이 아렸다. 정강이 아래에 닿은 시현의 몸털을 느낀 푸싸가 복화술로 작게 말했다.

"왜 다시 온 거야. 네가 갑자기 사라져서, 너라도 탈출해서 다행이라고 생각했는데. 최대한 나한테서 멀리 떨어져 있거나 위장해. 여긴 나를 위한 저주의 시공간이라 아직 눈치채지 못한 것 같지만, 만약 흑귀가 널 발견하면 너마저 죽일 거야."

상황을 묻지 않아도 알 수 있었다. 푸싸는 흑귀에게 패배했고 그사이 모든 귀도는 죽었다. 그런데도 푸싸가 무릎 꿇지 않고 저항하자 흑귀가 다시 판을 되살려서 귀도들을 죽이는 행위를 반복한 것이었다. 하지만 푸싸는 버텼고 시현은 푸싸가 조금 더 버틸 수 있을 거라고 믿었다.

"무릎 꿇어라."

푸싸는 무릎 꿇지도 대답하지도 않았다. 시현은 푸싸에게 고인물과 학교에서 세운 계획을 알려야 했다. 계속 앞발을 찍어서 푸싸의 눈을 자신에게로 돌렸다. 밑을 본 푸싸의 눈이 커졌다. 시현이 바닥에 선인장 가시를 쫙 늘어놓았기 때문이다.

'이건 척준 거야. 개구멍을 통과할 때 선인장 가시가 검으로 변하는 걸 봤어. 넌 안내자고 신물이지? 맞으면 제발 어떻게 좀 해봐. 난 진을 흠집 내고 있을 테니까.'

시현은 바닥에 선인장과 가시, 검을 그린 뒤 진을 가리키고 문지르는 흉내를 냈다.

"선인장이면 그 고려무사 척준? …그 녀석의 가시면 해볼 만하지."

"말이 없는 걸 보니 너에게 이들은 아무것도 아닌가 보구나. 그럼 하나씩 죽여볼까? 먼저 배신자부터 시작하지."

흑귀는 푸싸의 시선을 끌기 위해 귀도를 하나 죽였다. 그 사이 푸싸가 선인장 가시들을 손에 모아 쥐자 손바닥 위에서 선인장 가시들이 빙글빙글 돌아가기 시작했다. 앞발톱을 이용해 땅파기 기술을 펼치던 시현은 고개를 들어 바라보았다. 푸싸의 손 위에서 선인장 가시가 일렬로 선을 이루었다. 아름다웠다. 푸싸가 그것을 잡아채듯이 쥐자 단숨에 검으로 변했다. 무 하나도 베지 못할 것처럼 둔탁하게 녹슬어 있던 검이 아니라 그 검이 처음 탄생했을 때처럼 반짝반짝 윤이 났다.

푸싸는 검을 두 손으로 쥐고 흑귀를 향해 뻗었다. 그리고 소리쳤다.

"당장 손 떼!"

푸싸는 주위를 보는 척하면서 시현을 슬쩍 보았다. 시현에겐 진을 파괴할 시간이 더 필요했다. 푸싸는 시간을 끌기 위해 흑귀에게 말을 걸었다.

"이 검 기억나?"

"그 검을 네가 어찌….."

"네놈이 권력에 눈이 멀어 아비를 죽인 바로 그 검이지. 너는 그때까지만 해도 이 검에 엄청난 게 서려 있는 걸 몰랐나 봐. 그러니까 증거를 인멸한답시고 아무렇게나 처박아버렸던 거겠지."

"그 검이 어디서 난 거지?"

"저수지 아래 처박혀 있던 검을 오랜 시간이 지난 후 가뭄이 심한 어느 날, 한 고려 무사가 발견했어. 모두 녹이 슬어서 소용없을 거라고 했지만 그는 달랐지. 검을 살 능력이 없었던 그는 녹슨 검으로 매일 매일 연습했어."

"하지만 그놈은 전장에서 내가 죽였어!"

"그리고 너는 그 검을 영영 잃었지. 내가 그 무사를 학교로 데려왔으니까."

흑귀가 온몸으로 분노를 뿜어내며 부르르 떨었다.

"이 검에 찔리면 넌 어떻게 될까? 죽을까? 아니면 이 검에 갇힐까?"

"그 검을 내놔라. 그러지 않으면 여기 있는 모두를 영원한 고통에…!"

'됐어!'

시현은 밑에서부터 흙을 파서 진을 흠집 내는 데 성공했다. 푸싸는 시현의 소리가 들리자마자 귀도들에게 소리쳤다.

"다들 피해요!"

귀도들은 진 바깥으로 도망쳤고 푸싸는 검과 함께 바람처럼 달려갔다. 푸싸는 검을 무기로 맹렬하게 달려들었고 흑귀는 빠르게 피했다. 시현은 준비한 거울 조각을 햇빛에 맞춰서 한 번에 쏘았다. 흑귀는 눈이 부셔서 움직임이 둔해졌고 그 순간을 놓치지 않고 푸싸가 검으로 푹 찔렀다. 그러자 흑귀는 연기처럼 사라졌다.

"죽었어! 우리가 이긴 거야!"

귀도들이 환호했다. 하지만 곧이어 갑자기 불어온 바람과 함께 그들 역시 연기처럼 사라졌다. 푸싸는 놀란 눈으로 그들이 사라진 자리를 보았다.

"모두 진짜가 아니야. 흑귀는 죽지 않았어."

'그럼?'

"여러 가능성이 있지만 귀도들이 갑자기 연기처럼 사라진 걸 보면 여기 들어온 흑귀 역시 진짜가 아니었을 거야. 자신의 기억을 따로 떼어놔서 설정해놓은 분신 같은 거겠지. 하지만 진짜 과거의 문이 열린 게 아니라면 어떻게 이렇게 정교하게 복원할 수 있는 거지?"

푸싸는 아랫입술을 깨물고 고민했다. 그사이 시현은 푸싸가 준 선인장 가시를 다시 가져온 천 조각에 둘둘 말았다. 그런 뒤 발톱으로 흙바닥에 글씨를 썼다. 곧이어 푸싸는 시현이 쓴 글씨를 한 글자 한 글자 읽었다.

"어, 떻, 게, 된, 거, 야? 음, 아까 상황이 급박해서 얘기 못 했는데 한글을 아는 것 보니까 세종대왕 이후의 귀신이구나? 이 선인장 가시도 그렇고 혹시 척준 친구야?"

시현은 고개를 끄덕였다. 상황이 궁금해서 시현은 글자를 발로 톡톡 두드렸다.

"미리 약속했던 보건 선생님을 모시러 갔는데 그게 함정이었어. 흑귀가 날 잡았고 난 방어할 새도 없이 주문에 걸렸지. '네 첫 이름에 갇혀라.' 간단하지만 강력한 주문이지. 그자는 내가 자신의 노비라는 이름에 갇힐 줄 알았던 거야."

자신의 이름에 갇히라니. 그래서 무엇이든 이름을 지을 때는 고민에 고민을 거듭하고 신중하게 짓는 건가.

"하지만 내 부모는 원래 자유롭게 살던 사람들이었고 날 임신했을 때 엄마는 나에게 태명부터 풀싹이라고 지어줬었어. 그 후 붙잡혀 그 집안 노비가 되긴 했지만. 나에겐 그가 모르는 이름이 있었고, 그게 풀싹이었지. 그래서 흑귀의 욕망과는 다르게 풀밭에 갇히게 된 거야. 한발 늦게 흑귀가 눈치채고 날 굴복시키기 위해 술수를 쓴 거고."

그래서 잡초 같은 풀밭에서 푸싸는 시간을 반복하고 있었다.

"근데 뚱더지 넌 누구니?"

시현은 온몸을 사용해서 흙 위에 적었다. '이게 학교 학생.' 푸싸는 보고 있다가 '게' 자에 점을 하나 더 찍어서 '계'로 만들었다. 시현은 다시 점을 지웠다. 그렇게 점을 넣었다 뺐다 하다가 푸싸가 부르르 떨었다.

"그놈의 껍딱지."

결국, 마지막은 '이게 학교'로 되었다. 시현이 좋아하는 건 이계 학교가 아니라 이게 학교니까. 시현은 준비해온 수첩 종이를 푸싸에게 보여주었다.

"학교 학생들 때문이냐고? 음, 맞아. 내가 여기서 무릎 꿇으면 모든 학생이 그림자에게 끌려가게 되니까. 난 흑귀가 만든 귀도에 대항해서 학교를 세웠고 안내자 역할을 했어. 신물은 원래 내가 아니었어. 그런데 오래전 신물을 학교 스파이 때문에 도난당할 뻔한 이후에 선생님들과 이야기해서 나에게로 신물을 바꾼 거야. 물건은 의지가 없지만, 귀신은 의지가 있으니까. 이걸 알고 있는 건 극소수야."

시현은 푸싸에게 빨리 두 번째 장을 넘기라고 손을 돌렸다. 그러자 푸싸가 수첩의 다음 장을 넘긴 뒤 말을 이었다.

"학교 내부에 구멍이 생겼어? 역시, 그게 목표였구나. 빨리 학교를 이동하려면 내가 돌아가야 하는데. 흑귀는 사라졌지만 내가 아직 여기 갇힌 걸 보면, 우리만으로는 안 될 것 같아. 학교로 돌아가서 내가 여기 있다는 걸 한글 선생님께 알려줘."

육포 할아버지가 쓰러졌다는 소식을 시현은 차마 전하지
못했다. 시현은 무겁게 고개를 끄덕인 뒤 거울 조각으로 빛을
만들었다. 푸싸가 가려는 시현을 붙잡고 말했다.

"날 도와주러 다시 와줘서 고마워."

D-2 다시 학교

"푸싸는? 같이 안 왔어?"

시현이 눈을 뜨자마자 대파랑이 물었다.

"흑귀는 없앴는데 푸싸는 나올 수 없더라고. 선생님 도움
이 필요한 것 같아."

척준은 엄청나게 많아진 구멍을 가리키며 그간의 상황을
알려주었다.

"구멍이 많아지다가 갑자기 멈췄어. 흑귀들도 구멍 속에서
사라졌고."

"그때가 푸싸가 흑귀를 검으로 찔렀을 때인가 보다."

단풍이 그런 것 같다며 고개를 끄덕였다. 시현은 척준에게
몸을 돌렸다.

"이 가시가 진짜 검으로 변하더라. 근데 너 이 검이 무슨
검인지 알고 있었어?"

"무슨 검인데?"

척준은 전혀 모르고 있었다. 그럼 이건 우연인 건가?

"나중에 자세히 이야기하자. 일단 난 육포 할아버지부터 만나야 해."

시현은 선생님들이 쓰러져 있는 곳으로 갔다. 선생님들은 정신은 돌아왔지만, 아직 기력이 없어서 거동이 불편했다. 시현은 육포 할아버지에게로 제일 먼저 갔다.

"푸싸를 만나고 왔어요."

시현은 육포 할아버지에게 있었던 일을 처음부터 이야기했다. 긴 이야기를 다 들은 후 육포 할아버지는 몸을 반쯤 일으켜 앉으며 시현에게 말했다.

"처음엔 푸싸가 평소처럼 일하러 간 줄 알았지. 그런데 그때 네가 질문을 해서 알게 되었단다. 이렇게 오랫동안 연락을 안 한 적이 없다는 걸. 널 데리러 갔던 날 흑귀가 나타났던 것도 그렇고 느낌이 안 좋아서 알아보니, 초빙하려던 선생님은 만나지도 못했더구나. 그제야 알게 됐지. 푸싸가 실종되었다는 걸. 하지만 이렇게 가까운 곳에 있을 줄은…."

시현은 미처 수첩에 적어 가지 못한 것을 육포 할아버지에게 물어보았다.

"여기서 납치된 것도 아닌데 어떻게 학교 풀밭으로 오게 된 거죠?"

"푸싸의 의지겠지. 흑귀는 그걸 간과했던 거야. 그 어떤 저주도 푸싸가 가진 열망을 꺾진 못하니까. 푸싸는 저주가 퍼부어지는 그 순간에도 이곳으로 돌아오고 싶었던 거겠지. 하지만 이렇게 흑귀의 저주를 오래 혼자서 버티다니."

문득 시현은 저번에 풀밭이 죽은 게 우연이 아니란 생각이 들었다.

"제초제! 그게 뿌려져서 풀이 거의 다 죽어 있었어요. 누군가가 푸싸가 거기 있는 걸 알고 있었던 거예요. 그래서 죽이려고 한 거고요!"

"그렇다면… 맙소사, 그런 짓을 저질렀다니."

육포 할아버지는 이를 악물고 몸을 일으켰다. 영실 쌤과 최영 장군을 향해 말했다.

"공격은 멈췄지만 언제 재개될지 알 수 없습니다. 그 전에 푸싸를 구해 와야 합니다. 움직여주세요. 백석 선생님은 학생들을 안정시켜주시고, 김 선생님은 저와 함께 가시죠."

학교는 다시 정신없이 바빠졌다. 얼마 후 푸싸가 처음 붙잡혔던 장소에서 무사히 저주를 빠져나왔다는 소식이 전해졌다. 곧 이곳으로 돌아올 것이다.

"학교가 이동하기 전까지 모두 방에 있도록 하세요. 한동안 어수선할 테니까."

힘을 되찾은 선생님들이 구멍을 메우기 시작했다. 푸싸가 저주의 시공간에서 탈출해서 그런지 구멍은 빠르게 메워졌다.

그사이 시현은 고인물과 함께 방으로 걸어갔다. 그런데 멀리서 지켜보는 시선이 느껴졌다. 고개를 돌려보니 재인이 서 있었다. 시현은 고인물에게 먼저 들어가 있으라고 한 후 재인에게 걸어갔다.

"선생님들께 다 들었어. 네가 안내자를 구했다고. 넌 진짜 학생회장 자격 있다."

예상치 못한 재인의 말에 시현은 부끄러워 목덜미를 만지며 말했다.

"그걸 노리고 한 건 아니었어."

"알아. 그래도 난 네가 학생회장을 포기했으면 좋겠어."

시현은 뜨악한 얼굴로 재인을 보았다. 재인은 말을 이었다.

"학생들에게 모두 방으로 들어가라고 한 건, 실은 다른 문제가 터져서 그런 거야. 푸싸가 시공간이 뒤틀린 곳에 있었다고 했지? 내 말 다 듣고 나서 너무 놀라지 말고 또 큰 소리로 반응해서도 안 돼. 너한테 말하는 건 모두 비밀이니까."

"도대체 무슨 일인데? 왜 이렇게 뜸을 들여?"

"너, 어쩌면 다시 살아날 수 있을 것 같아."

시현은 망치로 한 대 맞은 것 같았다. 기대는커녕 상상조차 하지 못한 일이었다.

"네가 푸싸를 구하러 가면서 과거로 가는 문이 열려서, 죽기 전으로 갈 수 있어."

충격으로 흐렸던 시야가 조금씩 선명해졌다. 시현의 입가에 미소가 번졌다.

"내 친구들도 모두?"

"아니, 그 시간의 문으로 들어갔던 귀신만 가능해. 구멍은 막았지만 그건 공간이 뒤틀린 부분만 막은 거고, 시간에 대한 건 아직 모르서. 선생님들이 조처하기 전에 움직여야 해."

"하지만…."

"돌아가서 옥상에서 그 아저씨 손을 놓으면 돼. 그럼 넌 살 수 있어."

믿지 않기엔 너무도 달콤한 유혹이었다. 시간의 문이 닫히기 전에 빨리 결정해서 알려달라고 한 뒤 재인은 자리를 떴고, 시현은 방으로 들어갔다. 방에서 고인물은 상으로 어떤 괴물을 택하면 좋을지 신나게 의논 중이었다.

"시현이 너 얼굴이 왜 그렇게 어두워? 무슨 일 있지?"

척준의 물음에 시현이 재인에게서 들은 상황을 설명하자, 대파랑이 펑펑 뛰었다.

"재인이 말을 믿어? 걔 입으로도 말했잖아. 네가 학생회장을 포기했으면 좋겠다고. 그래서 뺑 까는 거야. 나쁜 새끼. 내가 가만 안 둬."

나가서 혼쭐을 내주겠다는 걸 척준이 문을 막아 말렸다.

"나도 말도 안 된다고 생각해. 하지만 그게 만약 진짜면?"

"여기서 학생회장이 될 거냐, 아니면 인간으로 다시 살 거냐 선택하는 거야."

손목의 숫자는 2를 가리키고 있었다. 시현이 계속 시간을 보자 대파랑이 말했다.

"답은 정해져 있네."

고인물은 동시에 학생회장을 택해야 한다고 외쳤다. 시현은 벌떡 일어나서 받아쳤다.

"뭐? 당연히 인간이지."

"투표하면 무조건 네가 당선되겠지만, 설사 학생회장이 안 된다고 쳐. 그래도 넌 최소 괴물은 보장받은 거라고. 학교를 구했잖아. 안내자를 구했다고. 이건 무조건 괴물이야. 너 괴물이 얼마나 특별한지 알아? 얘가 얘가 뭘 모르네."

이야기는 어느새 괴물로 넘어갔다. 시현은 그들을 쭉 둘러보다가 핵심을 찔렀다.

"솔직히 말해봐. 내가 여기서 몰래 가버리면 너희 셋은 괴물이 못 되는 거지?"

대파랑은 대답 대신 한숨을 크게 쉬었다. 잠시 후 척준이 시현을 향해 말했다.

"시현아, 가도 돼. 우린 괜찮아."

괜찮다는 말이 거짓인 줄 알면서도 시현은 아무 말도 못 했다. 시현은 몸을 일으켰다. 어떤 작별의 말을 해야 할지 몰라 입이 떨어지지 않았다. 그러자 대파랑이 나섰다.

"진짜 좋은 기회인데, 아. 그래, 가라. 어차피 몇십 년 후에 다시 볼 텐데, 뭐."

"너희는 그때까지 여기 있을 거야?"

"그때는 내가 학생회장 자격으로 너한테 직접 학교를 안내할 거야."

시현은 대파랑과 몸을 퉁 부딪치며 약속했다. 하지만 단풍은 걱정으로 심각했다.

"시현아, 재인이 걔가 널 위해 왜 이렇게까지 애쓰는 걸까? 함정일 수도 있어."

"내가 뭐라고 날 함정에 빠뜨려? 난 신물도 안내자도 아니고 그저 신입생인데."

"그건 그렇지만…."

"좋은 일을 한 것에 대한 보답을 나만 이렇게 받아서 미안해. 근데 나도 내 인생에서 한 번쯤은 보답받고 싶어. 이 기회 놓치고 싶지 않아. 나쁜 년이라 욕해. 나 그냥 욕먹고 다시 살고 싶어."

단풍은 말없이 시현을 보다가 꼬옥 안아주듯 시현에게 몸을 기대며 말했다.

"그래, 내가 여기서 실컷 욕해줄게. 욕먹으면 오래 산다잖아."

시현은 대파랑과 척준과도 진하게 포옹을 하고 헤어졌다. 푸싸를 못 보고 가는 게 아쉬웠지만, 시간이 없었다. 재인은 담벼락에서 시현을 기다리고 있었다. 재인은 잘 결정했다면서 개구멍으로 함께 향했다.

"저기로 나가면 돼?"

"나도 같이 가. 사실 내가 죽은 곳도 그 건물이야. 너랑 시간이 오래 차이가 나지만."

"그럼 너도 다시 살아날 수 있는 거야?"

"난 푸싸를 구하지 않았잖아. 내 죽음을 되돌릴 순 없어. 하지만 장소가 같아서 너와 함께 그곳으로 갈 수는 있을 거야. 혹시 흑귀 때문에 일이 잘못되지 않도록 내가 같이 가서 도와줄게. 너만 괜찮다면."

재인은 시현을 도와주고 싶어 했다. 흑귀가 기다리고 있을

지도 모르는데 시현을 위해 재인이 희생하게 둘 수는 없었다. 하지만 시현 역시 너무 두려워서 어떻게든 도움을 받고 싶었다. 두 가지 마음이 안에서 싸우고 있었다. 시현은 조심스럽게 물었다.

"네가 위험하지 않을까?"

"고인물만큼은 아니지만 나도 귀신으로 잔뼈가 굵어. 내 몸은 내가 지킬 수 있어."

"만약 계획이 성공하면 넌 다시 학교로 돌아오는 거야?"

"응. 학생회장이든 아니든 내가 돌아갈 곳은 학교뿐이니까."

재인은 풀밭에서 뽑은 풀을 자신도 쥐고 시현에게도 나눠 주었다. 재인은 풀을 쥐지 않은 손으로 시현의 팔을 꼭 잡고 말했다.

"이제 곧 네 모습을 찾을 거야."

D-1 그때 그날로

시현은 재인과 함께 그날로 돌아갔다.

시현이 도착한 곳은 폐건물 위였다. 시현과 열 발자국 떨어진 곳에서 시현은, 그러니까 살아 있을 때의 시현은 배승호를 구하기 위해 애쓰고 있었다.

뒤에서 그 모습을 보니 지금 자신의 옆에 재인이 있다는 사실이 조금 부끄러웠다. 벌레가 나올 것처럼 몸이 지저분했기 때문이다. 하지만 저 몸은, 지금과 달리 살아 있는 몸이다. 더러운 건 씻으면 되고 해진 옷은 새로 사면 된다. 삶이 무엇인지, 그것이 얼마나 소중한 것인지 시현은 그간의 시간을 통해 충분히 깨달았다. 이제 곧 악몽에서 깰 수 있다. 다시 인간이 되면 진짜 이번에는 다르게 살 것이다.

"재인아, 나중에 다시 보자. 그때까지 너도 학교에 꼭 있어야 해!"

재인은 고개를 끄덕였다. 시현은 주먹을 쥐고 뛰어갔다. 원래의 몸으로 돌아가자마자 그때의 고통이 되살아났다. 장기가 사라지고 회복이 안 된 몸으로 시현은 배승호를 끌어 올리기 위해 온 힘을 다해 붙잡고 있었다. 시현은 냉정하게 말했다.

"아저씨, 이러다 우리 둘 다 죽어요."

"살려줘…! 내가 왜 여기에 있는지… 나도….."

그 순간 세게 뒤통수를 맞은 것처럼 시현은 확신이 들었다. 재인은 배승호의 손을 놔야 살 수 있다고 했지만, 둘 다 살 수 있을 것 같았다. 어차피 기억이란 처음부터 끝까지 철저하게 자신의 것일 수밖에 없었다. 육포 할아버지의 말처럼 모든 건 내 안에 답이 있다. 시현은 스스로를 믿기로 했다. 시현은 젖 먹던 힘까지 내서 배승호를 끌어 올렸다. 배승호는 엉금엉금 기어서 난간에서 멀찌감치 떨어져 앉았다. 자세히 보니, 배승호 뒷머리에 핏자국이 있었다.

"누가 날 때렸어… 쓰러졌고… 다시 정신 차려 보니 네가 나를 붙잡고 있었어."

배승호는 기억이 뭉텅뭉텅 끊겨 있었다. 시현은 싸늘한 느낌에 몸을 돌려 건물 아래를 내려다보았다. 밑에 누가 있었다. 자세히 보려는 순간 뒤에서 갑자기 얼음처럼 차가운 바람이 불어와 화살처럼 몸에 꽂혔다. 그러자 시현은 모든 기억이 떠올랐다. 그날 시현은 지금처럼 배승호를 구했다. 그리고 똑같은 대화를 나눴다. 그런데 다음 순간 등 뒤로 강풍이 불어와 건물 아래로 시현만 떨어진 것이었다. 시현은 난간을 꽉 잡은 채 천천히 몸을 돌렸다. 그곳에 재인이 서 있었다.

"그날 이곳에 네가 있었어. 네가 날 죽인 거야."

"저 사람 손을 놓으라고 했잖아. 그럼 넌 살았을 텐데."

배승호는 재인이 보이지 않아서, 허공을 향해 중얼거리는 시현의 모습에 벌벌 떨었다.

"너 왜… 호, 혼잣말을 하니…."

시현은 시선을 재인에게 고정한 채 배승호를 향해 말했다.

"아저씨에게는 보이지 않는 세계가 있어요. 일단은 제 뒤에 숨으세요."

배승호가 엉덩이를 바닥에 붙이고 시현 뒤로 숨었다. 시현이 재인에게 물었다.

"처음에 흑귀한테서 날 구한 것도, 나한테 아저씨 주소를 준 것도 다 흑귀와 짜고 벌인 짓이야?"

"경고했잖아. 어떤 사람인지 쉽게 판단하면 위험하다고."

재인이 그린 동그라미에는 시현이 없었다. 뼈아픈 진실을 마주할 시간이었다.

"옥상에서 갑자기 등 뒤에서 불었던 바람, 너지? 날 왜 죽인 거야?"

"네가 계단으로 올라올 때 휴대폰을 떨어뜨리게 만드는 데에 바람을 이미 써서, 다시 모으는 데 시간이 걸렸어. 그사이 넌 옥상으로 올라와 저 사람을 끌어 올려버렸고. 내가 다시 바람을 날렸을 땐 저자가 아니라 네가 맞은 거지."

재인의 계획은 배승호를 죽이는 것이었다. 시현은 어쩌다 잘못 걸린 희생양이었고.

"저자는 죽어야 해. 흑귀가 오랫동안 계획한 일이야."

"대체 저 아저씨가 뭘 잘못했다고 죽이려는 건데?"

"흑귀들의 힘은 강하지만 숫자는 많지 않아. 저자가 흑귀에 합류하면 지금보다 훨씬 더 많은 흑귀를 만들게 될 거야."

"쪽수를 늘려서 뭘 하려는 건데?"

"더 알고 싶으면 흑귀 쪽으로 넘어오든지."

시현에게 말을 하는 사이에도 재인의 손에서는 계속 바람이 모이고 있었다. 재인은 몸을 배승호 쪽으로 틀었다. 시현은 배승호 앞을 가로막으며 말했다.

"아저씨, 절대로 일어나선 안 돼요. 일어나는 순간 바람에 공격당하기 쉬워질 거예요."

"공격이라니… 바람이 왜…."

"아저씨를 죽이려는 귀신이 저 앞에 있거든요."

배승호는 바닥에 몸을 딱 붙이고 바위처럼 웅크렸다. 재인의 입가가 비틀렸다.

"안 되겠지? 그 정도 바람으로는 우리 둘 다 못 날리겠지?"

"걱정하지 마. 시간은 내 편이니까."

해가 지고 있었다. 곧이어 해그늘이 점점 넓어지는 자리에 재인 옆으로 귀신이 늘어갔다. 흑귀에게 잡혀 갔다던 학생회 학생 둘이 도착했다. 그들은 시현을 공격하기 위해 한 걸음 한 걸음 다가왔다. 시현은 뒷걸음질쳤다. 그때였다. 시현 옆으로 단풍, 척준, 대파랑이 도착했다.

"어떻게 된 거야?"

척준이 말없이 시현의 어깨를 잡아주었다. 대파랑이 재인을 향해 호기롭게 외쳤다.

"어이, 쪽수로 할 거면 우리가 하나 더 많은데? 해볼까?"

재인이 시선을 옆으로 돌리자 그곳에 생각지도 못한 인물이 나타났다. 재인은 고개를 가볍게 끄덕여 인사했다. 대파랑이 충격받은 목소리로 말했다.

"헐! 납치된 것처럼 위장한 거였어?"

마지막으로 나타난 귀신은 사과나무였던 정약용 쌤이었다.

"선생 치트키를 쓴다 이거지? 상관없어. 학교 짬밥으로 치면 우리가 더 세니까."

대파랑이 나서자마자 흑귀들 몸 주위로 검은 기운이 뿜어져 나왔다. 대파랑이 척준과 단풍에게 빨리 앞으로 나오라고 손짓했다. 단풍은 비녀를 뽑았고 척준은 검을 꺼냈다. 척준의 검은 이제 녹슨 검이 아니었다.

단풍과 척준이 흑귀들과 맞붙는 사이 대파랑은 배승호를 지켰다. 척준은 학생회 둘을 상대했고 단풍은 정약용 쌤과 맞붙었다. 정약용 쌤은 단풍의 무기를 역으로 활용해 단풍을 압박했다. 요란하지 않고 절도 있는 움직임이 위력적이었다.

격렬한 싸움 속에서 시현은 도움이 되지 않았다. 시현의 손은 귀신인 재인의 몸을 통과해버렸기 때문이다. 하지만 재인은 시현을 붙잡을 수 있었다.

"한을 품은 귀신과 별거 없는 인간, 누가 이길 것 같아?"

시현은 재인이 제 몸을 붙잡지 못하게 하려고 도망가기 바빴다. 그때였다. 뒤에서 거대한 파도 같은 힘이 몰아쳤다. 재인이 쏜 강풍에 맞아 시현은 난간 밑으로 떨어졌다.

D-DAY 내가 너에게

시현은 또 죽었다.

처음 죽었을 때보다 훨씬 더 센 충격이 시현을 덮쳤다. 전과 달리 이번엔 마지막 순간과 죽음의 이유를 기억했다. 손목을 눌러보지 않아도 알 수 있었다. 남은 시간이 없다는 걸 느낀 순간 오히려 마음이 차분해졌다. 푸싸는 저주받은 시공간에서 셀 수 없이 죽음을 반복하면서도 결코 흑귀에게 굴하지 않았다. 자신의 사람들을 잃는 것이 죽음보다 훨씬 더 끔찍하니까.

시현은 나뭇가지를 손에 쥐고 다시 계단으로 향했다. 미친 듯이 계단을 올라가 옥상 문을 통과했다. 재인이 배승호를 위협해서 난간 쪽으로 몰아붙이고 있었다.

"안 돼!"

시현은 질주해서 배승호를 통과한 후 재인을 붙잡고 바닥으로 떨어졌다. 시현은 죽은 지 얼마 되지 않았다는 점을 활용해 나뭇가지를 재인에게 거침없이 휘둘렀다. 시현이 잡은 나뭇가지는 척준의 검보다 위력적이었다. 나뭇가지에 맞은 재인은 고통스러워했다. 공격당한 부위가 빨갛게 달군 쇠에 맞은 것처럼 연기가 났다. 시현의 예상이 적중했다. 죽은 시현은 재인에게 맞설 만큼 위력적이었다. 재인은 급히 몸을 굴려서 나뭇가지를 아슬아슬하게 피한 뒤 한쪽 입꼬리를 올렸다.

"죽은 지 얼마 안 된 힘으로 날 쓰러뜨리겠다고?"

"피할 수 있으면 어디 한번 해봐."

시현은 곧바로 나뭇가지로 재인을 찔렀다. 원래는 가슴을 노렸지만 빗나가서 어깨를 맞히고 말았다. 하지만 그것만으로도 충분했다. 재인은 나뭇가지가 박힌 채 고통스러워했다. 시현은 나뭇가지를 뽑아서 재인의 심장에 겨누었다.

"너도 똑같이 느껴봐."

시현은 나뭇가지에 힘을 주었다. 나뭇가지가 재인의 옷을 통과해 심장에 점점 가까워졌다. 그때 재인이 눈에 힘을 주고 시현을 향해 낮은 목소리로 말했다.

"날 죽여선 안 돼."

살려줘도 아니고 죽이지 말아줘도 아니고, 죽여서는 안 된다고?

"넌… 진짜 끝까지 이기적이구나. 야! 넌 방금 날 죽였어!"

재인은 자신의 심장을 겨눈 나뭇가지를 두 손으로 꽉 잡은 채 버티며 말했다.

"처음엔 널 죽이려던 건 아니었어. 변명처럼 들리는 거 아는데…."

"그래, 그렇다 쳐. 그땐 변명이든 핑계든 실수였다고 치자고. 하지만 조금 전엔? 넌 날 일부러 겨냥해서 죽였어! 흑귀로부터 날 구해주겠다고 같이 가자고 해놓고, 여기까지 일부러 데려와서 나를 또 죽였다고!"

"만약 네가 이계의 섭리를 깨고 다시 살아나면 그다음은? 영원히 행복하게 천수를 누리며 살 수 있을 것 같아? 넌 그럴 수도 있겠지. 하지만 그러면 이 세계엔 커다란 시간의 구멍이 뚫리게 될 거야. 너 하나로 인해 모든 게 망가질 거라고! 그게 흑귀가 원하는 거야!"

처음 재인에게 다시 살 방법을 들었을 때만 해도 시현은 거기까지 생각해보지 않았다. 왜 선생님들 모르게 움직여야 하는지 조금만 생각해보면 알 수 있었을 텐데. 하지만 흑귀 편인 재인이 지금 이 세계를 걱정한다고? 앞뒤가 맞지 않았다.

"그러면 왜 나를 이리로 데려온 거지?"

재인은 뭔가 말을 하려다가 멈췄다. 학생회 귀신이 빨리 가자고 소리쳤기 때문이다. 시현이 당황해서 손에 쥔 나뭇가지에 힘이 빠진 사이 재인은 몸을 일으켰다.

"이게 끝이 아니야."

그 말을 남기고 재인은 펑 소리와 함께 사라졌다. 건물 옥상에서도 펑펑펑 소리가 났다. 고인물이 난간 위에서 시현을 향해 말했다.

"갑자기 모두 사라졌어."

잠시 후 고인물과 배승호가 건물 아래로 내려왔다. 그러고는 시현의 시체를 보고 깜짝 놀라 뒤로 물러섰다. 대파랑, 척준, 단풍은 안타까운 눈으로 침묵했다. 시현은 명치에 유리 파편이 꽂힌 것처럼 아팠다. 배승호의 손을 놓지 않은 것을 앞으로 평생 후회할지도 몰랐다. 살 기회가 있었는데도 같은 선택을 했다. 저 사람은 살고 자신이 죽었다는 사실을 평생 가슴에 안고 가야 했다.

"미안해… 미안해… 나 때문에… 네가….."

배승호가 털썩 무릎을 꿇은 채 울었다. 시현은 그 모습을 가만히 보았다. 배승호의 집을 찾아갔을 때도 배승호는 이렇게 말했었다. 시현이 다가가 말했다.

"내 죽음을 잊지 마요. 아저씨는 진짜, 내 인생까지 더 열심히 더 많은 걸 하면서 오래 살아야 해요. 그게 나를 위한 거예요."

배승호의 표정이 서서히 달라졌다. 그러고는 고개를 몇 번이나 계속 끄덕였다. 그리고 휴대전화를 들고 추락 사고를 신고하기 위해 산 밑으로 내려갔다.

"이제 우리도 가자."

척준이 말했지만 시현은 움직이지 않았다.

"난 돌아가지 않을 거야."

고인물이 놀란 눈으로 시현을 보았다. 그때였다. 뒤쪽에서 푸싸의 목소리가 들렸다.

"같이 학교 가자, 시현아."

시현이 돌아보자 푸싸가 멈칫했다. 그런 뒤 눈을 가늘게 뜨고 잠시 시현을 보았다. 푸싸는 시현이 사람일 때 모습을 처음 보는 것이었다. 시현은 양 볼이 화끈거렸다. 뚱더지든 퀴카든 웃는 상 뒤에 숨고 싶었다.

"네가 걱정돼서 여기로 왔지만 오래 지체할 수 없어. 흑귀들에게 공격받기 전에 학교를 옮기러 현재로 가야 해."

"다들 가. 난 여기 남을게."

"넌 이미 죽었어. 바꿀 수도 없고 바꿔서도 안 되며 돌이킬 수 없는 일이야."

푸싸는 진실만을 말하겠다고 선서한 것처럼 거침없었다. 시현은 세상의 이치 앞에서 생떼를 쓰고 싶진 않았다. 자신도 그 정도는 안다며 목소리에 힘을 주고 맞섰다.

"누구나 죽어. 언제고 죽어. 나도 알아. 하지만…."

시현은 울지 않으려고 아랫입술을 꽉 물었다. 푸싸는 학생들을 흑귀의 노예로 만들지 않기 위해 몇천 번이고 다시 죽으면서도 흑귀에게 결코 무릎 꿇지 않았다. 그런 푸싸한테 내 모습이 얼마나 철없어 보일까. 하지만 시현은 억울했다.

"너한텐 내 두 번째 죽음이 아무것도 아니겠지만, 난⋯."

"죽음은 한 번이고 몇 번이고 다 가슴 아프고 고통스러운 거야. 너는 이렇게 죽어서는 안 될 아이였어. 우리 모두 알아. 그리고 그 아저씨도 잊지 않을 거야."

"난 너와 달라. 넌 그에게 배신당했지만 상처 받지는 않았잖아. 원래 그놈은 나쁜 놈이니까. 하지만 나는 재인이를, 날 도와주려는 걸 보면서 내가 다시 살아나도 절대 잊지 말아야 하는 고마운 친구라고 생각했다고!"

"시현아⋯."

"그렇게 믿었던 재인이가 날 속였어. 날 생각하는 척, 도와주는 척해놓고, 내 열여덟 생일파티를 열어주는 척해놓고 나한테 약을 먹이고 신장과 간을 팔아먹은 새끼들이랑 똑같아. 난 또 속았어! 죽어서도 또⋯ 이렇게 바보같이 또⋯."

"너에게 더 빨리 오지 못해서 미안해."

푸싸의 두 뺨 위로 눈물이 흐르고 있었다. 척준, 단풍, 대파랑, 그리고 푸싸도 모두 시현의 죽음을 아파했다.

"우리랑 돌아가서 다시 시작하자. 응?"

"어차피 나한텐 남은 시간도 없어."

시현은 오른손으로 왼쪽 손목을 눌러서 보여주었다.

"진짜 마지막이었던 거야. 여긴 학교가 아닌데도 숫자가 뜨잖아. 내 다음은 어디야? 빛을 따라가면 되나? 여기서 졸업하면 되는 거야?"

푸싸는 0이라는 숫자를 한참 바라보았다. 단풍이 나서서 설명했다.

"시현은 숫자가 이상하게 너무 빨리 줄더라고. 벌을 받았는데도 멈추지도 않고. 결정적으로 널 구하러 다른 세계로 넘어갈 때마다 엄청나게 줄었어."

푸싸는 무겁게 고개를 끄덕인 후 고인물에게 먼저 가 있으라고 했다. 척준이 시현에게 다가와 한쪽 팔을 잡으며 말했다.

"꼭 같이 와."

시현은 고개를 돌렸다. 마음이 약해질까 봐 끝까지 척준을 보지 않았다. 곧이어 고인물은 풀을 꽉 쥐고 먼저 학교로 이동했다. 푸싸와 시현 둘만 남았다.

푸싸는 두 손으로 시현의 양 손목을 잡고 말했다.

"내가 너에게 내 시간을 줄게."

〈끝〉

이
계
학
교

초판 1쇄 발행 2022년 5월 20일

지은이 김영리
펴낸이 박은주
편집장 최재천
편집 설재인, 최지혜
디자인 김선예, 서예린, 오유진
마케팅 박동준

발행처 (주)아작
등록 2015년 9월 9일(제2021-000132호)
주소 04050 서울특별시 마포구 양화로 156
LG팰리스빌딩 1428호
전화 02.324.3945-6 **팩스** 02.324.3947
이메일 decomma@gmail.com
홈페이지 www.arzak.co.kr

ISBN 979-11-6668-675-7 04810
979-11-6668-674-0 04810 (세트)